Blauw bloed

Pieter Aspe

Blauw bloed

Manteau
THRILLER

One may smile and smile, and be a villain
SHAKESPEARE

Voor Jooris 'Benson im Himmel' Van Hulle
en Rik 'nomen est omen' Leroy

Standaard Uitgeverij nv, Belgiëlei 147a,B-2018 Antwerpen
www.manteau.be
info@manteau.be
Vertegenwoordiging in Nederland:
Prometheus / Bert Bakker
Herengracht 406, NL-1017 BX Amsterdam
www.pbo.nl
pbo@pbo.nl

Eerste druk april 2000
Achtste druk februari 2004

Omslagontwerp Wil Immink
Foto's achterplat: © VMMA - © Horst Einfinger/Fotohuis -
© VMMA - Caty Moerman/Fotohuis - © VMMA -
© Eddy Maus/Fotohuis
ISBN 90 223 1728 5
D 2004/0034/192
NUR 330

1

Hannelore Martens zette de kraag van haar jas op en veegde met een haastig gebaar een snoer regendruppels van haar kin. Onrust knaagde aan haar ziel. Of was het wroeging omdat ze bezweken was voor de lokstem van Valentijn Heydens en nu op weg was naar hem? De schichtige manier waarop ze langs de gevels liep, sprak voor het laatste en droeg bijgevolg al een kiem van zonde in zich. Ze stak de Predikherenbrug over. Met kleppende schoenen. Een gure windvlaag geselde het wateroppervlak onder haar en stuwde golfjes voort die eenmaal uitgedeind met een naargeestig geluid tegen de kaaimuur klotsten. Het silhouet van de stad vervaagde. Donkere lucht en neergutsende regen vormden een grijs ondoorzichtig gordijn alsof ook de elementen haar op andere gedachten wilden brengen.

Hannelore kromde haar rug en schudde koppig het hoofd. Ze moest en zou Valentijn terugzien, al was het maar om een einde te maken aan de onrust. Tenminste, dat maakte ze zichzelf wijs, want toen hij haar twintig minuten geleden op de rechtbank had gebeld, was ze als de bliksem van haar stoel opgeveerd. Zijn stem na al die jaren opnieuw te horen, had haar kippenvel bezorgd, en een aangename gloed in haar buik.

'Ken jij L'Estaminet? Ja, dat café aan het Astridpark. Over een halfuur? Oké, ik zal er zijn', had ze gretig gezegd.

'Beloof me dat je op tijd zult zijn.'
'Dat weet je toch.'
'Beloof het me.'
De scherpe klank in zijn stem had haar even doen aarzelen. Ze had hem gevraagd waarom hij haar zo dringend wilde spreken, maar daarop was hij niet ingegaan.
'Ik heb je nodig, meid. Doe me een plezier en kom alsjeblieft naar L'Estaminet. Tot straks. Daag.'
Klik. Tuut tuut tuut. Toen had hij opgehangen. Hannelore was een poos stokstijf blijven zitten met de hoorn in haar hand. Ze had meer dan één reden kunnen verzinnen om niet naar Valentijn toe te gaan, maar geen enkele ervan woog zwaar genoeg om haar daarvan te weerhouden. De drang om hem weer te zien was te sterk. Dus had ze Van In gebeld, hem gezegd dat ze wat later thuis zou komen en hem gevraagd of hij de kinderen kon ophalen bij de dagmoeder. Van In had niet geprotesteerd. Hij had zelfs niet gemerkt dat ze opgewonden klonk.
'Neem gerust je tijd, schat', had hij gezegd. 'Ik zorg wel voor een warme hap als je vanavond thuiskomt.'
Een bitse reactie van zijn kant had Hannelore misschien aangezet om op haar beslissing terug te komen, maar door begrip te tonen had hij haar onbewust een vrijbrief verstrekt. Ze had haar lippen tegen het mondstuk gedrukt en hem met een klinkende judaszoen een prettige avond toegewenst. Ze had snel de hoorn op de haak gegooid en was haar kantoor uitgevlucht, met tintelende schouders en een hoofd vol tegenstrijdige gedachten. Op weg naar het Astridpark had ze het boze stemmetje dat onrust zaaide in haar hoofd, het zwijgen proberen op te leggen. Hannelore vond dat ze het recht had de man terug te zien die haar zeventien jaar geleden op een tedere manier had ontmaagd. In plaats van het broze scherm met een ruk open te trekken, had Valentijn het voorzichtig opzij geschoven en sindsdien was er geen maand voor-

bijgegaan of ze had niet minstens een keer aan hem gedacht en aan de memorabele avond waarop ze bewust vrouw was geworden. Het stond allemaal nog glashelder in haar geheugen gegrift.

Valentijn had haar eerst op een etentje getrakteerd in een knus restaurant in de Donkersteeg, vlak bij de Korenmarkt in Gent: garnaalkroketten, steak met champignons en chocolademousse als toetje, een godenmaal voor studenten die zich amper spaghetti en bonen in tomatensaus konden permitteren. Na het culinaire voorspel waren ze hand in hand door de stad geslenterd tot ze langs allerlei omwegen in de Sint-Pietersnieuwstraat waren beland, op een boogscheut van Valentijns kamer.

Hannelore keek even achterom voor ze de Freren Fonteinstraat insloeg en versnelde daarna de pas. Nu kon ze niet meer terug. Typisch Valentijn, dacht ze. Haar na al die tijd onverwacht bellen. Wist hij dan niet dat ze een vaste relatie had en ze...? Hannelore huiverde toen ze aan Simon en Sarah dacht. Was het spel de inzet waard? Zo nee, waarom was het dan zo verslavend? Valentijn had haar ooit *De speler* van Fjodor Dostojevski cadeau gedaan, een boek dat ze in één ruk had uitgelezen en daarna gekoesterd als een aandenken aan dertien heerlijke maanden, want zo lang had hun relatie standgehouden. Dostojevski had gelijk. Liefde was een spel dat niemand kon winnen. Rood was passie, zwart stond voor pijn. Winst of verlies, het maakte niet uit. Dat had de speler aan den lijve ondervonden. Hij was eraan ten onder gegaan. Faites vos jeux. De roulette zou altijd blijven draaien, net als de aardbol, en niemand zou ooit achterhalen wat daarvan de bedoeling was.

Hannelore schudde haar hoofd als een natte hond. Regenwater stroomde over haar gezicht, sijpelde door de stof van haar jas en doorweekte het achterpand van haar blouse. Een auto maakte een zacht zoevend geluid toen hij traag door een diepe plas reed en het donkere water deed opspatten. Hannelore schrok toen ze de chauffeur meende te herkennen, een jonge advocaat met wie ze gisteren nog een verhitte discussie had gevoerd. Nee. Hij was het niet. Meester Bonne reed met een tweedehandse Toyota en...

Spoken, dacht ze. Ik zie spoken. Ze herinnerde zich de bordjes die vroeger, in tempore non suspecto, achter het raam van de betere Brugse horecazaken prijkten: *English spoken.* In normale omstandigheden had ze gelachen om de vreemde associatie, maar vandaag bleef ze ernstig omdat de bizarre hersenkronkel perfect paste bij de stemming waarin ze verkeerde.

Aan het Astridpark sloeg ze rechts af. Halverwege de straat lonkten de lichten van L'Estaminet, gele rechthoeken op een spiegelend trottoir. Ze duwde de deur open en keek vol verwachting naar binnen. Valentijn zat in de hoek van de gelagzaal, vlak bij de bar en schuin tegenover een grote spiegel die daar al sinds mensenheugenis hing. Zijn haar was dunner geworden en onder zijn hemd welfde een buikje, maar zijn huid was nog even gaaf als vroeger. Zelfs met een baard zag hij er nog jongensachtig uit. Ze knoopte haar jas los. Op haar figuur viel in ieder geval niets aan te merken. Daar had ze na de geboorte van de tweeling hard aan gewerkt, misschien wel te hard voor een getrouwde vrouw.

'Hier ben ik dan', zei ze.

Valentijn keek haar recht in de ogen, glimlachte en wierp daarna stiekem een blik op zijn horloge. Dat had hij het afgelopen kwartier al minstens twintig keer gedaan.

'Ik ben ongelooflijk blij dat je er bent.'

'En ik ben blij dat ik gekomen ben.'

Hannelore dacht er plotseling aan dat ze volgens de letter van de wet niet getrouwd was. Van In was niet meer dan de natuurlijke vader van haar kinderen. Het stemmetje dat onrust zaaide, sloeg plotseling een andere toon aan. Als je niet getrouwd bent, kun je ook geen overspel plegen. Een gezonde vrouw van jouw leeftijd heeft recht op seks, zeker als haar partner tekortschiet. Het duiveltje had gelijk. Van In schoot tekort. Erger nog, hij schoot helemaal niet meer.

'Je ziet er stralend uit', zei Valentijn.

Hij stond op, omhelsde haar en gaf haar een vluchtige zoen op haar mond. Ondanks haar klamme kleren, kreeg Hannelore het warm. Het smeulende vuur in haar buik begon te knetteren. Ze kreeg er een ijl gevoel van in haar hoofd. In gedachten gooide ze een munt op. Trouw of ontrouw? Ontrouw was spannender.

'Wat wil je drinken?' vroeg Valentijn. 'Sauternes?'

Hij was in ieder geval niet vergeten wat ze lekker vond.

'Ik weet niet of die hier op de kaart staat.'

Ze wilde hem niet op kosten jagen, maar Valentijn negeerde haar bezwaar. Hij stak zijn hand omhoog en wenkte de kroegbaas. Johan kwam met slome tred van achter de tapkast gesloft. Hij voelde zich een beetje opgelaten. Hannelore in het gezelschap van een andere man betekende narigheid. Hij mocht er niet aan denken wat er zou gebeuren als Van In plotseling zou binnenvallen, wat de commissaris vaker deed op regenachtige avonden.

Aan de Coupure stond een groot huis dat net als zijn bewoner in meer dan één opzicht merkwaardig was. Marcus Heydens organiseerde er regelmatig concerten voor een select publiek en had speciaal daarvoor in de salon een houten tribune laten optrekken omdat hij vond dat muziek van boven moest komen. Was hij gek? Nee. Marcus Heydens noemde zichzelf een excentriekeling en vergeleek zijn IQ vaak met de hoogte van de Eiffeltoren. De concerten vormden slechts een onderdeel van de activiteiten die hij ontplooide. Zo vergastte hij kinderen uit de buurt om de veertien dagen op een poppenkastvertoning. Bij meer formele gelegenheden en als het gezelschap hem verveelde, ging hij naakt in de tuin staan en las met luide stem uit de Odyssee voor. Het gebeurde ook vaak dat hij zijn gasten geroosterde sprinkhanen en gebakken meelwormen serveerde die hij hen in dure bordeauxwijn liet soppen of hij vermomde zich als bedelaar, vatte post voor het Brusselse Noordstation en schold iedere pendelaar die hem negeerde de huid vol. Maar eigenlijk was zijn grootste droom het record van Simenon verbeteren, die naar verluidt met tienduizend vrouwen naar bed was geweest. Vandaag leken al die escapades irrelevant. Marcus Heydens richtte behoedzaam zijn hoofd op en keek omhoog. Het platform van de tribune bevond zich drie meter boven de begane grond. Het overspande de hele breedte van de kamer, werd gestut door twee marmeren zuilen, was twee meter diep en aan de voorkant afgesloten met een indrukwekkende balustrade waarin veertien getorste pilasters waren verwerkt. De hele constructie leek op het eerste gezicht een beetje op een doksaal, maar dan zonder orgel. Wie had ooit kunnen vermoeden dat iemand het in zijn hoofd zou halen het excentrieke bouwsel als moordwapen te gebruiken? Marcus Heydens zeer zeker niet en dat ondanks het feit dat hij op een wankel krukje stond en er een strak aangespannen strop om zijn hals lag waarvan het andere uiteinde aan de balustrade was bevestigd. Veel bewegingsruimte was er niet. Als hij een verkeerde beweging maakte, zou hij zijn evenwicht verliezen en een eerloze dood sterven, want zijn armen zaten vastgesnoerd in een dwangbuis en zijn mond was dichtgeplakt met tape. Bovendien stond de televisie keihard aan voor het geval hij door te stampvoeten de aandacht van de buren zou proberen te trekken.

Marcus Heydens kneep zijn ogen dicht en luisterde gelaten naar de schelle stemmen van twee acterende huisvrouwen die in het reclameblok voor het journaal een nieuw soort waspoeder aanprezen.

'Mijn Karel is geslaagd met grootste onderscheiding', zei een jonge zongebruinde vrouw tegen haar vriendin, een bleke kenau met afhangende borsten. De zoon van de kenau, een dikke kerel met puisten in zijn gezicht, sloeg beschaamd zijn ogen neer.

Karel kwam in beeld. Hij droeg een T-shirt dat kunstmatig was besmeurd.

'Dat heb ik allemaal aan jou te danken, mama.'

De slungel lachte zijn gepolijste tanden bloot, kwam bij zijn moeder staan en sloeg zijn arm vriendschappelijk om haar schouder, een pose waarvan de regisseur dankbaar gebruik had gemaakt om onopvallend in te zoomen op de borstpartij van de moeder. Karel trok zijn T-shirt uit en stopte het in de wasmachine. De kenau keek wellustig toe. Close-up van Karels kontje. Zijn moeder trok een keukenkast open. De camera zoomde in op een half dozijn fleurig gekleurde dozen waarop in koeien van letters 'SPOTFREE' gedrukt stond. Daarna volgde een insert, een bordje met de tekst: vijf jaar later.

Marcus Heydens kende de rest van het verhaal uit het hoofd. De kenau stond in vol ornaat en met opgetrokken borsten voor een lanceerplatform. Een viertrapsraket stootte witte rookwolken uit. Een astronaut wandelde in slowmotion op haar toe. Zijn ruimtepak oogde smetteloos wit. Hij zette zijn helm af, kuste de kenau en zei op zijn beurt: dank je, mama. Daarna steeg de raket op en haalde de kenau een pakje SPOTFREE tevoorschijn. Einde reclame.

Marcus Heydens stond te trillen op zijn benen. Hij had op een goede dood gehoopt en een helder hoofd vol goede herinneringen. Sterven tijdens een reclameboodschap leek hem het ergste wat een beschaafd mens kon overkomen.

'Sauternes?'

Johan keek Hannelore met grote ogen aan.

'Is dat een probleem?'

'Nee.'

Johan maakte de tafel schoon met een vochtige doek. 'Sauternes' was geen probleem. Hij had Hannelore met plezier zes flessen van het goedje cadeau gedaan op voorwaarde dat ze haar bewonderaar wegstuurde.

'Brengt u ons dan maar een fles', zei Valentijn.

Hannelore ritste haar handtas open en haalde er een pakje sigaretten uit. In tegenstelling tot Van In rookte zij alleen als ze iets te vieren had.

'Je hebt me nieuwsgierig gemaakt.'

Haar hele lijf tintelde.

'Alleen maar nieuwsgierig?'

Valentijn diepte een aansteker uit zijn broekzak op en gaf haar vuur. Hannelore nam een trek en bedankte hem met een speelse blik. Dat vond Valentijn een gunstig voorteken, een bewijs dat hij goed had gegokt. Psychologen hadden gelijk. Vrouwen vergeten hun eerste minnaar nooit.

'Je hebt me in ieder geval verrast', zei Hannelore.

Ze nam gulzig een tweede trek van haar sigaret en keek hem recht in de ogen. In het jargon heette dat een onweerstaanbare drang, een bepaling in de wet waarop misdadigers en advocaten zich maar al te vaak beroepen als alle redelijke argumenten uitgeput zijn.

'Eigenlijk gaat het om mijn vader', zei Valentijn.

'Heb je me daarom gebeld?'

'Onder andere.'

'Wat is er dan met hem?' vroeg Hannelore korzelig. 'Ik ben toch niet hier naartoe gekomen om over je vader te spreken.'

Het klonk als een bekentenis en dat was het ook.

Om drie minuten voor acht, op het moment dat de zoon van de kenau 'dankje, mama' zei, voelde Marcus Heydens de grond onder zijn voeten wegzinken. De strop sneed door zijn vlees en snoerde hem de keel dicht, waardoor zijn penis begon te zwellen. Het was een aangenaam gevoel, maar de ejaculatie die erop volgde, bezorgde hem niet meer genot dan plassen met een volle blaas. Marcus Heydens stierf nog voor de nieuwslezer de hoofdpunten van het journaal had opgesomd. Of verbeeldde hij zich dat maar?

Plotseling kwam een oude man de kamer binnen. Hij sneed de strop door en droeg hem in zijn armen naar buiten. Het leek wel echt. Marcus Heydens voelde de regen op zijn huid plenzen en de wind door zijn haar strijken. Voor de deur van zijn woning stond een zwarte limousine klaar. Een chauffeur in uniform hield het portier open.

'Kun je lopen?' vroeg de oude man.

'Ik denk het wel', antwoordde Heydens.

Ze stapten in de auto. Tijdens de rit, die minstens een kwartier duurde, spraken ze geen woord met elkaar. Ze reden door verlaten straten, langs afbladderende gevels en vervallen panden tot ze in een buurt belandden die Heydens niet herkende. De limousine stopte voor een groot gebouw, een kitscherige kopie van een Griekse tempel. Op het fronton flikkerden rode en gele neonletters: Ciné Ritz.

'We zijn er', zei de oude man.

Ze stapten uit en liepen naar binnen. De oude man liet Heydens plaatsnemen in een muffe bioscoopstoel en verdween daarna geluidloos. Het scherm lichtte op. Twee vrouwen maakten reclame voor SPOTFREE. Dat zouden ze om de vijfenveertig seconden blijven doen, tot aan het einde der tijden.

‘Mijn vader wordt met de dood bedreigd’, zei Valentijn toen Johan de wijn serveerde. ‘Ik vrees dat zijn leven in gevaar is.’

‘Tja.’

Valentijn peilde de ontgoocheling in Hannelores stem.

‘Ik had ook een andere onderzoeksrechter kunnen bellen’, zei hij met een dubbelzinnige ondertoon.

‘Je had je tot de politie moeten wenden, Valentijn. Het is niet de taak van een onderzoeksrechter...’

‘Oké, oké. Laten we in vredesnaam geen ruzie maken. Toch niet na al die jaren. Misschien heb ik me vergaloppeerd. Wie weet verkeert mijn vader helemaal niet in levensgevaar en gebruik ik de brieven als een excuus om jou te versieren, maar...’

‘Welke brieven?’

‘Brieven waarin mijn vader met de dood wordt bedreigd.’

Valentijn tastte in zijn binnenzak en haalde een pak slordig opengescheurde enveloppen tevoorschijn.

‘Doe me een genoegen en lees ze alsjeblieft.’

Hij schoof haar het stapeltje brieven toe over het verweerde tafelblad.

‘Aan de heer Marcus Heydens’ stond er op de bovenste envelop getypt, Coupure 26, 8000 Brugge. Op de postzegel was een huis afgebeeld met daaronder in piepkleine letters de naam van de architect: Horta.

‘Allemaal?’

‘Toen ik je vanmiddag belde, zei je dat je tijd zat had.’

Het klonk een beetje als een verwijt, maar dat vond Hannelore niet erg. Ze liet haar gedachten afdwalen naar die avond in Gent zeventien jaar geleden, haalde de bovenste brief uit de envelop en begon te lezen. De inhoud van iedere brief was min of meer identiek. De stijl waarin de tekst was gesteld, verried een geoefende pen en voorzover Hannelore het kon beoordelen, stonden er geen taalfouten in. Opvallend was dat onder aan elke brief een soort citaat stond. Twee ervan kwamen duidelijk uit de bijbel.

'Zou het kunnen dat je vader vrijmetselaar is?'

Valentijn reageerde verbaasd.

'Hoe weet je dat?'

Hannelore streek een van de brieven glad en wees hem de drie puntjes aan die onder aan iedere brief in de vorm van een driehoek waren aangestipt.

'Omdat ik toevallig weet dat vrijmetselaars hun brieven op die manier ondertekenen', zei Hannelore.

'Nee, van die kant heeft mijn vader niets te vrezen.'

'Weet je dat zeker?'

'Natuurlijk weet ik dat zeker.' Valentijn trok een verongelijkt gezicht. 'Vrijmetselaars zijn integere mensen. Zij streven een hoger spiritueel doel na. Geweld is een woord dat niet in hun woordenschat voorkomt.'

'Maar de geest is zwak en het vlees gewillig', glimlachte Hannelore. 'Geloof me, Valentijn. Iedereen is in staat om geweld te plegen, zelfs diegenen die menen dat ze daarboven staan.'

Valentijn klemde zijn kaken op elkaar. De jongensachtige glimlach waarvoor Hannelore destijds was gevallen, veranderde in een strakke bloedloze streep.

'Mijn vader wordt niet bedreigd door vrijmetselaars', zei hij afgebeten. 'Volgens mij is hij het slachtoffer van een samenzwering, een complot van linkse intellectuelen die hem uit de weg willen ruimen.'

Hoewel Hannelore schrok van de onderdrukte boosheid waarmee Valentijn die laatste zin uitspuwde, kon ze het niet laten hem van repliek te dienen.

'Straks krijg ik nog medelijden met je vader', lachte ze.

Dat had ze beter niet gezegd, want Valentijn sloeg plotseling zijn handen voor zijn gezicht en begon te snikken. Het was een zielige vertoning. Zelfs de meest geharde kroegvlieg liet zijn glas voor wat het was en keek meewarig in de richting van de huilende man. Hannelore kreeg nu echt medelijden met Valentijn. Het was allemaal haar schuld. Misschien was ze te ver gegaan. Ze ging naast hem zitten en sloeg haar arm om zijn schouder.

'Mea culpa, Valentijn. Zo heb ik het niet bedoeld.'

Toen dat niet hielp, stak ze haar hand op en wenkte Johan.

'Laten we ergens anders naartoe gaan', zei ze een beetje gegeneerd.

Hannelore haalde een briefje van tweeduizend uit haar portemonnee. De rekening betalen was het minste wat ze kon doen. Eén ding wist ze zeker: over zijn vader en de dreigbrieven zou ze met geen woord meer reppen.

Van In lag te slapen op de bank. Hij snurkte en af en toe stokte zijn ademhaling abrupt om seconden later hortend weer op gang te komen. Op de salontafel stonden een glas en een lege colafles, stille getuigen van een lange avond die hij alleen had moeten doorbrengen, alleen met Bob, de grote Duitse dog, en de kinderen, maar die lagen al uren onder zeil. Bob had beleefd gewacht tot zijn baas in slaap was gevallen en zich pas daarna voor de open haard uitgestrekt.

Toen de telefoon om vijf minuten over middernacht overging, duurde het dan ook een volle minuut voor Van In stuntelig overeind krabbelde, naar de keuken waggelde en de hoorn opnam. Bob trok een ooglid op. Toen hij merkte dat er niets aan de hand was, nam hij de draad van zijn droom weer op.

'Hallo.'

'Spreek ik met commissaris Van In?'

'Wie had je verwacht? Superman?'

Het bleef een paar seconden stil. Inspecteur Guy Delodder verifieerde voor alle zekerheid het nummer dat hij had ingetoetst. Toen dat bleek te kloppen, schraapte hij zijn keel.

'U spreekt met Guy Delodder, commissaris.'

'Die er net als iedereen in het korps van uitgaat dat Pieter Van In dag en nacht paraat is', klonk het sarcastisch. 'Wat is er nu weer aan de hand?'

Inspecteur Delodder kende de nukken van zijn overste.

'Excuseert u mij dat ik u nog zo laat stoor, commissaris, maar het is dringend.'

'Toch weer geen moord zeker?'

Van In stak zijn ongenoegen niet onder stoelen of banken. Dat had alles te maken met het tijdstip van de oproep. Gebeld worden na middernacht betekende meestal ellende. Dat wist iedereen die bij de politie werkte.

'Nee', zei Delodder. 'Volgens de gegevens waarover ik beschik, gaat het om zelfmoord.'

Van In vloekte. Waarom konden die kerels die een eind aan hun leven wilden maken dat niet tijdens de kantooruren doen?

'Zal ik iemand anders bellen, commissaris?' vroeg Delodder voorzichtig.

Hij raadpleegde een lijst met namen van rechercheurs die hij eventueel kon opvorderen.

'Zal ik contact opnemen met adjunct-commissaris Vanneste?'

Van In stak een sigaret op. Hij probeerde zich te beheersen. Vanneste was een arrogante minkukel met wie hij niet kon opschieten, een achterbakse carrièrejager die al jaren op de loer lag om hem een hak te zetten, en daarvan was Delodder natuurlijk op de hoogte. Van In probeerde zijn stem iets vriendelijker te laten klinken.

'Nee, laat dat maar, Guy. Bel Versavel en vraag hem of hij stante pede naar de Vette Vispoort wil komen.'

Van In had weinig keus. Bij zijn schoonouders aankloppen en hen vragen of ze een nachtje op de kinderen wilden passen, leek hem geen prettig vooruitzicht, al was het maar omdat zijn schoonmoeder hem zou blijven lastigvallen met vragen als: waar is Hannelore? Waarom is ze niet thuis? Hebben jullie weer ruzie gemaakt? Er zou geen eind komen aan het gezeur.

'Is dat alles, commissaris?'

Van In nam een trek van zijn sigaret. De eerste stoot nicotine werkte inspirerend en bracht hem op een schitterend idee.

'Als je Versavel aan de lijn krijgt, vraag hem dan of hij zijn vriend wil meebrengen. Zeg hem dat het een noodgeval is.'

'Versavel en vriend', herhaalde Delodder op een licht ironische toon. 'Komt in orde, commissaris.'

'Oké', zuchtte Van In. 'Vertel me de rest nu maar.'

Terwijl hij de naam en het adres van het slachtoffer noteerde, ging de voordeur open. Hannelore schuifelde naar binnen. Haar tred was onzeker alsof ze iets te verbergen had.

'Ik ben het, schat.'

Van In maakte een afwerend gebaar. Bob daarentegen reageerde enthousiast. Hij rekte zich uit en kwam op een drafje naar de keuken gerend. Hannelore streelde hem over zijn kop. De kloeke hond bezorgde haar een zeker evenwicht en dat kon ze best gebruiken.

'Hallo, Pietertje.'

Ze gaf hem een vluchtige zoen, trok haar jas uit en gooide die met een nonchalant gebaar over de leuning van een keukenstoel. Dat deed ze anders nooit. Bob ging onder de keukentafel liggen met zijn snuit op zijn voorpoten. Waakzaam.

'Ik ben benieuwd wat je voor mij in de oven hebt bewaard', gniffelde Hannelore. 'Het kan me niet schelen wat, als er maar vlees in zit. Ik sterf van de honger.'

Van In legde de hoorn neer en vouwde het velletje papier in tweeën waarop hij het adres had genoteerd dat Delodder hem had opgegeven. Hij keek naar Hannelore. Ze zag eruit als een slons en dat maakte hem kwaad.

'Mevrouw wil dus vlees?'

'Ja', giechelde Hannelore. 'Dood of levend. Het maakt niet uit.'

Toen ze een niet mis te verstane obscene beweging maakte, kreeg Van In zin haar eens flink door elkaar te schudden, maar dat zou de hond niet pikken. Als hij een vinger naar Hannelore durfde uit te steken, zou Bob hem verscheuren.

'Ik zit midden in een zaak, mevrouw de onderzoeksrechter. Je zou je moeten schamen.'

Hannelore schopte haar schoenen uit en liet zich in een stoel neerploffen.

'Waarom zou ik me moeten schamen?'

'Denk toch aan de kinderen.'

'De kinderen? Slapen die nog niet?'

Hannelore stak een vermanend vingertje op, maar voor ze iets kon zeggen begon haar hoofd vervaarlijk naar rechts over te hellen. Van In kon nog net verhinderen dat ze van haar stoel donderde. Op dat moment ging de bel van de voordeur.

'Wij zijn het', riep Versavel door de brievenbus.

'Hallo, ben jij het, mama?'

'Ja, schat', zei Leona Vidts. 'Wat scheelt er?'

De lijn kraakte. Dat lag aan de goedkope gsm, die ze hem met Kerstmis cadeau had gedaan.

'Zeg dan toch iets, Valentijn.'

Gezucht overstemde het gekraak.

'Papa...'

'Wat is er met papa?'

'Hij is dood.'

'Dood?'

'Hij heeft zich verhangen, mama.'

Leona haalde diep adem. Marcus Heydens was dus dood. Ze keek op haar horloge. Het was twintig voor twaalf.

'Heb je de hulpdiensten gebeld?' vroeg ze.

'Nog niet.'

'Waarom niet?'

'Omdat hij dood is, mama.'

'Dan moet je de politie bellen, jongen.'

'Ja, mama.'

Valentijn verbrak de verbinding, klapte zijn gsm dicht en ging in de gang op een stoel zitten.

Leona Vidts liet haar peignoir van haar schouders glijden en liep in haar slipje door de koude gang naar de slaapkamer. Ze trok zenuwachtig een spijkerbroek en een trui aan. Een bh droeg ze nooit, want daarvoor waren haar borsten te klein. Ze glimlachte. Marcus was destijds op haar borsten gevallen en hij was ze nooit ontrouw geweest. Leona zette de verwarming laag en maakte een blikje hondenvoer open. Ze was benieuwd hoe Henri Broos zou reageren als ze hem straks het nieuws zou vertellen.

2

De Coupure had iets romantisch. Dat kwam door de plezierboten die op gelijke hoogte van de huizen op de rei dobberden en de vermolmde sluispoorten die zo van een impressionistisch schilderij leken weggeplukt. Versavel parkeerde de Golf onder de bomen aan de kant van het water. Voor het huis van Marcus Heydens stond een ambulance met tollend zwaailicht. Terwijl de arts van het medisch urgentieteam via de boordradio verslag uitbracht aan de dispatcher in de alarmcentrale, rookte zijn chauffeur, een jonge verpleegkundige met lang ros haar, haastig een sigaretje.

Versavel trok de sleutel uit het contact en gooide het portier open. Het was even opgehouden met regenen en er woei een koele, verfrissende wind. Van In streek door zijn haar, krabde de achterkant van zijn hoofd en pulkte in zijn neus.

'Wie heeft het slachtoffer gevonden?'

'Zijn zoon', zei Versavel.

'Dat soort dingen zou bij wet verboden moeten worden.'

Versavel vroeg zich niet af wat Van In daarmee bedoelde. Ze liepen samen de straat over. De chauffeur van de ambulance trapte zijn sigaret uit en stapte in de ziekenwagen. Er was net een nieuwe oproep binnengekomen. Twee tieners hadden zich in de buurt van Waardamme tegen een boom te pletter gereden. Een van hen was er erg aan toe. De andere was dood.

Van In groette de agent die bij de deur geposteerd stond.

'Het zijn steeds dezelfde sukkels die moeten werken. Nietwaar, Robert?' zei hij op een toon van gabbers-onderelkaar.

Agent Bruynooghe grijnsde en beantwoordde de groet van zijn overste door met gestrekte vingers de zijkant van zijn kepie aan te tikken. Als lid van de oude garde begreep hij perfect wat Van In wilde zeggen.

'Delodder heeft me een twintig minuten geleden uit mijn bed gebeld', zei hij. 'Net toen mijn vrouw en ik aan ons "huiswerk" wilden beginnen', voegde hij er met een knipoog aan toe.

Bruynooghe had zich drie maanden geleden laten steriliseren. Hij liet geen gelegenheid voorbijgaan om op te scheppen met zijn prestaties, die naar verluidt sindsdien enorm waren verbeterd.

'Ik zal ervoor zorgen dat je je "huiswerk" kunt afmaken nog voor de haan driemaal kraait.'

Het klonk een beetje als: vandaag nog zul je tegelijk met mij in het paradijs zijn; ook een grove leugen want Van In had het paradijs in maanden niet meer betreden.

Valentijn Heydens zat nog steeds op een stoel in de gang, gebeiteld als een stenen beeld. Zijn kin rustte op zijn borst en hij schermde de zijkant van zijn gezicht af met zijn rechterhand.

'Goedenavond, mijnheer. Ik ben commissaris Van In, bijzondere recherche.'

Heydens gaf geen kik en dat beviel Van In allerminst. Vijfhonderd jaar geleden had Michelangelo een van zijn beelden met één zin tot leven willen wekken, maar Mozes was blijven zitten. Toen had de kunstenaar zijn creatie uit pure frustratie met een hamer bewerkt, een manier van handelen die Van In zich jammer genoeg niet kon permitteren.

‘Typisch het gedrag van een emo-gozer’, fluisterde hij.
Versavel trok zijn wenkbrauwen op.

‘Kerels die van elke gelegenheid schaamteloos gebruik maken om hun medemens te laten zien hoe zwaar ze het emotioneel te verduren hebben’, verduidelijkte Van In.

‘Lacho’s zul je bedoelen.’

Vorige week had Versavel in een boulevardblad een artikel gelezen over de ideale man van het derde millennium. De auteur van het stuk, een verwaten journaliste die hoogstwaarschijnlijk aan een postmenopauzaal trauma leed, had in haar onstuitbare drang naar taalvernieuwing en in analogie met ‘macho’ het woord ‘lacho’ gelanceerd, met de ‘l’ van lief.

‘Laten we het op huilebalken houden’, zei Van In. ‘Daar staat ook een “l” in.’

Zijn minachtende woorden sorteerden geen effect op het gedrag van Valentijn Heydens. Aansteller, dacht Van In. Dat was ook een woord met een ‘l’, twee achter elkaar zelfs. Hij schraapte nadrukkelijk zijn keel.

‘Hallo, makker. Wakker worden. Politie.’

Het duurde tien volle seconden voor Valentijn Heydens langzaam zijn hoofd oprichtte. Zijn blik was dof en om zijn ogen zat een rode rand.

‘Excuseert u mij’, zei hij. ‘Ik was er even niet met mijn gedachten bij.’

‘Ik ben commissaris Van In en dit is brigadier Versavel’, zei Van In op een verveelde toon. ‘Ik neem aan dat u ons gebeld hebt.’

Valentijn knikte.

‘Dan bent u de zoon van het slachtoffer?’

‘Inderdaad, commissaris. Wat kan ik voor u doen?’

‘Ik zou graag weten wat er vanavond gebeurd is, mijnheer Heydens. Als u dat niet erg vindt tenminste.’

Van In sprak in korte afgebeten zinnen en dat vond Versavel gezien de omstandigheden niet erg tactvol. Hij zette een stap naar voren, duwde zijn chef voorzichtig opzij en legde zijn hand op Valentijns schouder.

'Mag ik u namens mijn collega en mezelf condoleren met het overlijden van uw vader, mijnheer Heydens', zei hij zacht.

Valentijn knikte opnieuw. Zijn neusvleugels trilden en zijn onderlip schoof naar voren. Hij begon te snikken. Toen Van In aanstalten maakte om daarover iets te zeggen, legde Versavel hem met een strenge blik het zwijgen op.

'Straks komen de mensen van Slachtofferhulp u bijstaan, mijnheer Heydens. Ik stel voor dat u zolang...'

Versavel liep naar de voordeur, maakte die open en wenkte agent Bruynooghe.

'Kun je even komen, Robert?'

Bruynooghe knikte. Hij vond het fijn dat er een beroep op hem werd gedaan. Zijn imposante gestalte vulde de hele deuropening.

'Wat kan ik voor u doen, brigadier?'

'Ik zou het bijzonder op prijs stellen als u een kop koffie zou willen zetten voor mijnheer Heydens.'

Bruynooghe keek eerst naar Versavel en daarna naar Van In. Zijn blik weerspiegelde zowel verbazing als ongeloof.

'Moet ik koffie zetten?'

In de loop van zijn lange carrière had Bruynooghe veel zien veranderen bij de politie. Van ordehandhaving was al jaren geen sprake meer, daarover waren de meeste van zijn collega's het met hem eens, en het werd alsmaar erger. De voorbeelden van decadentie waren legio. Zo moesten agenten een verdachte tegenwoordig met 'mijnheer' aanspreken, zelfs als dezelfde verdachte hen eerst voor 'vuile flik' had uitgescholden. Bruynooghe had zich neergelegd bij het watjesbeleid dat hem en zijn makkers door een zootje zachtgekookte intellectuelen was opgedrongen, omdat er brood op de plank moest komen en hij net als Versavel voor promotie in aanmerking kwam, maar te veel was te veel. Koffie zetten voor snotterende slachtoffers maakte geen deel uit van zijn taak. Hij was een politieagent, geen serveerster.

'Met alle respect, commissaris, maar...'

Van In kende Bruynooghe al langer dan vandaag. Hij zag meteen wat er mis was.

'Doe me een plezier, Robert', glimlachte hij. 'De experts van Slachtofferhulp kunnen hier elk ogenblik arriveren en zodra zij ter plaatse zijn, redden we het wel zonder jou.'

Van In onderstreepte de neerbuigende toon waarop hij 'experts' uitsprak met een knipoog.

'Bel je vrouw maar en zeg haar dat ze je over een halfuur thuis mag verwachten.'

Bruynooghe aarzelde. Toen ging hij in de houding staan en salueerde, net als in de goede oude tijd.

'Tot uw orders, commissaris.'

Van alle officieren in het korps was Van In de meest menselijke, een kerel uit één stuk, iemand die wist hoe hij met het voetvolk moest omgaan.

'Dank je, Robert.'

Van In draaide zich om.

'Terwijl brigadier Versavel zich over het slachtoffer ontfermt, ga ik een kijkje nemen op de plaats waar het "drama" zich heeft afgespeeld', zei hij sarcastisch.

Versavel kon het niet laten zijn vriend op stang te jagen. Hij ging net als Bruynooghe in de houding staan.

'Moet ik nu ook salueren, commissaris?'

'Nee, Guido. Jij moet buigen.'

Op de gang kwamen drie deuren uit. Achter een ervan bevond zich de salon waar volgens inspecteur Delodder het lijk was gevonden. Van In had de snotteraar niet nodig om hem de weg te wijzen. Hij was mans genoeg om alleen op verkenning te gaan. De 'lacho' kon hem gestolen worden.

In het Engels heet een salon 'a drawing-room', wat letterlijk vertaald 'tekenkamer' betekent, een betekenis die in dit geval dicht bij de realiteit aanleunde, want de kamer die Van In betrad, lag vol onafgewerkte tekeningen en overal slingerden houtskoolstiften, potloden en pennen rond. Er stond zelfs een ouderwetse ezel waarop met punaises een groot vel handgeschept papier was geprikt. Van In deed de deur achter zich dicht en bleef roerloos staan. Wat hem meteen opviel, waren de afmetingen van de kamer, zes meter breed en vijf hoog, en de tribune natuurlijk. Het touw dat van de balustrade naar beneden bungelde, sprak voor zich. Op het eerste gezicht leek alles op zelfmoord.

De hulpverleners hadden Marcus Heydens losgesneden en hem op zijn rug op de sofa gelegd. Waarschijnlijk had de arts van het medisch urgentieteam het dode lichaam nog proberen te reanimeren, want het overhemd van Heydens was opengeknoopt en zijn mond gaapte half open als gevolg van de haastig uitgevoerde ingreep. De televisie stond aan. Een Amerikaanse tweederangsacteur debiteerde een niet ondertitelde dialoog. Van In zette drie stappen naar voren in de richting van de schildersezel, die voor het raam aan de noordkant van de salon stond opgesteld, waar het licht per definitie het mooist is. Het verschil tussen een echte kunstenaar en een amateur is dat een kunstenaar vorm geeft aan een idee, terwijl een amateur zijn inspiratie ontleent aan een bestaande vorm. Het werk op de ezel beantwoordde aan geen van beide definities. De ingekleurde tekening stelde een soort tempel voor, met zuilen en een driehoekig fronton, waarin een opgaande zon de toeschouwer aankeek als een alziend oog. Het gebouw werd bekroond met een koepel en geflankeerd door drie torens. Van op een afstand leken het minaretten, maar toen Van In ze van dichtbij bekeek, bemerkte hij dat ze westerse, laatgotische trekjes vertoonden. Aan weerskanten van de ingang van het gebouw stond een wachter. Ze hadden allebei een zwaard in de vuist. De punt van het ene was naar boven gericht, het andere naar beneden. De tekening was bizar en paste niet bij het andere werk van Heydens dat voornamelijk uit landschappen en marines bestond. Nochtans droeg de tekening op de ezel het monogram dat op alle andere werken van Heydens prijkte, een zwierige 'M' met wijd uiteenstaande benen zodat daartussen voldoende ruimte overbleef voor twee verticale streepjes die samen met het dwarse gedeelte van de 'M' een 'H' vormden. Van In maakte een slordige schets van het monogram in zijn notitieboekje en maakte een paar aantekeningen. Hij was een beetje onder de indruk van de kamer, die ondanks de aanwezigheid van een dode een zekere knusheid uitstraalde. Van In, die er zelf al jaren van droomde om van tekenen en schilderen zijn hobby te maken, voelde zich er thuis. De gloed van geboende antieke kasten, de hoge zoldering, de middeleeuws ogende tribune en de geur van bestorven sigaren deden hem verlangen naar de dag waarop hij met pensioen zou gaan, een moment waarnaar hij al vijfentwintig jaar uitkeek en dat hem eindelijk rust zou brengen zoals de herfst alle groei bedwingt en ieder leven pijnloos naar de dood begeleidt. Van In trok een paar plastic handschoenen aan en onderzocht het ronde krukje dat onder de tribune lag. Aan de onderkant van de zitting kleefde een vergeeld papiertje. 'Thonet' stond erop. Thonet was een Oostenrijkse meubelmaker die in de negentiende eeuw op grote schaal betaalbaar meubilair produceerde, net zoals Ford dat decennia later met auto's had gedaan. Vreemd. Het goedkope Thonet-krukje paste niet bij de zeventiende-eeuwse Hollandse kussenkast, de laatgotische koffer en de Chippendale-commode, stuk voor stuk meubels die in tegenstelling tot het krukje in een museum thuishoorden. Van In zette het krukje rechtop en bekeek de strop. Het leek alsof Heydens eerst zijn benen had opgetrokken en pas daarna het krukje omver geschopt. Vreemd dat mensen die een eind aan hun leven maken daar nog aan denken.

'De mensen van Slachtofferhulp zijn net gearriveerd.'

Versavel kwam zachtjes de salon binnen. Hij glimlachte toen hij de melancholische blik in de ogen van zijn vriend bemerkte.

'Het was niet mijn bedoeling je gezag te ondermijnen', zei hij op een verontschuldigende toon. 'Maar volgens mij had Valentijn Heydens dringend professionele hulp nodig.'

'Ik neem je niets kwalijk, Guido. Je kent me toch al langer dan vandaag.'

Van In draaide zich om, weg van de schildersezel en weg van zijn toekomstplannen.

'Is de wetsdokter er al?'

Nog voor Versavel iets kon zeggen, hoorden ze gestommel op de gang en de stem van Klaas Vermeulen van de technische recherche.

'...hoe kun je het raden, dokter? Gelukkig is Van In niet de grootste idioot van het korps.'

'Dokter Dupon', zei Versavel met een uitgestreken gezicht.

Van In stak haastig een sigaret op. Dat deed hij om Dupon te pesten, want de wetsdokter was in tegenstelling tot heel wat van zijn collega's een fervent antiroker. Toch was dit niet de enige reden waarom ze elkaar niet konden luchten. Dupon was een arrogante academicus die geen tegenspraak duldde en ooit in een interview met een toonaangevende krant had beweerd dat de politie zonder de hulp van de wetenschap geen enkele reden van bestaan meer had. Hetzelfde gold voor Klaas Vermeulen, een omhooggevallen laborant die in zijn vrije tijd gretig kaartjes uitdeelde waarop onder zijn naam 'forensisch expert' stond gedrukt, in vetjes dan nog.

'Goedenacht, heren.'

Van In blies de rook van zijn sigaret in de richting van Dupon en glimlachte. De wetsdokter trok een vies gezicht, maar onthield zich van commentaar. Dat vond hij beneden zijn waardigheid. Er volgde een pijnlijke stilte, een venijnige depressie die storm voorspelde. Ondertussen gingen de assistenten van Vermeulen, twee spichtige kerels in een goedkoop astronautenpak, aan de slag. De angst om sporen te verknoeien door onzorgvuldig gedrag zat er diep in.

'Ik stel voor dat we afwachten tot de heren van de gerechtelijke politie zich van hun taak hebben gekweten. Een mens weet maar nooit of dat resultaten oplevert', zei Van In cynisch.

Hij nam Versavel bij de arm en troonde hem mee naar de gang.

'Tot over een uurtje, heren.'

Van In trok de deur achter zich dicht en begon opvallend luid te lachen.

'Dat zal de professor niet leuk vinden', zei Versavel gesmoord. 'Zal ik de brandweer bellen?'

'Nee,' grijnsde Van In, 'want volgens mij beschikt Vermeulen over voldoende speeksel om het vuur te blussen.'

'Ik vind dat Bruynooghe lekkere koffie zet', zei Van In.

Hij en Versavel hadden zich in de keuken teruggetrokken. Veel meer dan koffie drinken konden ze voorlopig niet doen, want Valentijn Heydens lag boven op bed. Dokter Dupon, steeds bereid om dwars te liggen, had hem een injectie gegeven met een kalmerend middel en de mensen van Slachtofferhulp onverrichter zake naar huis gestuurd.

'Heeft hij jou iets verteld?'

'Wie?'

'Onze schone slaper natuurlijk. Wie anders?'

Versavel sloeg zijn ogen neer en nam een slok van zijn koffie.

'Ik heb amper vijf minuten met hem gesproken. Wat wil je horen?'

'De waarheid, Guido.'

'De waarheid, de waarheid... Weet ik veel wat de waarheid is.'

Van In stak een sigaret op en volgde de rookwolk die naar het plafond kronkelde. Als Versavel hem niet in de ogen durfde te kijken, wist hij zeker dat er iets niet pluis was met hem.

'Vroeg of laat kom ik het toch te weten, Guido.'

Versavel slaakte een zucht. Iets verborgen houden voor Van In was even moeilijk als ongemerkt met een olifant over de Markt lopen.

'Dat zal wel.'

'Wat heeft Heydens je verteld?'

'Daar kom je morgen wel achter, Pieter.'

'Ik wil het nu weten, Guido.'

Versavel zuchtte opnieuw. Hij sloeg zijn ogen op en keek zijn vriend strak aan.

'Valentijn Heydens beweert dat hij de hele avond met Hannelore heeft doorgebracht', zei hij mat.

Valentijn Heydens had hem ook toevertrouwd dat hij Hannelore al bijna twintig jaar kende, ze een turbulente verhouding achter de rug hadden en hij die draad opnieuw wilde opnemen. Die informatie hield Versavel wijselijk voor zich. Terecht. Dat bleek uit de reactie van zijn vriend. Van In begon te snuffen als een verkouden pitbull. Het obscene gebaar dat Hannelore had gemaakt toen ze thuiskwam, kreeg plotseling een totaal andere betekenis.

'De klootzak.'

Van In gooide zijn half opgerookte sigaret in zijn kop koffie. Psst.

'Ik weet niet of het waar is, Pieter.'

'Je weet niet of het waar is. Ben je dan blind?'

'Nee.'

Versavel had met zijn eigen ogen gezien in welke toestand Hannelore was thuisgekomen. Hij kon begrip opbrengen voor de woede van zijn vriend, want jaloersheid is een redeloos dier, een giftig beest dat geen medelijden kent. Versavel was er zich van bewust dat hij in dezelfde omstandigheden wellicht ook furieus gereageerd zou hebben.

'Laten we Heydens morgen verhoren', zei hij.

'Nee. Ik wil nu weten wat er aan de hand is. Ik ga de klootzak wakker maken.'

'Dat kun je niet maken, Pieter. Dit is geen moordzaak. Valentijn Heydens is geen verdachte.'

'Daar trek ik me niets van aan. Ik wil weten wat er gebeurd is. Maak hem wakker.'

Versavel had zijn vriend in het verleden al voor menige stommiteit behoed. Hij moest een confrontatie tussen Heydens en Van In tot elke prijs zien te vermijden.

'Denk toch eens na, Pieter. Zelfs als dit een moordzaak was, dan nog zou je Valentijn Heydens als verdachte moeten schrappen. Hij beschikt immers over een alibi dat even waterdicht is als...'

'Als wat?'

Dokter Dupon kwam de keuken binnen. Wraaklustig, quaerens quem devoret, op zoek naar een prooi om te verscheuren. Versavel reageerde meteen, al was het maar om erger te voorkomen, want nu Van In wist dat Hannelore de hele avond met Heydens had doorgebracht, was de minste provocatie voldoende om een handgemeen te ontketenen, wat in die omstandigheden wel eens catastrofale gevolgen zou kunnen hebben.

'Waterdicht als een vooroorlogs condoom', zei hij op een schalkse toon. 'Of moet ik zaaddicht zeggen?'

'Grappig, mijnheer Versavel. Dat had ik van jou niet verwacht.'

Dupon was geboren in 1939 als jongste uit een nest van acht. Zijn ouders, allebei plichtsgetrouwe ambtenaren, hadden hem streng katholiek opgevoed en hem steeds voorgehouden dat een universitaire opleiding de enige manier was om zijn eenvoudige komaf te overstijgen en respect af te dwingen van het gepeupel, dat volgens hen, God hebbe hun ziel, uitsluitend bestond uit dwazen, dronkaards, luiaards, echtbrekers en homo's.

'Als uw soort het ding eerder had gebruikt, was er in de ziekenhuizen nu meer plaats voor echte zieken, mijnheer de brigadier.'

Oog om oog, tand om tand. Ook die wijsheid was Dupon met de moedermelk ingelepeld. Van In hield zijn hart vast, maar Versavel liet zich niet opjutten.

'Als mijn soort het ding nooit had gebruikt, waren we nu allemaal dood, dokter', zei hij waardig.

Die zat. Dupon zweeg.

'Een kop koffie, dokter? Tenminste, als u daar de tijd voor hebt.'

Van In probeerde de brand te blussen die Versavel had gestookt. Meestal was het andersom.

'Nee', zei Dupon ijzig. 'Eigenlijk kom ik jullie meedelen dat ik het onderzoek heb afgerond.'

'Nu al?'

Van In wierp een blik op zijn horloge. De wetsdokter was amper een kwartier bezig geweest.

'Ja', zei Dupon.

'En?'

'En wat, commissaris?'

'Als u het onderzoek hebt afgerond, zou ik graag weten wat uw bevindingen zijn, dokter.'

Dupon zette een hoge borst op en produceerde een minachtend glimlachje.

'Precies daarom ben ik u hier komen opzoeken, commissaris, om u te zeggen dat ik mijn bevindingen in een rapport zal neerschrijven, een rapport dat ik u morgen via de gebruikelijke kanalen zal bezorgen.'

Triomf is een sensatie die thuishoort in de categorie van vluchtige genoegens, een surrogaat dat dwazen vaak verwarren met geluk. Dupon was zich daar niet van bewust. Hij genoot van zijn overwinning, keerde Van In en Versavel de rug toe en banjerde de keuken uit als een uitgerangeerde macho die net zijn schoonmoeder heeft versierd.

'Van Vermeulen en gezellen zal ook niet veel heil te verwachten vallen', zei Versavel toen Dupon de deur uit was. 'Volgens mij hebben ze de hele komedie vooraf met elkaar afgesproken.'

Van In dacht aan Hannelore en aan de uren die ze met Valentijn Heydens had doorgebracht. Zijn bloed begon te koken. Plotseling ging de keukendeur open. Agent Bruynooghe liet een bescheiden kuchje horen.

'Ene Diana Heydens wenst u te spreken, commissaris', zei hij op een toon die een ceremoniemeester bij officiële gelegenheden pleegt aan te slaan. 'In verband met de dood van Marcus Heydens', voegde hij er plechtstatig aan toe.

'Ik dacht dat je al naar huis was, Robert', zei Van In zonder zijn hoofd op te richten.

'Ze zegt dat het dringend is, commissaris.'

'Dringend. Komt ze de erfenis al opstrijken?'

Bruynooghe zweeg. Hij had moeten zeggen dat Diana Heydens achter hem in de gang stond, maar daartoe had hij niet de kans gekregen. Het was een pijnlijk moment.

‘Ik heb zijn geld niet nodig, mijnheer de commissaris.’

Nu richtte Van In zijn hoofd wel op. In de deuropening stond een goedgeklede vrouw. Van op een afstand zag ze er niet echt lelijk uit, maar dat zegt men ook van mannen die in dure BMW’s rondtoeren. Bon chic, bon genre.

‘Excuseert u ons, mevrouw’, zei Versavel. ‘Maar...’

‘Mijn broer heeft me gebeld’, zei ze. ‘Kan ik hem spreken, alstublieft?’

‘Uw broer?’ zei Van In. ‘Bent u de zuster van Valentijn Heydens?’

‘Twijfelt u daar soms aan, commissaris?’

Ze kwam in het licht staan. Onder haar dure jurk bolde een dikke buik op met in het midden een behoorlijk diepe instulping, precies op de plaats waar haar navel zat. Van borsten was er amper sprake. Alle vlees leek in haar schoot te zijn neergedaald. Uit respect voor haar toestand gooide Van In zijn half opgerookte sigaret in zijn kop koffie. Kis. Er dobberden nu twee peuken in, zij het om een verschillende reden. Van In monsterde het schonkige schepsel en vroeg zich af welk karakter er achter de dikke laag glimmende make-up verborgen zat. Sympathiek zag Diana Heydens er in ieder geval niet uit. Ze leek wel een non die op een onbewaakt moment onder een pater was terechtgekomen.

‘Woont u hier?’ vroeg Van In.

‘Moet een zuster bij haar broer wonen?’ reageerde Diana kribbig.

Raymond Chandler zou uit die zinnen voldoende stof voor een spannende detective hebben geput.

‘Het was maar een vraag, mevrouw.’

Diana Heydens zette twee stappen naar voren.

‘Ik hoef uw grove opmerkingen niet te slikken, commissaris. Als ik u was, zou ik me gedeisd houden.’

Van In had een hekel aan mensen die een vraag niet op de inhoud beoordeelden, maar op de toon waarop ze werd gesteld. Hij liet de schroom varen die hij aanvankelijk voor de toestand van Diana Heydens aan de dag had gelegd.

'Kunt u ook bewijzen dat u de zuster bent van Valentijn Heydens?' vroeg hij neerbuigend.

'Bewijzen?'

Diana Heydens begon plotseling te trillen op haar benen. Versavel hield zijn hart vast. Straks beviel ze nog in de keuken en wat zouden ze dan moeten aanvangen. Dokter Dupon bellen?

'Marcus Heydens is in verdachte omstandigheden om het leven gekomen, mevrouw. In het belang van het onderzoek zijn wij verplicht de identiteit te verifiëren van iedereen die iets met de zaak te maken heeft', zei de brigadier sussend. 'Ik begrijp dat sommige mensen dat niet altijd even prettig vinden, maar...'

'Ik ben niet iedereen, mijnheer de agent. Ik ben de dochter van Marcus Heydens. Ik hoef me helemaal niet te identificeren. Ik heb verdomme de sleutel van dit huis.'

Van In moest onwillekeurig lachen. Versavel kwam volgende maand in aanmerking voor een bevordering tot inspecteur. Hem 'agent' noemen was even tactloos als de paus met 'mijnheer pastoor' aanspreken.

'Mijnheer de brigadier bedoelt het goed, mevrouw Heydens. Wij doen ons uiterste best alle informatie te verzamelen die kan leiden tot het opsporen en aanhouden van de dader.'

Wat Van In zei, sloeg nergens op. Er was helemaal geen sprake van een dader. In zijn ijver om Versavel te verdedigen, had hij zich een standaardzinnetje laten ontvallen, dat hij tijdens een vervolmakingscursus op de politieschool had opgestoken en dat volgens de lesgever in kwestie een kalmerende invloed uitoefende op al te agressieve 'cliënten'. Vandaar de lapsus. Net toen Van In het euvel wilde rechtzetten, reageerde Diana Heydens op een hoogst merkwaardige manier.

‘Mijn vader was rijk. Hij zal dus ook wel veel vijanden gehad hebben’, zei ze plotseling.

Ze staarde wezenloos naar het aanrecht alsof ze plotseling in een andere dimensie was beland.

‘Het gaat dus toch om geld?’ zei Van In.

‘Geld?’

‘Denkt u dat uw vader vermoord is?’

Ze draaide haar hoofd. De starre blik in haar ogen bezorgde Van In een opgelaten gevoel.

‘U zei dat uw vader veel vijanden had’, zei hij op een gemaakt vriendelijke toon.

Diana Heydens staarde hem met opengesperde ogen aan. Secondelang.

‘Gaat het een beetje, mevrouw Heydens?’ vroeg Versavel.

Hij liep op haar toe.

‘Blijf van mijn lijf.’

Diana Heydens haalde uit, maar gelukkig kon Versavel haar vuist ontwijken.

‘Wat willen jullie eigenlijk insinueren, stelletje bosapen. Dat ik mijn vader heb laten vermoorden om zijn geld?’

Van In zette een stap achteruit.

‘Wij insinueren niets, mevrouw. U hebt de erfeniskwestie ter sprake gebracht. Wij niet.’

Die opmerking deed Diana Heydens ontploffen.

‘Ik bel meteen een advocaat!’ schreeuwde ze. ‘En niet zomaar de eerste de beste.’

Ze noemde de naam van een gerenommeerd strafpleiter.

‘Dat is uw recht, mevrouw’, zei Van In koel.

Meester Persyn was inderdaad niet de eerste de beste. Vorig jaar was hij erin geslaagd een rechercheur te laten veroordelen wegens vermeende politiebrutaliteit. De man in kwestie was die veroordeling nooit te boven gekomen en verbleef sinds kort in een psychiatrische instelling.

'Misschien is het verstandiger ons gesprek een andere keer voort te zetten, mevrouw. In het belang van het onderzoek.'

Het klonk bijna als een excuus. Van In had vannacht duidelijk geen geluk met vrouwen. Thuis lag een dronken exemplaar haar roes uit te slapen en op zijn werk werd hij bedreigd door een zwangere hysterica. Gelukkig zou Hannelore morgen weer mooi en verstandig zijn, iets wat van Diana Heydens niet gezegd kon worden.

'Ik bel in ieder geval meester Persyn!' schreeuwde ze.

'T'as bien raison, Diane.'

Klaas Vermeulen kwam de keuken binnen. Hij grijnsde, zette zijn tas op de grond en omhelsde het zwangere schepsel. Diana Heydens veranderde van humeur als een kameleon van kleur.

'Mon cher Nicolas', zei ze poeslief. 'Quel plaisir de te voir ici. Je ne savais pas que...'

Van In keek naar Versavel met een blik van 'mon Dieu', maar dan in het Nederlands.

'Ik krijg dorst van al dat geslijm', siste hij tussen zijn tanden.

Diana Heydens en Klaas Vermeulen liepen gezellig keuvelend de keuken uit, alsof er niets aan de hand was. Nog voor Van In daarover iets kon zeggen, zwaaide de deur voor de vierde keer open. Procureur Beekman beende naar binnen. Hij zag eruit alsof hij een halve marathon had gelopen. Na het uitwisselen van de gebruikelijke beleefdheden ging hij zitten en schonk zich een kop koffie in.

'Vanaf nu is dit een zaak van het parket, Pieter', zei hij kordaat.

Procureur Beekman nam een slok van zijn koffie en vertelde Van In in een paar woorden wat er aan de hand was.

'Wist ik veel dat Marcus Heydens raadsheer was bij het Hof van Cassatie', zei Van In met een dubbele tong.

Beekman had hen drie kwartier geleden weggestuurd en de boel laten verzegelen door de technici van de gerechtelijke politie. Die zou later op de dag een speciale eenheid sturen. Opdat geen enkel spoor verloren zou gaan, had Beekman met veel aplomb verklaard. Het was duidelijk dat de procureur onder druk stond.

'Zo zie je maar hoe onmisbaar we zijn', zei Van In. 'Als een sukkelaar zich van ellende de polsen doorsnijdt, mogen wij de klus klaren, maar o wee als het slachtoffer tot de hogere kringen behoort. Dan zet het parket alle middelen in om het verdachte overlijden te onderzoeken.'

Hoewel Versavel zich ook een beetje beledigd voelde, reageerde hij niet op het sarcasme van zijn vriend. Stilte. De vermoeidheid begon haar tol te eisen, maar dat was geen excuus om een schuimloze Duvel te drinken. Van In gaapte en liet het bier walsen tot er weer een schuimkraag verscheen.

'Weet Frank dat we hier zijn?'

'Nee,' zei Versavel, 'maar het zou stom zijn om hem wakker te maken.'

'Oké, Guido. Nog eentje en dan zijn we naar huis.'

Van In hoefde zijn hand niet op te steken. Johan serveerde de drankjes ongevraagd en daar had hij zijn redenen voor.

'Dit is er een van het huis', zei hij met een lijkbiddersgezicht.

Van In keek de kroegbaas verbaasd aan.

'Zo erg is het nu ook weer niet, makker. Die dingen gebeuren nu eenmaal. Feeksen zullen er altijd zijn, net als klootzakken. Het kan me allemaal niet schelen. Ik trek me niets meer aan van die twee.'

'Dat vind ik jammer', zei Johan. 'Ik vond haar anders best een leuke meid.'

'Een leuke meid! Ken je dat gordeldier dan?'

Misverstanden zijn de basisingrediënten van een goede sitcom en daar begon de situatie stilaan op te lijken. Johan voelde nattigheid en probeerde er wanhopig onderuit te komen.

'Sorry, Pieter. Ik heb...'

Verder kwam hij niet. Gelukkig kwam Versavel hem te hulp.

'Hannelore heeft hier bijna de hele avond met Heydens doorgebracht', zei hij neutraal. 'Johan dacht dat jij...'

Onweer ontstaat als koude en warme luchtlagen met elkaar botsen. Dat contact zorgt voor een ontlading. Van In stak zijn neus in het schuim van de ijskoude Duvel, nam een slok en schoot daarna in een onbedaarlijke lachbui. Johan keek verbaasd.

'Zal ik nog een portie kaas brengen?' vroeg hij.

'Maak jij de deur maar open', zei Van In.

Hij overhandigde Versavel zijn huissleutel en zette wankelend een stap achteruit. Boven de daken van de Vette Vispoort kondigde donkergrijze lucht nieuwe regen aan.

'Verdomme', vloekte Van In toen de eerste druppel op zijn hoofd viel.

Hij was moe, dronken en kwaad en dat niet noodzakelijk in die volgorde.

'Ik zal je in bed stoppen', zei Versavel.

Hij ondersteunde zijn vriend, installeerde hem op de bank in de salon en liep daarna voorzichtig naar boven. Toen hij de deur van de slaapkamer openmaakte, herkende hij de ademhaling van Frank. Zijn vriend lag naast Hannelore in bed en zij had haar arm om zijn middel geslagen. Het leek wel een gekuiste scène uit de *Decamerone* van Boccaccio. Versavel kon niet anders dan glimlachen. Hier was in ieder geval niets gebeurd. Dat wist hij zeker.

3

Het regende nog altijd oude wijven toen Versavel en Frank na een bewogen nacht om tien over zeven hand in hand over de hobbelige kasseien van de Vette Vispoort liepen. Hoewel er overal grote plassen stonden, deed Frank geen moeite om ze te ontwijken. Hij was doodop en bekommerde zich daarom voor een keer niet om zijn dure Italiaanse schoenen, want die waren toch al nat. Gelukkig droeg hij een oud paar, wat het leed aanzienlijk verzachtte.

'Wat is er eigenlijk met Van In?' vroeg hij terloops, meer om de stilte te doorbreken dan om een echte conversatie te beginnen.

Ze sloegen rechts af. Voor de zij-ingang van de Sint-Jakobskerk wachtten een drietal verstokte katholieken tot de koster de deur zou openmaken voor de vroegmis.

'Hannelore is gisteravond met een oude vriend gaan stappen', zei Versavel.

Een vroege auto scheerde langs het trottoir en deed het slijk in de goot opspatten.

'Godverdomme.'

Ze bleven staan. Frank keek verbijsterd naar de besmeurde neuzen van zijn dure Italiaanse schoenen. Water vond hij niet zo erg, maar aan modder had hij een hekel.

'Hannelore is gisteren met een oude vriend op stap geweest', zei Versavel voor de tweede keer.

'Daarover heeft ze me vannacht niets verteld.'

Frank repte met geen woord over wat ze dan wel hadden besproken. Hij bukte zich en veegde de smurrie van zijn schoenen. Versavel wachtte geduldig tot zijn vriend daarmee klaar was.

'Het uitstapje van Hannelore zit Van In dwars.'

'Ach zo', zei Frank.

'Dan begrijp je wellicht hoe hij zich voelt.'

Versavel trok zijn gezicht in een ernstige plooi. Een van de kerkgangers herkende hem, glimlachte joviaal en stak zijn hand op. Versavel beantwoordde de groet met een zuinig hoofdknikje. Hypocrieten, dacht hij. Nog voor de koster arriveerde, zouden ze over hem beginnen te roddelen en zich daarbij niet schuldig voelen, want roddelen was een dagelijkse zonde die hen straks vergeven zou worden.

Versavel en Frank liepen stilzwijgend naar het plein voor de kerk waar ze gisteren hun wagen onder een wilde kastanjeboom hadden geparkeerd. Er hing wrevel in de lucht, dat voelden ze allebei aan.

'Je wordt stilaan een bekende Bruggeling', lachte Frank een beetje schaapachtig.

Een tijdje geleden was hij Versavel ook ontrouw geweest, maar dat was gelukkig weer goed gekomen. Hun relatie was er zelfs intenser door geworden.

'Laten we hopen dat Hannelore en Pieter er ook uit raken.'

Hij kneep in Versavels hand.

'Ik heb er in ieder geval nog spijt van.'

Een liefdevol woord heelt zelfs de meest pijnlijke wonden. Versavel had zin om zijn vriend een zoen te geven, maar toen hij dat wilde doen, wendde Frank zich van hem af.

'Dit is een katholieke wijk, inspecteur', merkte hij smalend op. 'En vergeet niet dat jij een uniform draagt.'

Versavel zuchtte berustend en haalde de autosleutels uit zijn broekzak.

'Wil je me dan tenminste aan het politiebureau afzetten? Of moet ik daarvoor eerst mijn uniform uittrekken?'

Frank haalde een schouder op zoals alleen homo's dat kunnen.

'Gij zult uw Heer niet beproeven', monkelde hij.

Toen ze in de auto zaten, gaf Versavel hem toch een zoen.

'Ik zal proberen vanavond vroeg thuis te zijn', zei hij.

Versavel stapte uit en liep naar de ingang van het politiebureau. Een collega wierp hem een veelbetekenende blik toe.

'Als Van In ziek is, moet hij me dat zelf melden, brigadier. Wat mij betreft is hij onwettig afwezig en als ik goed ben ingelicht, gebeurt dat vaker de laatste tijd. Zijn gedrag is onvergeeflijk. Het werpt een smet op het blazoen van mijn korps en daar heb ik schoon genoeg van.'

Hoofdcommissaris De Kee stond op van zijn stoel, keerde Versavel de rug toe en keek door het raam naar buiten. Dat deed hij vaker als hij zich opwond.

'Dat weet ik, mijnheer de hoofdcommissaris, maar...'

'Wat maar? Is hij niet ziek dan?'

Versavel had zich in een heikele situatie gemanoeuvreerd. De kans was groot dat Van In vanmiddag onverwacht zou opduiken en een compleet ander verhaal opdiste.

'Het heeft vannacht de hele tijd geregend', loog hij. 'Dat heeft commissaris Van In geen goed gedaan. Hij was doorweekt toen we vanochtend...'

'Vanochtend', snoof De Kee. 'Volgens een betrouwbare bron zijn jullie om halftwee opgestapt.'

Zeggen dat procureur Beekman hen had weggestuurd, zou geen zoden aan de dijk zetten. Versavel zocht naar een uitweg.

'Het buurtonderzoek heeft nogal wat tijd in beslag genomen', zei hij niet erg overtuigend.

'Het buurtonderzoek', herhaalde De Kee met geveinsde onschuld. 'Ik wist niet dat de buurt van de Coupure zich tot aan het Astridpark uitstrekt.'

Niemand wordt graag met zijn neus op de naakte feiten gedrukt, zeker niet als die kloppen. Versavel zweeg en dat beviel De Kee. Hij bekeek zichzelf in het spiegelende vensterglas en genoot van zijn eigen gemene lachje.

'Waarom zegt u niet dat jullie dringend moesten schuilen voor de regen en er maar één plaats was waar jullie in het holst van de nacht terechtkonden? U herinnert zich de naam van het café toch nog, brigadier?'

De Kee draaide zich om, richtte zich in zijn volle lengte op en stak zijn kin naar voren. Geen matador had ooit meer genoegen beleefd aan het doodsteken van een stier dan De Kee aan het afmaken van Versavel.

'Ik kan u alleen melden dat commissaris Van In zich niet lekker voelt', zei Versavel. 'De rest is een zaak tussen u en hem.'

Wat moest hij verdomme zeggen? De Kee had hem in de tang. Ontkennen had geen zin. Op de keper beschouwd had hij zelfs gelijk. Van In lapte alle voorschriften aan zijn laars. Tot op vandaag had iedereen een oogje dichtgeknepen voor zijn escapades omdat hij resultaten boekte. Aan die tolerantie leek een eind te zijn gekomen. Dit keer wilden de haviken zijn vel. Tenminste, zo schatte Versavel de situatie in.

'U daarentegen hebt zich niets te verwijten', zei De Kee plotseling minzaam. 'Als u straks tot inspecteur wordt benoemd, een bevordering waarvoor ik op het hoogste niveau heb gepleit, weet ik heel zeker dat u zich uitstekend van uw nieuwe taak zult kwijten. Misschien zit er zelfs meer in dan een gewone promotie. U weet toch dat hoofdinspecteur Claeys over twee maanden met pensioen gaat?'

Versavel voelde iets ontploffen in zijn borst. Een doffe

pijn steeg langs zijn slokdarm omhoog. Hij kon niet langer zwijgen.

'Met bloedgeld ben ik niet gediend, mijnheer de hoofdcommissaris.'

De Kee was niet onder de indruk van Versavels repliek. Als volleerd leerling van Machiavelli wist hij dat ontrouw een proces is dat tijd in beslag neemt en iedere wapenrusting zo sterk is als de eerste barst die ze vertoont.

'Vanaf vandaag werkt u samen met adjunct-commissaris Vanneste', zei De Kee. 'Tot Van In weer voldoende fit is om zijn werk te hervatten', voegde hij er poeslief aan toe.

'Is dat alles, mijnheer de hoofdcommissaris?'

'Inderdaad, mijnheer de inspecteur. U kunt gaan.'

De Kee keerde zijn ondergeschikte opnieuw de rug toe. Machiavelli mocht tevreden zijn. De positie van commissaris Van In was verzwakt. Adjunct-commissaris Vanneste zou zich weren als een duivel in een wijwatervat en die machtsstrijd zou de krachten van de oppositie verzwakken. De Kee ging achter zijn bureau zitten en toetste het nummer van Vanneste in. Het was een publiek geheim dat Van In een kans maakte om hem op te volgen als hoofdcommissaris en dat wilde hij tot elke prijs verhinderen.

'Ik begrijp dat je als onderzoeksrechter verplicht bent om een doodsbedreiging ernstig te nemen, maar maak me niet wijs dat je in het belang van het onderzoek...'

'Ik ken Valentijn Heydens van toen ik nog studeerde, Pietertje. We hebben gisteren samen een paar glazen wijn gedronken. So what?'

Hannelore zat aan de keukentafel, stak zenuwachtig een sigaret op en dronk haar vijfde kop koffie leeg. Ze keek op de klok boven het aanrecht. Het was tien over elf.

'Valentijn was bang dat iemand zijn vader zou vermoorden', zei ze voor de zoveelste keer. 'Ondertussen weten we dat die vrees gegrond was. Zijn vader is dood. Dat heb je met je eigen ogen kunnen vaststellen.'

'De man heeft zelfmoord gepleegd, Hanne. Volgens mij waren die brieven gewoon een manier om jou...'

Hannelore streek zenuwachtig met haar vingers over het tafelblad.

'Je denkt toch niet dat ik met Valentijn de koffer ben ingedoken?'

Van In zweeg. Toen Versavel hem vanochtend op de bank had geïnstalleerd, bevatte zijn bloed voldoende alcohol om tien mormonen gedurende een week van hun missie af te houden. Toch had hij ondanks de roes de slaap niet kunnen vatten. Na amper een halfuur rusteloos woelen was hij naar de keuken gewaggeld. Hij had een pot koffie gezet en was daarna naar boven gestrompeld om Hannelore wakker te maken. Haar in gedachten te zien kreunen onder een andere man, maakte hem gek.

'Je was dronken, Hanne.'

'Ik ben niet met hem naar bed geweest, Pieter Van In. Hoeveel keer moet ik dat nog herhalen?'

Hannelore begon van pure frustratie te schreeuwen. Wat wilde hij horen? Dat het niet veel had gescheeld? Dat ze bijna was ingegaan op zijn voorstel om bij hem thuis een slaapmutsje te gaan drinken? Dat ze zich zelfs had afgevraagd hoe ze gereageerd zou hebben als hij avances had gemaakt?

Van In schonk zich een dubbele whisky in. Zijn hand beefde niet, maar dat was bedrieglijke schijn. De kilte die in zijn hart was geslopen, vertraagde iedere beweging die hij maakte en veroorzaakte een onnatuurlijke rust, een soort van verdoving die hem belette de boel kort en klein te slaan. Want hoewel Hannelore op een neutrale toon verslag had uitgebracht over haar ontmoeting met Valentijn Heydens en tot vervelens toe had proberen uit te leggen dat ze om louter professionele redenen op zijn verzoek was ingegaan, waren de vonken in haar ogen hem niet ontgaan, telkens als ze zijn naam noemde. Van In nam een slok van zijn whisky. Zijn lippen vormden woorden. Dat gebeurde automatisch alsof iemand hem dwong ze uit te spreken.

'Volgens mij ben je een hoer', zei hij toonloos.

Op dat moment begonnen Simon en Sarah te huilen. Hannelore keek Van In verbijsterd aan. Toen hij als een zombie voor zich uit bleef staren, stond ze op en liep naar boven. Bij iedere trede die ze beklom, dacht ze aan de mooie momenten die ze samen hadden gedeeld. Daar was nu een eind aan gekomen. Haar besluit stond vast. Eerst zou ze de kinderen naar haar ouders brengen en daarna... Ze keek even achterom. Als dat geregeld was, zou ze een flat huren en een nieuw leven beginnen, zonder Van In.

Zoals Versavel had voorspeld, arriveerde Van In in de late middag op het politiebureau; ongeschoren, met een gekreukt overhemd dat als een vod om zijn lijf slobberde en een troebele blik in zijn ogen.

'Ik dacht dat je de hele dag in bed zou blijven', zei Versavel luchtig.

'Doe niet flauw, Guido.'

'Zal ik koffie zetten?'

'Nee.'

'Wil je iets sterkers?'

Van In liet zich in zijn stoel ploffen, legde zijn handen in zijn nek en strekte zijn benen.

'Ja.'

Versavel liep naar de archiefkast waar ze de jenever bewaarden.

'Ik wil het sterkste spul dat we in huis hebben, Guido.'

Versavel draaide zich om. Er stonden twee flessen jenever in de kast, allebei met een alcoholgehalte van veertig procent.

'Jonge of oude?' vroeg hij een beetje hulpeloos.

'Met het sterkste spul bedoel ik water, Guido. Daar drijven zelfs gehavende schepen op.'

Versavel spoelde een glas om onder de kraan. Hij kon zich voorstellen wat Van In bedoelde met 'gehavend'.

'De Kee was furieus toen je vanochtend niet kwam opdagen', zei hij terloops.

'Pff.'

'Dit keer is het erger dan "pff", Pieter. De Kee heeft Vanneste naar Valentijn Heydens gestuurd om van hem een verklaring af te nemen.'

'Die klootzak?'

Van In dronk het glas water dat Versavel hem aanreikte in één teug leeg.

'Dat was te verwachten.'

'Wat was er te verwachten?'

Versavel ging zitten. Het zou niet meevallen Van In duidelijk te maken dat De Kee een vuil spel aan het spelen was.

'In een schaakpartij bewijst een paard de koning soms een grotere dienst dan de koningin, Pieter.'

Van In zette zijn glas met een luide tik op zijn bureau.

'Heb jij soms gedronken, Guido?'

'Nee', zei Versavel. 'Maar ik zou me wellicht beter voelen als ik het wel had gedaan.'

Adjunct-commissaris Vanneste nam met een krachtige handdruk afscheid van Valentijn Heydens, liep naar zijn wagen en ging met een zelfvoldane glimlach achter het stuur zitten. Hij had een heerlijke middag achter de rug. In zijn aktetas zat het lekkerste proza dat hij ooit bijeen had geschreven: een smeuïg verslag van de uren die Valentijn Heydens gisteren met onderzoeksrechter Hannelore Martens had doorgebracht. Hij had alles minutieus genoteerd, tot in de kleinste details.

Even voor vijf uur rolde het rapport van dokter Dupon uit het faxapparaat dat naast het koffiezetapparaat op de vensterbank stond. Versavel scheurde het bericht af, gaf het aan Van In en wachtte ongeduldig op een reactie.

'Wat zegt hij?'

Van In maakte een afwerend gebaar. De kleine lettertjes dansten onscherp voor zijn ogen, waardoor het een tijdje duurde voor hij de essentiële informatie van het ambtelijke koeterwaals kon onderscheiden.

'Geen sporen van geweld, dood door ophanging. Tijdstip van overlijden: 20 u. Resultaten van DNA-onderzoek volgen.'

'Waarom laat Dupon een DNA-onderzoek uitvoeren?' vroeg Versavel. 'Zou het dan toch geen zelfmoord zijn?'

'Dat zal het onderzoek moeten uitwijzen.'

Van In dacht aan de heftige reactie van Diana Heydens toen hij gisteren ten gevolge van een lapsus het woord 'dader' had gebruikt. Misschien was er toch iets meer aan de hand dan ze vermoedden. Stel dat Hannelore toch gelijk had en dat de brieven die Valentijn haar had laten zien echt waren.

'Het zou niet de eerste keer zijn dat iemand een moord als een zelfmoord ensceneert.'

Van In liet de fax in zijn papiermand dwarrelen en wreef met duim en wijsvinger wat gruis uit zijn ooghoeken. Hij kon zich moeilijk concentreren. Toen Hannelore er een paar jaar geleden vandoor was gegaan, had hij zich met volle overgave op zijn werk gestort, maar nu had hij daar geen zin meer in. Het geval Marcus Heydens interesseerde hem niet. Slechts één vraag hield hem bezig. Wat had hem in vredesnaam bezield om zijn vrouw voor hoer uit te schelden?

‘Hannelore is ervandoor, Guido.’

‘Dat vermoedde ik al’, zei Versavel.

Hij nam een stoel en ging naast zijn vriend zitten. Hij voelde zich opgelaten, want eigenlijk was het allemaal een beetje zijn schuld. Hij had gisteren zijn kiezen op elkaar moeten houden en niets mogen zeggen over het tête-à-tête van Hannelore en Heydens.

‘Volgens mij hoef je je geen zorgen te maken, Pieter. Vergeet niet dat Hannelore onderzoeksrechter is en mensen bij haar terechtkunnen om een klacht te formuleren.’

Terwijl hij Van In moed probeerde in te spreken, werd er geklopt.

‘Zal ik kijken wie het is?’

Toen Van In niet op die vraag reageerde, liep Versavel naar de deur en maakte die op een kier open.

‘Een zekere Broos wenst commissaris Van In te spreken’, zei een schuchtere agent. ‘In verband met de moord op Marcus Heydens.’

‘Daar hebben we nu geen tijd voor, agent’, zei Versavel. ‘Verwijs hem door naar de officier met wachtdienst.’

‘De officier met wachtdienst heeft mijnheer Broos naar jullie doorverwezen’, protesteerde de agent voorzichtig. ‘Daar kan ik toch niets aan doen.’

‘Een ogenblikje.’

Versavel deed de deur dicht, liep naar zijn bureau en belde de officier met wachtdienst. Het gesprek duurde amper tien seconden.

‘Is er iets?’ vroeg Van In.

‘Notaris Broos wil u spreken’, zei Versavel.

‘Dé notaris Broos?’

Versavel knikte. Notaris Broos was een legende. De meeste Bruggelingen kenden hem als de man die een fortuin had verdiend aan de verkaveling van de Stockveldewijk, een lap landbouwgrond die destijds op miraculeuze wijze tot bouwgrond was gepromoveerd.

'A la bonne heure', zei Van In met een verveeld gezicht. 'Wij van de politie zijn de behoeders van de democratie. Arm of rijk, iedereen is hier welkom.'

Henri Jean Albert Theodore Broos leek een beetje op Hercule Poirot. Hij droeg een ouderwets driedelig maatpak en de scheiding in zijn haar leek er met een bijl ingehakt. Alleen de snor ontbrak.

'Goedemiddag, commissaris.'

'Goedemiddag, mijnheer Broos. Gaat u zitten, mijnheer de notaris. Kan ik u iets te drinken aanbieden?' zei Van In overdreven vriendelijk. 'Een glaasje water misschien?'

De ironie lag er zo dik op dat Versavel zich omdraaide. Dat deed hij uit voorzorg. Het gebeurde immers vaker dat hij en Van In tegelijkertijd de slappe lach kregen als er een vreemde kwast over de vloer kwam. Daarom was het veiliger even geen oogcontact met elkaar te hebben. Zeker nu niet, want notaris Broos was een telg uit een eerbiedwaardige Brugse familie. De man was gewend om met respect behandeld te worden. Bovendien beschikte hij over machtige vrienden en een vermogen dat op meer dan een miljard frank werd geschat.

'Merci, commissaris', zei Broos.

Hij trok met een geroutineerd gebaar de pijpen van zijn broek een paar centimeter omhoog en ging zitten.

'Als u dat wenst, kan ik ook koffie zetten', stelde Versavel voor.

'Nee, danke meneer den agent. t'Is te loate vô kaffie.'

Veel Brugse intellectuelen van de oude stempel hielden er een vreemd taalgebruik op na. Met mensen van stand converseerden ze in een soort Franco-Nederlands. Het voetvolk daarentegen stonden ze in het dialect te woord.

'Eau de source voor "notoaris" Broos', gebood Van In.

Versavel klemde zijn tanden op elkaar en maakte zich haastig uit de voeten. Er zat niets anders op dan het 'eau de source' uit het kraantje in de keuken te gaan tappen.

'Als ik het goed begrijp, wenst u mij te spreken in verband met de moord op Marcus Heydens', zei Van In toen Versavel de deur achter zich had dichtgetrokken.

'En effet. Marcus was een goede vriend van mij, een heel goede vriend. Enfin. In de normale zin, bedoel ik.'

Van In nam een voorgedrukt proces-verbaalformulier en begon de verklaring van notaris Broos te noteren, al was het maar om het onderhoud een officieel tintje te geven. Als het gesprek niets opleverde, wat heel waarschijnlijk was, zou het pv op een metershoge stapel belanden, waarnaar geen mens ooit nog zou omkijken.

'Marcus en ik kennen elkaar al van onze kindertijd. Une amitié profonde, commissaris. We waren onafscheidelijk tot...'

Broos trok zijn gezicht in een trieste plooi alsof hij de slachtoffers van de slag bij Verdun herdacht.

'Zijn jullie nu vijanden van elkaar?'

Broos schudde het hoofd.

'C'est une histoire bien triste, commissaire. Marcus was een briljant student tot hij op een dag last kreeg van "chatouillements dans le ventre".'

Broos onderstreepte het neerlandicisme met een knipoog. Hij ging er immers van uit dat in een land waar men een penis een penseel noemt, de uitdrukking 'kriebels in de buik' literair verantwoord was.

Versavel kwam binnen met een fles Contrexeville. Die had hij in de keuken onder het aanrecht gevonden. De inhoud ervan kwam uit de kraan. Eau de source cuvée Flic. Het klonk in ieder geval beter dan vogelwijn.

'Had hij last van diarree of zo?'

Van In hield zich met opzet van den domme. Iedereen wist toch dat van alle rechtsgeleerden notarissen over de minste zin voor humor beschikten. Bovendien wilde hij dat Broos een paard een paard noemde.

'Allez, commissaris. U bent toch ook jong geweest. Les chatouillements dans le ventre, vous les connaissez bien.'

Van In dacht met weemoed aan de tijd toen een koude douche niet in staat was zijn wellust te laten verschrompelen.

'Een glaasje water, notaris?'

Versavel verwijderde de stop, die hij eveneens uit de vuilnisbak had opgediept, en vulde de glazen met 'eau de source'.

Broos nam gretig een slok van het leidingwater. Zijn adamsappel wipte op en neer. Hij glimlachte beleefd naar Versavel en bedankte hem voor het glas water. Van In probeerde de draad van het gesprek weer op te nemen.

'Wilt u nog even herhalen wat u zo-even zei over...'

Broos onderbrak hem met een kuchje en een blik in de richting van Versavel. Het was een duidelijke hint. De notaris was niet van plan een openbare biecht te spreken als er voetvolk in de buurt was. Dat had Versavel onmiddellijk door. Hij reageerde nog voor Van In iets kon zeggen.

'Ik heb Frank beloofd vandaag wat vroeger thuis te zijn, commissaris. Als u het goedvindt, stap ik nu maar eens op.'

'Doe dat, Guido. Tot morgen.'

Broos draaide zich half om in zijn stoel en knikte goedkeurend. Respect was iets dat je moest afdwingen. Dat had zijn vader hem geleerd.

'Goenavond, meneer den agent.'

'Au réservoir, monsieur le notaire', zei Versavel met een knipoog naar Van In.

'A demain, mon ami.'

Van In wendde het hoofd af en keek door het raam naar de grijze hemel. Het troosteloze weer maakte hem depressief, waardoor het hem enige moeite kostte de knipoog van Versavel met een glimlach te beantwoorden.

Op zijn weg naar beneden liep Versavel adjunct-commissaris Vanneste tegen het lijf.

'Hallo, Versavel. Alles kits achter de rits?'

Als iemand ooit een studie zou maken over het taalgebruik van politieagenten en een toptien zou opstellen van de woorden die in dat milieu het vaakst worden gebruikt, zou 'rits' het waarschijnlijk niet winnen van 'godverdomme', 'je kut u bitje mun kloten kussen', 'zeveraar', 'lul', 'trut' en 'choco', wat echter niet betekende dat Versavel de uitdrukking 'alles kits achter de rits' een verrijking vond.

'Parturiunt montes, nascetur ridiculus mus', zei hij op een redelijk arrogante toon.

'Wat zeg je, vriend?'

Vanneste had een A4-diploma houtbewerking behaald in een tijd dat de bouwsector op apegapen lag. Zijn vader had hem daarom aangeraden bij de rijkswacht te solliciteren, maar die had 'zijn kandidatuur niet weerhouden'.

'Het gaat over een berg die een muis baart, Vanneste.'

'Is ze weer zwanger?'

'Wie?'

'De vrouw van...'

Vanneste noemde de naam van een agent die met een dikke vrouw was getrouwd.

'Nee, Vanneste. Alles draait om de muis, niet om de berg.'

Versavel stak zijn hand op en liep gezwind de trap af. Hij had trek in een stevige steak en een grote portie frieten met zelfgemaakte mayonaise.

'Marcus Heydens heeft lang geleden een meisje in verlegenheid gebracht', zei Broos.

Van In tekende een paar krullen om de hoofdletter 'P' die in vetjes boven aan zijn formulier stond gedrukt.

'Haar naam is Leona Vidts en haar zoon heet Valentijn.

Marcus heeft haar zwanger gemaakt en haar daarna in de steek gelaten.'

'Heeft dat iets te maken met de dood van mijnheer Heydens?'

'Dat weet ik niet, commissaris. Ik ben eigenlijk naar hier gekomen om over mijn vrouw te spreken.'

'Uw vrouw?'

'Mijn vrouw is de moeder van Valentijn.'

In de jaren zestig maakte een zwanger meisje dat door de natuurlijke vader in de steek was gelaten, niet veel kans ooit nog een deftige man aan de haak te slaan. Zo'n meisje was gebrandmerkt en bijgevolg gedoemd om genoegen te nemen met mindere goden en daar hoorde een notaris zeker niet bij.

'Ik ben altijd verliefd geweest op Leona', zei Broos. 'Maar zolang mijn ouders leefden, kon ik haar niet ten huwelijk vragen. Dat begrijpt u toch, commissaris?'

'Natuurlijk', zei Van In.

Hij begon de ruimte tussen de benen van de hoofdletter 'V' op het proces-verbaal te arceren.

'Mijn ouders zijn allebei omgekomen in een vliegtuigongeluk', zei Broos. 'Op mijn achtentwintigste heb ik hun hele vermogen geërfd en toen kon ik trouwen met wie ik wilde.'

Het klonk alsof Broos de piloot van het vliegtuig dankbaar was omdat hij op die dag een fout had gemaakt.

'Dan moet u erg veel van haar houden', zei Van In.

'Ik houd nog steeds van haar, commissaris.'

Broos kreeg het zichtbaar moeilijk. Zijn onderlip begon te trillen en hij drukte zijn vingertoppen tegen elkaar.

'Leona daarentegen...'

Van In legde zijn pen neer en keek de notaris recht in de ogen. Als iemand liefdesverdriet herkende dan was hij het wel.

‘Had uw vrouw een verhouding met Marcus Heydens?’
‘Ja.’
Er knakte iets in de stem van de notaris.
‘U zou er toch achter gekomen zijn’, zei hij. ‘Daarom ben ik spontaan naar hier gekomen, commissaris, om u te vragen enige discretie aan de dag te leggen. Iedereen in het milieu weet dat u de gedoodverfde opvolger bent van De Kee. De aanstelling van een nieuwe hoofdcommissaris is een politieke benoeming en zoals u wellicht weet, heb ik een niet onbelangrijke stem in dat kapittel.’
Het hoge woord was eruit en dat zinde Van In niet. Wat dachten die kerels wel? Dat hij voor een habbekrats te koop was? Het was toch ongelooflijk dat mensen van stand nog met dat soort voorstellen voor de dag durfden te komen, en waarom deed een man als Broos een poging om hem te beïnvloeden als Marcus Heydens zelfmoord had gepleegd? Van In vroeg zich af hoe de notaris zou reageren als hij de moordthese naar voren zou schuiven. Dus sloeg hij genadeloos toe.
‘Waar was u gisteren om 20 uur, mijnheer Broos?’
‘In de loge’, zei Broos zonder enige aarzeling.
‘Bent u vrijmetselaar?’
‘Ja.’
Een vrijmetselaar die zonder slag of stoot toegeeft dat hij vrijmetselaar is, was bijna even verdacht als een Anderlechtsupporter die na het nuttigen van twee pilsjes voor de camera beweert dat Club Brugge de wedstrijd verdiend heeft gewonnen.
‘Dan mag ik aannemen dat uw confraters uw alibi zullen bevestigen.’
‘Alleen als dat echt nodig is, commissaris.’
Van In nam een slokje ‘eau de source’. De loge in Brugge was nog steeds in een waas van geheimzinnigheid gehuld. De meeste Bruggelingen wisten zelfs niet dat de ‘werkplaats’ van de logebroeders zich in de Beenhouwersstraat bevond, recht tegenover de Speelmansrei.

'Had Valentijn een motief om zijn vader te vermoorden?'

Die vraag bracht Broos in verwarring. Hij blikte omhoog, wat er volgens gedragspsychologen op wijst dat de ondervraagde liegt.

'Ik denk dat deze kamer te klein is om alle mensen in op te sluiten die Marcus Heydens een kwaad hart toedragen.'

'Verklaar u nader, mijnheer Broos.'

'Diana Delanghe bijvoorbeeld.'

'Diana Delanghe of Diana Heydens?'

'Het mens heet Delanghe', zei Broos, een beetje boos.

'Bent u daar zeker van?'

Broos pulkte aan zijn neus en ook die tic wees erop dat hij loog.

'Na haar avontuur met Marcus is Leona in een volkscafé gaan werken. Daar heeft ze Wilfried Delanghe leren kennen, een nietsnut met wie ze een maand later halsoverkop is getrouwd. God mag weten waarom.'

'Misschien omdat uw ouders toen nog niet verongelukt waren', merkte Van In cynisch op.

Het bleef even stil. Broos klemde zijn vingers om de armleuning van zijn stoel tot zijn knokkels wit wegtrokken.

'Ik heb Delanghe vijf miljoen betaald om zich van Leona te laten scheiden', zei hij. 'Zijn dochter heeft de beste opvoedig genoten die er voor geld te koop is.'

'Dat geloof ik grif', zei Van In.

De beste opvoeding die voor geld te koop was, had blijkbaar niet erg gerendeerd.

Adjunct-commissaris Vanneste gooide de deur van kamer 204 open en grijnsde als een politicus in volle verkiezingscampagne.

'Goedenavond, heren.'

Toen hij Broos herkende, maakte hij zelfs een kleine buiging.

'Goedenavond, notaris.'

Van In kon er niet om lachen.

'Dit is mijn kantoor, Vanneste. Ik zou het op prijs stellen als u in het vervolg de moeite zou nemen om aan te kloppen.'

'Aankloppen? Waarom zou ik aankloppen? Dit is toch ook mijn kantoor.'

'Oh ja?'

Van In stond op en ging in het midden van de kamer staan. Wijdbeens als een verkleinde versie van de kolos van Rhodos.

'Moet u eens goed naar me luisteren, Vanpeste. Iedereen klopt hier aan. Begrepen?'

'Dat is dan vanaf vandaag veranderd, mijnheer Van In. Op bevel van de hoofdcommissaris. Hij heeft me met een gerechtelijk onderzoek belast en dat betekent dat ik hier kan binnenkomen elke keer als ik daar zin in heb.'

Driehonderd jaar geleden had Van In zijn rivaal uitgedaagd om het conflict in een duel te beslechten. Tegenwoordig kon dat helaas niet meer. Zijn tong was het enige wapen dat hij ongestraft kon gebruiken.

'De Kee is geen fee die jouw wensen in vervulling brengt, Verpeste. Als jij binnen vijf seconden niet buiten bent, schiet ik een gat in je luchtballon.'

'Welke luchtballon?'

'Het holle ding op je schouders dat je van je vader hebt geërfd.'

'Mijne heren, een beetje respect, alstublieft.'

Notaris Broos stak verzoenend zijn armen in de lucht.

'Heb ik om uw mening gevraagd, Broos?'

Van In stond op het punt door het lint te gaan en deze keer had zijn woede-uitval niets te maken met de consumptie van Duvels. Hij zag Hannelore kronkelen in een vreemd bed en dingen doen waarvan hij altijd had gedroomd.

'Ik stel voor dat we ons gesprek een andere keer voortzetten', zei Broos. 'U kunt me bellen op dit nummer.'

Hij haalde een kaartje uit zijn portefeuille en legde het op het bureau van Van In.

'Tot ziens, commissaris.'

Broos streek de panden van zijn jas glad en verdween als een dief in de nacht.

'Wat kwam die hier doen?' vroeg Vanneste alsof er niets aan de hand was.

Van In begon zenuwachtig te lachen.

'Volgens notaris Broos heb ik van een verre oom een oliebron in Texas geërfd. Ik ben rijk, Vanmeste.'

Een onwaarschijnlijke leugen scoort beter dan een aannemelijke smoes, zeker als het om geld gaat. Vanneste trok een gezicht alsof hij door een bliksemschicht was getroffen. Hij onderging plotseling een gedaanteverwisseling, net als Paulus destijds.

'Laten we toch geen ruzie maken, Van In. We zijn allebei een beetje gespannen. Ik stel voor dat we samen een Duvel gaan drinken. Ik trakteer.'

Van In liep naar de deur, deed het licht uit en trok de deur achter zich dicht.

'Blijf jij maar hier, Verpeste. Tot de zon weer opkomt.'

Het was kwart voor negen toen Van In langs de gevels van de Sint-Jacobstraat naar huis schuifelde. De licht euforische toestand waarin hij verkeerde, was het gevolg van drie haastig genuttigde Duvels. Die hadden hem in ieder geval beter gesmaakt dan het 'eau de source' van daarstraks. Leidingwater is een gevaarlijk goedje. Daarvoor had zijn vader hem vroeger herhaaldelijk gewaarschuwd. Er komt ooit een tijd dat de kapitalisten ons zullen vergiftigen met hun vuiligheid, had hij gezegd.

Van In bleef staan om een sigaret op te steken. Twee jonge Amerikanen, die een eindje verderop goedkoop logement hadden gevonden, maakten daar een opmerking over.

'Smoking is bad for your health', zei de ene.

'Yeah', knikte de andere instemmend.

Van In haalde zijn schouders op en vervolgde zijn weg. In gedachten verzonken sloeg hij de Moerstraat in. Wisten die kerels dan niet dat de levensverwachting in New York lager ligt dan in pakweg Athene, waar nochtans meer sigaretten gerookt worden dan in de rest van de wereld? Nee, dat wisten ze waarschijnlijk niet. De wereld dreigde ten onder te gaan aan onwetendheid. Zelfs wetenschappers lieten zich verleiden om halve waarheden te verkondigen. Niemand dacht nog na over de essentie der dingen, anders zouden verstandige mensen zich herinneren dat de oude knarren van tegenwoordig, de grijze plaag zoals ze door sommigen werden genoemd, uit een tijdperk stamden waarin 'gezond leven' een synoniem was voor zuipen, vreten en roken en beseffen dat de hedendaagse mens daarentegen nog moest bewijzen dat hij op een dieet van granen en wortelen ouder zou worden dan de Bourgondiërs uit het begin van de eeuw.

Halverwege de Vette Vispoort deed een bekend geluid Van Ins hart plotseling sneller kloppen. Hoorde hij een baby huilen of verbeeldde hij zich maar wat? Hij rende naar de voordeur, stak zijn sleutel in het slot en gooide de deur open. Hannelore kwam net de trap af. Ze droeg Simon in haar armen.

'Daar ben je dan eindelijk', zei ze.

'En ik dacht dat...'

'Dat je me nooit meer zou zien .'

Hannelore ging zitten en aaide Simon over zijn hoofdje. Het jongetje hield op met huilen.

'Het is allemaal mijn schuld', zei Van In. 'Ik had je nooit voor...'

‘Sst.’

Hannelore drukte haar wijsvinger tegen haar lippen.

‘Dat woord wil ik nooit meer horen.’

Toen Van In vanmiddag met slaande deuren was vertrokken, had Hannelore in alle rust een inventaris opgemaakt van de jaren die ze samen hadden gedeeld. In gedachten had ze zowel de rol van openbare aanklager, advocaat van de verdediging, rechter en jury gespeeld. Het verdict was streng maar rechtvaardig. Hannelore Martens had met voorbedachten rade een man proberen te versieren. Hoewel er juridisch geen sprake kon zijn van overspel, had de rechter toch geoordeeld dat ze schuldig was en haar veroordeeld tot levenslang, levenslang met de man die ze had willen bedriegen.

‘Ik zou graag een minnelijke schikking treffen, Pieter.’

Hannelore stopte Simon in Van Ins armen.

‘Als jij je zoon in slaap kunt wiegen, zal ik je uitgebreid mijn excuses aanbieden.’

Ze stond op, liet haar badjas van haar schouders glijden en liep heupwiegend naar de salon. Simon keek naar zijn vader, lachte, kneep zijn oogjes dicht en deed alsof hij sliep. Een blote mama betekende dat papa een spelletje mocht spelen en dat gunde kleine Simon hem van harte.

Procureur Beekman schonk zich een dubbele cognac in en staarde in de laaiende vlammen van de open haard. Hij voelde zich schuldig omdat hij had toegezegd het onderzoek naar het verdachte overlijden van raadsheer Heydens naar de ‘police judiciaire’ over te hevelen. Kort na de confrontatie tussen Van In en Vanneste had notaris Broos hem gebeld en hem vriendelijk verzocht ‘cet abruti de la police communale’ te sanctioneren. Beekman vond dat hij door in te gaan op het verzoek van de grootmeester zijn integriteit te grabbel had gegooid, maar daar viel niets meer aan te veranderen, want op de dag dat hij het schootsvel had omgord, had hij zijn broeders bijstand beloofd en gezworen de belangen van de loge te verdedigen. Sindsdien had zijn carrière een hoge vlucht genomen. Beekman was de jongste procureur van Vlaanderen. Het was normaal dat hij daarvoor nu de rekening kreeg gepresenteerd. Hij nam een slok van zijn cognac en stak een sigaartje op. Voor hem lag een vertrouwelijk document dat hem een uur geleden per koerier was bezorgd. De jongens van het lab hadden lijmsporen ontdekt op de bovenlip van Marcus Heydens, hoogstwaarschijnlijk afkomstig van pvc-plakband, stond er. Ze hadden ook witte vezeltjes gevonden op de trui van Heydens die daar niet thuishoorden. Zou het dan toch om moord gaan?

4

Een bundel zonnestralen glipte door een scheur in het wolkendek en deed het silhouet van Brugge kortstondig oplichten. De grauwe torens veranderden in witte bakens en de doffe pannen op de daken kleurden helderrood. Het was een perfect plaatje van een stad die van sfeervolle beelden haar handelsmerk had gemaakt. Van In liep er achteloos aan voorbij. Hij merkte zelfs niet dat nieuwe regenwolken de schuchtere opklaring in de kiem smoorden en de stad zich opnieuw in een grijs laken hulde. Geluk laat de ziel stremmen, doet haar het verleden vergeten en maakt van de toekomst een onooglijk detail. Van In was gelukkig omdat Hannelore hem gisteravond met haar lijf had laten voelen dat zij zijn vrouw was. Wat kon een man meer verlangen? Ze had hem geen rust gegund, zelfs niet toen hij na de eerste keer bijna in slaap was gevallen. Met haar duim en wijsvinger had ze hem uit een sluimerdroom gehaald en dingen met hem gedaan die hij alleen in zijn wildste dromen had beleefd. Daarna, als alle vocht was opgedroogd, waren ze beginnen te keuvelen; klaarwakker, als jonge onvermoeibare goden. Pas om een uur of twee, toen het gesprek dreigde te verwateren, had Hannelore hem de dreigbrieven laten zien die Valentijn haar in bewaring had gegeven, en hem gewezen op de citaten uit de bijbel die onder aan de brieven stonden. Ze kwamen Van In na al die jaren nog redelijk bekend voor. Het eerste citaat was een zinnetje uit de parabel van de zaaier, een verhaal dat na hun vrijpartij toch een beetje dubbelzinnig klonk. Het luidde als volgt: 'Een ander gedeelte (van het zaad) ten slotte viel op goede grond en leverde vrucht op: deels honderd-, deels zestig-, deels dertigvoudig.' De tweede zin kwam uit een gelijksoortige parabel, die van het onkruid tussen de tarwe: 'Laat beide samen opgroeien en met de oogsttijd zal ik de maaiers zeggen: Haal eerst het onkruid bijeen en bind het in bussels om te verbranden, maar sla de tarwe op in mijn schuur.' Van In vond het allemaal een beetje te cryptisch. Hij hechtte meer belang aan de drie puntjes onder aan elke brief die Hannelore als een vrijmetselaarssymbool interpreteerde. Van In lachte binnensmonds. Vrijmetselaars zijn goddeloze mensen, had zijn moeder hem destijds met bevende stem ingefluisterd als hij weer eens ondeugend was geweest. Ze ontvoeren kleine kinderen, braden ze in een oven en eten ze op. Tegenwoordig zou men ouders die hun kinderen op die manier de stuipen op het lijf jagen, met de vinger wijzen en hen verplichten een psycholoog in de arm te nemen, de gebroeders Grimm ten spijt.

Van In las alle brieven hardop.

Marcus,

Niemand respecteert u, geen mens zal ooit een traan plengen als de Dood u onverwacht komt halen. Sterven is uw verdiende loon. Vergeet niet dat ik gemachtigd ben u het laatste sacrament toe te dienen. Gij zult niet branden, maar rotten. Weet gij waarom, Marcus? Omdat ik de koning ben van de maden die u langzaam zullen opvreten.

Marcus,

Elk varken weet hoe lang HET *zal leven. Gekeeld worden is een lot dat u niet verdient. Eet nooit wat verstikt is. Uw bloed zal purper worden en ik zal me daarover verheugen. Ga dood, Marcus.*

Marcus,

Nog voor uw hoofd de slachtbank raakt, zult u sterven van angst. Uw hel is een momentopname die u eeuwig zal achtervolgen.

Marcus,

Niemand zal u vergezellen naar...

Alle brieven waren in dezelfde stijl geschreven en ondertekend met drie puntjes, aangevuld met een citaat. Van In kon alleen de zinsneden uit de bijbel thuisbrengen. De rest kwam hem onbekend voor. De moordthese won veld. Het werd tijd dat hij op zoek ging naar een motief. Over verdachten hoefde hij zich geen zorgen te maken, want daaraan was geen gebrek. Hij liet de brieven van het bed op de vloer glijden en ging lepelsgewijs tegen Hannelore aan liggen. Ze streelden elkaar nog wat en waren daarna allebei uitgeput in slaap gevallen.

Van In liep met gebogen schouders over het Zand. Als er een herinnering was die hij naar het hiernamaals wilde meenemen, was het deze.

Het was maanden geleden dat Broos nog de nacht bij Leona had doorgebracht. Haar lichaam bewonderen en liefkozen was het enige waartoe hij nog in staat was en dat vond hij gezien de omstandigheden niet eens erg. Hoewel Leona nooit echt van hem had gehouden, had ze dat nooit laten merken. In bed had ze haar rol van minnares steeds perfect gespeeld en de geveinsde passie waarmee ze hem vroeger tot in de toppen van de bomen had gedreven, had hij nooit als dusdanig ervaren.

'Ik vind dat je de politie moet inlichten', zei Broos met een gesmoorde stem.

'Ja', zei ze. 'Dat zou ik moeten doen.'

Haar rechterwijsvinger gleed over zijn holle rug tot aan zijn schouder en schreef letters in zijn gerimpelde vlees. De letters vormden een naam die Broos maar al te goed kende, de naam van de moordenaar van Marcus Heydens. Tenminste dat had Leona hem verteld. Misschien had ze wel gelogen, alleen maar om hem rustig te laten sterven, want de naam waarvan de letters een onuitwisbaar spoor in zijn vlees hadden achtergelaten, was die van iemand die hij geen goed hart toedroeg.

'Maar ik kan het niet, Henri. Dat moet je begrijpen.'

Broos ging op zijn rug liggen, waardoor ze het schrijven moest staken.

'Mij kunnen ze niets meer doen, mon chéri, maar als ze erachter komen dat jij van alles op de hoogte was, ben je medeplichtig aan moord en daar staan zware straffen op, gevangenisstraffen die hoog kunnen oplopen. Je moet de politie inlichten, nu het nog kan.'

Leona legde haar hoofd op zijn borst en luisterde naar zijn onregelmatige hartslag. Straks zou ze het grootste deel van zijn fortuin erven, dat had hij haar enkele maanden geleden toevertrouwd.

'Als jij de politie niet inlicht, zal ik het doen', zei Broos plotseling. 'Ik wil niet dat jij de gevangenis ingaat.'

Zijn hartslag veranderde in een klokkend geluid als van water dat door een te nauwe buis wordt geperst. Hij begon te hoesten. Leona sprong het bed uit, vulde een glas met water en drukte een pilletje uit de blisterverpakking die naast haar op de nachttafel lag. Ze stopte het pilletje onder zijn tong en ondersteunde zijn hoofd. Toen het medicament opgelost was, ondersteunde ze zijn hoofd en liet hem een paar slokjes water drinken. Zijn ademhaling werd rustiger.

'Kom vlug weer naast me liggen', zei hij. 'Straks krijg je het nog koud.'

Haar koele lichaam deed hem tintelen.

'Ik zal morgen commissaris Van In bellen', zei Broos vastberaden.

Leona legde haar hoofd op zijn borst. Toen zijn hart weer normaal klopte, schreef ze haar naam op zijn schouder.

'Wie zegt dat ik alleen maar medeplichtig ben aan de moord op Marcus?'

Het bleef stil in de slaapkamer, tot Broos zachtjes begon te snikken. Leona drukte zich stevig tegen hem aan en streelde zijn wang met de rug van haar hand.

'Maak je geen zorgen, Henri. Niemand zal ooit kunnen bewijzen wie Marcus heeft vermoord. Neem dat maar van me aan.'

'Heb jij het gedaan?'

'Dat kan ik je niet zeggen', fluisterde Leona in zijn oor. 'Misschien is het wel iemand die je helemaal niet kent.'

Toen de eerste regendruppels op de straatstenen uiteenspatten, zette Van In het op een sukkeldrafje. Hij had voor een keer geluk, want de bui barstte pas in volle hevigheid los op het moment dat de deur van het politiebureau achter hem dichtviel. Hij bestelde de lift en neuriede ondertussen een paar maten van 'O fortuna' uit *Carmina Burana.*

In kamer 204 zat Versavel driftig op het klavier van zijn computer te tokkelen. Hij keek even op toen Van In binnenkwam en ging daarna onverstoorbaar door met zijn werk.

'Lukt het een beetje, Guido?'

Van In liep naar de vensterbank en schonk zich een kop koffie in.

'Wat wil je weten?'

'Alles', zei Van In.

Versavel hield op met tikken.

'Ik ben begonnen met Leona Vidts, het meisje dat

Marcus Heydens destijds zwanger maakte en die later met Wilfried Delanghe trouwde.'

'En met Henri Broos.'

Versavel knikte.

'Alle gegevens kloppen min of meer.'

'Wat bedoel je met min of meer?'

'Er is een probleem met Valentijn Heydens.'

Versavel schoof zijn stoel naar achteren en zette zijn bril af.

'Valentijn Heydens is geboren op 15.12.1964 als Valentijn Vidts.'

Versavel sloeg een paar toetsen aan en liet Van In meekijken op het scherm. Er verscheen een document waarin stond dat Marcus Heydens pas vier jaar geleden het natuurlijke vaderschap van Valentijn Vidts had opgeëist.

'Dat is vreemd', zei Van In.

'Wil je de rest nog zien?'

Versavel sloeg opnieuw een paar toetsen aan.

'Leona Vidts, geboren op 14.07.1939 in Oostende. Gehuwd met Wilfried Delanghe in 1965. Een kind: Diana. Gescheiden in 1971. Opnieuw gehuwd met Henri Broos in 1972. Twee kinderen: Joris en Virginie', las hij van het scherm van zijn computer. 'Huidig adres: Potterierei 25.'

Van In krabde de zijkant van zijn neus. Broos had hem niet verteld dat hij en zijn vrouw niet langer samenwoonden.

'Het lijkt wel of we in een Grieks drama zijn beland', zuchtte hij.

Versavel knikte. Hij wist dat Van In een hekel had aan familietoestanden.

'We zullen ergens moeten beginnen, Pieter. Wie wordt het: Valentijn, Diana, Delanghe of de notaris?'

'De moeder, Guido.'

'Leona Vidts.'

'Ja.'

Versavel stelde zich geen vragen. Van In ging meestal op zijn intuïtie af en dat had hem in het verleden geen windeieren gelegd.

'Wanneer gaan we erop af?'

'Nu meteen. Waarom denk je anders dat ik zo vroeg uit mijn nest ben gekomen?'

Hoewel Versavel niet kon weten wat er vannacht gebeurd was, vond hij dat Van In er vanochtend een stuk jonger uitzag, en dynamischer. Het leek alsof iemand de klok tien jaar had teruggedraaid.

'Zal ik Vanneste op de hoogte brengen van onze bevindingen of geeft u er de voorkeur aan de adjunct-commissaris in het ongewisse te laten?' vroeg hij formeel.

'Dat lijkt me niet erg collegiaal, brigadier. Het minste wat we kunnen doen is een bericht achterlaten.'

Van In nam een vel papier en een viltstift:

Beste Verpeste. We zijn er even niet. Als u een boodschap wilt inspreken, verfrommel dan dit papier en gooi het in de prullenmand. Biep.

'Daar zal hij om kunnen lachen', zei Versavel.

'Als meneer de rechercheur wil uithangen, moet hij ervoor zorgen dat hij op tijd is.'

Versavel glimlachte. Van In had hem vanochtend om kwart over zes gebeld en hem gevraagd een halfuur vroeger dan normaal op kantoor aanwezig te zijn. Het was een oude truc die in het verleden zijn deugdelijkheid had bewezen en hen al van menig pottenkijker had verlost, want dienstkloppers als Vanneste blonken uit door stiptheid, niet door motivatie.

'Vooruit dan maar', zei Van In. 'Het wordt tijd dat we opstappen.'

'Denk je dat mevrouw Vidts op dit uur al aanspreekbaar is?'

'Als ik "meteen" zeg, wil dat niet zeggen "meteen aan het werk".'

Versavel wist wat dat betekende.
'Koffie op de Markt?'
'Koffie en koeken', zei Van In. 'Ik ga dood van de honger.'

'Ben je iets te weten gekomen over onze raadsheer?' vroeg Van In tussen twee happen koffiekoek.
Versavel roerde in zijn cappuccino.
'Ik heb gisteren een paar betrouwbare mensen gebeld', zei hij. 'Marcus Heydens stond bekend als een playboy.'
'Een playboy', lachte Van In. 'Bij het Hof van Cassatie?
Een van de contactpersonen van Versavel werkte bij de staatsveiligheid en daar hadden ze een lijvig dossier over raadsheer Heydens.
'Zijn reputatie heeft hem in ieder geval niet belet pijlsnel carrière te maken.'
Marcus Heydens had zeven jaar over zijn rechtenstudie gedaan, maar was ondanks die magere prestatie op zijn achtentwintigste tot substituut benoemd. Vijf jaar later werd hij tot advocaat-generaal gepromoveerd bij het Hof van Beroep in Gent en op zijn vijfenveertigste viel hem een nog grotere eer te beurt: hij werd raadsheer bij het Hof van Cassatie.
'Rechters die goed kunnen vogelen, vliegen het hoogst', zei Van In.
Het klonk een beetje ordinair, maar daar trok Van In zich niets van aan. Hij zou de intellectuelen die achter gesloten deuren schuine moppen debiteerden de kost niet willen geven.
Versavel nipte van zijn cappuccino.
'Een jaar of vier geleden is daar echter verandering in gekomen', zei hij.
'Heeft zijn prostaat het laten afweten?'
'Nee, Pieter. Volgens mijn contactpersoon is raadsheer Heydens de voorbije vier jaar in geen enkel bordeel meer gesignaleerd.'

'Een mirakel dan?'

'Misschien', zei Versavel. 'Raadsheer Heydens is vier jaar geleden vrijmetselaar geworden.'

Van In begon te lachen.

'Die kerels geloven niet in God, Guido, laat staan in mirakels.'

De brigadier keek sereen voor zich uit. Hoe ouder hij werd hoe groter de behoefte om in iets te geloven. Daar zou Van In te gelegener tijd ook nog achter komen.

'Vrijmetselaars geloven dat het universum het werk is van de Grote Bouwmeester', zei hij.

Van In verslikte zich bijna in zijn koffiekoek. Was het toeval dat op alle brieven die Heydens had ontvangen, een postzegel prijkte waarop een huis stond afgebeeld van Horta, een van de bekendste Belgische architecten?

'Ik denk dat het stilaan tijd wordt om op te stappen', zei hij. 'We hebben vandaag nog een boel dingen te doen.'

De Potterierei was wellicht een van de meest idyllische locaties in de Brugse binnenstad. Het was er rustig wonen en wie langs de kade kuierde, kreeg meteen en helemaal gratis een nostalgische ervaring in zijn strot geduwd. Het rook er ook aangenaam, vooral in de herfst als de bomen zich van hun tooi ontdeden en de kasseien onder een dik tapijt van rottende bladeren lagen. Een aantal zeventigplussers uit de buurt zag dat enigszins anders. Maar ja, welke politicus bekommerde zich om een paar oudjes met een kunstheup?

'Misschien hadden we haar eerst moeten bellen', zei Versavel toen hij de Golf onder een kalende plataan parkeerde.

Van In haalde nonchalant de schouders op en zette de kraag van zijn jasje op om zich te beschermen tegen de neergutsende regen.

'Als mevrouw Vidts niet thuis is, stel ik voor dat we een

Duvel gaan drinken in café Vlissinghe. Dat is hier vlakbij.'

Na zijn nachtelijke uitspatting voor de open haard in de salon wist Van In nu zeker dat de consumptie van Duvels zijn potentie niet had aangetast. Zich laten steriliseren zoals Bruynooghe was voorlopig niet aan de orde.

'Volgens mij is ze thuis', zei Versavel.

'Hoe weet jij dat zo zeker?'

'De televisie staat aan. Zie je het geflikker dan niet door het raam?'

'Het geflikker?'

'Ja, het geflikker', reageerde Versavel korzelig. 'Kan ik er iets aan doen dat het woord meer dan één betekenis heeft?'

'Nee', lachte Van In. 'Flik, flikken, flikker, het klinkt in ieder geval toepasselijk.'

Ze staken de straat over. Het pand dat Leona Vidts betrok, was niet meteen het aantrekkelijkste uit de rij. De hele benedenverdieping werd in beslag genomen door een groot raam en een voordeur. De slordig bepleisterde façade stak schril af tegen de zorgvuldig gerestaureerde gevels van de belendende huizen, maar daar trok de eigenaar van nummer 25, een kleine zelfstandige, die in de jaren zeventig al zijn zwart geld in onroerend goed had gestopt, zich niets van aan. Zolang de huurders betaalden, was hij al dik tevreden. Van In belde aan.

Ding-dong. Een keffende hond stoof vierklauwens op de voordeur af.

'Poedel of chihuahua?

'Chihuahua', zei Versavel.

'Dat belooft wat.'

Van In had een hekel aan kleine honden, vooral aan de mormels die bij oude, dikke dames in de smaak vallen. Toen de deur openging, moest hij die mening bijstellen. Leona Vidts was slank en ze zag er bijzonder bevallig uit voor haar leeftijd. Ook wat de hond betrof, had hij het mis, want het waren er twee, allebei Yorkshire terriërs. Een zwarte en een witte.

'Goedemorgen, heren.'

Leona droeg een wijde kimono, geen nepding maar een echte, made in Japan. Ze glimlachte minzaam.

'Ik ben commissaris Van In en dit is brigadier Versavel. Kunnen wij u even spreken, mevrouw?'

'Natuurlijk.'

Leona zette een stap achteruit en maande de honden vriendelijk aan de gasten niet lastig te vallen, maar daar had de zwarte terriër geen oren naar. Hij ging voluit in de aanval en beet zich vast in Versavels broekspijp.

'Af', beval Leona streng.

De hond gehoorzaamde onmiddellijk en trok zich kwispelstaartend terug.

'Ik sluit ze even op in de slaapkamer', zei ze.

Terwijl Leona Vidts de honden naar de slaapkamer dreef, trok Versavel met een boos gezicht zijn broek in de plooi. Als er één ding was waarom hij niet kon lachen, dan was het de staat van zijn uniform. Dat moest er onder alle omstandigheden onberispelijk uitzien.

'Frank zal je heus niet buitengooien als er een kreukje in je broek zit', zei Van In plagerig. 'Wie weet raakt hij er wel opgewonden door?'

Versavel veegde de hondenkwijl van zijn broekspijp. Als Van In freudiaans gekleurde opmerkingen maakte, betekende dat meestal dat hij zelf de beest had uitgehangen.

'Gelukkig kun je honden opsluiten', reageerde hij laconiek. 'Wat van jou niet gezegd kan worden.'

Nog voor Van In hem van repliek kon dienen, kwam Leona Vidts uit de slaapkamer. Bij iedere stap die ze zette, ruiste haar kimono als een bos riet in de wind.

'Komt u toch binnen, heren.'

In tegenstelling tot de trieste voorgevel was de woonkamer een oase van goede smaak. Een bankstel, dat ooit op de voorpagina van een prestigieus tijdschrift had geprijkt, nam een groot deel van de sober ingerichte ruimte in. Tegen een van de helder geverfde muren stond een antiek kastje van kersenhout en op de glanzende parketvloer lag een zandkleurig kleed dat aan de uiteinden versierd was met Indiaanse motieven. Er hingen ook een paar schilderijtjes. De stijl ervan was onmiskenbaar. Ze waren van de hand van Marcus Heydens.

'Kan ik jullie een drankje aanbieden? Een kop koffie? Of mag het iets sterkers zijn?'

Van In aarzelde. Amerikaanse dokters waren onlangs tot de conclusie gekomen dat een of twee whisky's per dag de kans op hart- en vaatziekten met de helft verkleinde. Andere wetenschappers daarentegen beweerden dat iedere borrel honderdduizend hersencellen vernietigde. Wie moest hij geloven? Gelukkig hakte Leona Vidts de knoop voor hem door.

'Eentje kan geen kwaad, commissaris.'

Ze kneep haar ogen dicht en lachte schalks alsof ze geregeld politiemensen over de vloer kreeg en wist dat echte flikken zelden een borrel afsloegen, ongeacht het uur van de dag waarop ze die aangeboden kregen.

'Een whisky'tje, commissaris? Ik heb Black and White in de kast staan. Als u die lust tenminste.'

'Een kleintje dan', zei Van In.

'En voor mijnheer de brigadier?'

'Ik ben tevreden met een glas water, mevrouw', zei Versavel.

'Dat is naar verluidt sterker dan whisky.'

Hij draaide zijn hoofd in de richting van Van In.

'Het is zo sterk dat zelfs een gehavend schip erop blijft drijven.'

'Eigenlijk zou ik blij moeten zijn dat jullie een DNA-test weigeren', zei Diana Delanghe.

Ze richtte zich in haar volle lengte op en plantte haar handen uitdagend in haar heupen. De overwinning lag binnen handbereik. Als alles meeviel, zou ze over een paar weken over voldoende geld beschikken om een normaal leven te leiden en haar baby een behoorlijke opvoeding te geven. Daarvoor had ze het tenslotte allemaal gedaan, voor het kleine wezentje in haar buik, het kindje dat niemand haar gunde.

'Er is geen enkele reden waarom we ons aan een DNA-test zouden onderwerpen', zei Virginie Broos. 'Wat ons betreft is Henri Broos onze vader. De erfenis van Marcus Heydens laat ons koud.'

'Zijn jullie ook bereid dat op papier te bevestigen?'

Diana had haar advocaat een document laten opstellen waarin uitdrukkelijk vermeld stond dat de ondertekenaars afstand zouden doen van het fortuin dat Marcus Heydens had nagelaten.

Joris Broos graaide met een tastend gebaar een pakje sigaretten van de salontafel. Zijn hand beefde.

'Ik zou toch graag met zekerheid...'

Virginie pakte een aansteker.

'Maak je daar toch geen zorgen over, Joris.'

Ze stak een sigaret aan en duwde die tussen de vingers van haar blinde broer.

'We willen niets met je intriges te maken hebben', zei ze vastbesloten. 'Bovendien hebben wij "zijn" geld niet nodig. Ik zou het op prijs stellen als je mijn huis zou willen verlaten, Diana. Wij zijn je verhaaltjes meer dan beu.'

'Ik zal je pas met rust laten als je afstand doet van de erfenis.'

'Ik teken niets', zei Virginie.

Diana begon sneller te ademen. Ze sperde haar ogen wijd open en balde haar rechtervuist.

'Vuile teef. Als je niet tekent, zal ik eigenhandig je ogen uitkrabben, kutwijf, droge mossel, konijnenkop...'

Virginie leek niet onder de indruk van de scheldwoorden die haar halfzuster haar naar het hoofd slingerde. Ze wachtte tot Diana uitgeraasd was, liep naar het kastje waar de telefoon stond en nam de hoorn op.

'Als je niet meteen opstapt, bel ik de politie', zei ze rustig. 'Net zoals vorige keer.'

Twee jaar geleden was Diana na een miskraam in een diepe depressie beland. In het begin had Virginie haar proberen te troosten, maar toen Diana zich steeds agressiever ging gedragen, had ze op een dag na een slaande ruzie de politie gebeld, en dat had geholpen. Sindsdien dreigde ze daarmee telkens als Diana een woedeaanval kreeg.

'De politie, de politie... Denk je dat ik bang ben voor de politie? Ik zal die schoften vertellen wat hier aan de hand is, dat jij mij beledigt, me weigert te helpen. Trut.'

Virginie drukte een toets in.

'Vuilbek, koeienkont, slijmspuit...'

Virginie drukte de tweede toets in en bracht de hoorn naar haar oor.

'Hallo, spreek ik met de politie... Mijn naam is Virginie Broos... Kunnen jullie onmiddellijk iemand sturen... Het adres is... Tot straks, dank u.'

Ze legde de hoorn neer.

'Binnen vijf minuten zijn ze hier, Diana. Maak dat je wegkomt.'

Toen Joris de voordeur hoorde dichtslaan, haalde hij opgelucht adem. Het trucje was weer eens gelukt.

'Ik heb inderdaad vier kinderen, commissaris', zei Leona.

Ze schopte haar slippers uit, ging op de bank zitten en kruiste haar benen. De kimono liet alleen haar enkels en voeten onbedekt. Die waren mooi en sierlijk. Op haar hielen zat geen plekje eelt en haar wreven werden niet ontsierd door blauwe, kronkelige aders, wat zeldzaam is bij vrouwen van die leeftijd.

Van In nipte van zijn whisky. Hij probeerde zich voor te stellen hoe Leona Vidts er op haar dertigste had uitgezien. Ondertussen dacht hij na over de volgende vraag die hij haar zou stellen. Hij koos voor een directe aanpak.

'Was Valentijn uw eerste kind?'

'Ja', antwoordde Leona met enige trots. 'Valentijn is mijn eerste.'

'Is hij de zoon van Marcus Heydens?'

'Ja.'

'Heeft Marcus Heydens hem als zijn zoon erkend?'

'Dat heeft hij pas later gedaan.'

'Hoeveel later?'

'Marcus heeft Valentijn vier jaar geleden in zijn huis opgenomen.'

'Ging u daar zomaar mee akkoord?'

Leona drukte haar vingertoppen tegen elkaar, fronste haar voorhoofd en schudde daarna haar hoofd.

'Toen Marcus me vertelde dat hij Valentijn als zijn zoon zou erkennen, heb ik de hele nacht liggen janken van geluk', zei ze trots.

Van In nam nog een slokje van de Black and White. Leona Vidts straalde iets uit dat hem bekoorde, een combinatie van eerlijkheid en vechtlust. Dat zag hij aan haar ogen, de manier waarop ze zich bewoog en nog het meest aan haar houding. Zoals ze daar zat met gekruiste benen, leek ze op een roofdier dat verdomd goed wist dat het iedere prooi de baas kon en dus nooit van honger zou omkomen.

'Was dat niet een beetje laat? Heydens heeft u toch in de steek gelaten op het moment dat u zijn hulp best kon gebruiken?'

Veel vrouwen zouden op die vraag emotioneel gereageerd hebben, maar Leona vertrok geen spier.

'Ik heb met Marcus de meest passionele relatie gehad die een vrouw zich maar kan voorstellen. De herinnering aan de schaarse momenten die we met elkaar deelden, was voor mij voldoende om het gemis dat er telkens weer op volgde te kunnen dragen.'

Van In wist niet goed meer wat te zeggen. Gisteren had hij aan den lijve ondervonden hoe krachtig passie kon zijn. Het was een balsem voor de momenten waarop liefde tekortschoot, een frisse bries die een vonk in een laaiende vuurzee kon omtoveren.

'Heeft Marcus Heydens u financieel gesteund?' vroeg hij na een korte aarzeling.

Leona Vidts liet zich ook door die vraag niet uit haar evenwicht brengen.

'Marcus heeft me altijd door dik en dun gesteund, commissaris. Hij was mijn rots en enige toeverlaat.'

'Zelfs toen u later...' – Van In sloeg zijn notitieboekje open – 'met Wilfried Delanghe trouwde?'

Leona richtte haar hoofd op. Hoewel ze een scherpe kin en een uitgesproken kaaklijn had, zag ze er niet arrogant uit.

'Mijn eerste huwelijk was een regelrechte ramp.'

'Heeft Delanghe u mishandeld?'

Leona begon hardop te lachen en er dansten pretlichtjes in haar ogen.

'Nee, commissaris. Wilfried is een doodbrave man, een beetje te braaf als u het mij vraagt. Hij had zo zijn principes.'

Leona vertelde in een paar woorden waarom ze zich van Wilfried Delanghe had laten scheiden.

'Eigenlijk wilde hij katholieker zijn dan de paus', zei ze met een geheimzinnig lachje. 'Als u tenminste begrijpt wat ik bedoel.'

Van In knikte. Natuurlijk begreep hij wat ze bedoelde. Diana was dan toch niet de dochter van Wilfried Delanghe. Waarom had notaris Broos dat met klem ontkend?

‘U gaat waarschijnlijk ook erven van Marcus Heydens?’
‘Die kans zit er dik in, commissaris.’
Leona legde de nadruk op ‘dik’.
Ze waren niet te tellen, de lustige vrouwtjes die na de dood van hun minnaar in de prijzen vielen en zodra de buit binnen was hun nederige flat inruilden voor een villa aan zee of halsoverkop een reis om de wereld boekten. Het leek of Leona Vidts Van Ins gedachte raadde.
‘U wilt nu waarschijnlijk weten waar ik was op de avond dat Marcus zelfmoord pleegde?’
Ze zei het zonder enige ironie, op een haast zakelijke toon, alsof ze haar ondervrager behulpzaam wilde zijn.
‘Die vraag ging ik u inderdaad stellen’, zei Van In.
‘Ik heb de hele avond naar de televisie gekeken, naar *Death in Venice* met Dirk Bogarde.’
Versavel moest glimlachen. *Death in Venice* was een van zijn favoriete films. Hij had er eergisteren samen met Frank naar gekeken. Gelukkig had Delodder hem pas gebeld na de aftiteling.
‘Heeft Valentijn u gebeld?’ vroeg Van In.
‘Nee. Valentijn belt me alleen als hij geld nodig heeft.’
‘Hoe bent u er dan achter gekomen dat Marcus Heydens dood was?’
‘Dat heeft Diana mij verteld’ zei Leona.
‘Diana?’
‘Inderdaad, commissaris.’
‘Stoort het u als ik een sigaret opsteek?’ vroeg Van In.
Leona schudde het hoofd, stond op en liep naar de keuken om er een asbak te halen.
Versavel keek naar Van In. Ze dachten allebei hetzelfde. Waarom had Valentijn zijn halfzuster gebeld en niet zijn moeder?
‘Diana heeft altijd een bijzondere band gehad met Valentijn’, zei Leona. ‘Ze hebben jaren dezelfde flat gedeeld. Die twee hebben geen geheimen voor elkaar.’

Van In nam een trek van zijn sigaret.
'Hebt u een goede band met uw dochter?'
'Ik wel', zei Leona. 'Maar...'
Ze zette de asbak op de salontafel en ging weer op de bank zitten, kaarsrecht en met gekruiste benen.
'Diana is vaak in de war. Ze lijdt aan achtervolgingswaanzin. Valentijn is de enige met wie ze nog contact heeft. Met mij wil ze niets meer te maken hebben.'
Van In knikte en nam nog een slokje van zijn whisky. Ieder stukje nieuwe informatie maakte het verhaal nog ingewikkelder dan het al was.
'Waarom heeft zij u dan gebeld om te zeggen dat Marcus Heydens vermoord was?'
'Is dat belangrijk, commissaris?'
'Wilt u de vraag beantwoorden, mevrouw Broos?'
Van In gebruikte met opzet de naam van haar man.
'Mijn naam is Vidts, commissaris.'
Versavel, die Leona die hele tijd scherp in de gaten had gehouden, registreerde nu wel enige emotie in haar stem. Hij wisselde een blik van verstandhouding met Van In. Het was duidelijk dat Leona Vidts iets te verbergen had.
'Oké, mevrouw Vidts. Ik zal de vraag anders formuleren.'
'Doe geen moeite, commissaris. Ik heb u toch net gezegd dat Diana zwaar ziek is. Daar zijn alle psychiaters het over eens.'
'Is ze gek?' vroeg Van In.
Hij dacht aan het lot van het kind in haar buik.
'Gek is een woord dat ik niet graag gebruik, commissaris. Diana is psychotisch. Ze is ervan overtuigd dat ik haar slecht heb opgevoed en laat geen gelegenheid onbenut om me dat in te peperen. Ze weet dat ik altijd van Marcus heb gehouden. Daarom heeft ze me gebeld. Om me pijn te doen. Ze hoopte dat ik aan de telefoon in tranen zou uitbarsten.'

Er volgde een pijnlijke stilte. Sterke vrouwen huilen niet, dacht Van In.

'Dat is jammer, mevrouw Vidts.'

'Leona, zeg maar gerust Leona.'

Ze begon plotseling te lachen.

'U vraagt zich waarschijnlijk af waarom ik niet rouw om het verlies van mijn geliefde, commissaris?'

Van In voelde zich een beetje gegeneerd.

'Dat zijn mijn zaken niet, mevrouw. Het is mijn taak om een moordenaar op te sporen. De rest...'

'Laat u koud? Dat geloof ik niet. Weet u waarom?'

Van In schudde zijn hoofd. Hij probeerde zijn geest af te schermen, maar kon niet vermijden dat Leona zijn ziel peilde.

'Omdat u net als Marcus een nakomeling bent van Orpheus. Ook uw liefde zal net als de onze de dood overstijgen.'

Het waren beklijvende woorden, die Van In een vreemd gevoel in zijn achterhoofd bezorgden, kleine elektrische schokjes die zijn perceptie van de werkelijkheid op een prettige manier verstoorden.

'Als ik mij niet vergis, was het Orpheus die zijn geliefde Eurydice uit het dodenrijk probeerde te ontvoeren, niet omgekeerd', zei Versavel koel.

Hij greep in omdat hij vond dat de situatie uit de hand begon te lopen, maar Leona Vidts gaf zich niet zomaar gewonnen.

'Dat verhaal stamt uit een tijd waarin vrouwen als tweederangs wezens werden beschouwd, brigadier. Waarom zou ik niet de rol van Orpheus kunnen spelen en net als hij mijn geliefde proberen te bevrijden van de kluisters des doods? Ik weet zeker dat Marcus op me zal wachten tot ik hem kom halen.'

Op dat moment besefte Versavel dat er bij Leona Vidts ook een steekje loszat. Het was echter zeer de vraag of Van

In daar ook zo over dacht, want hij was volledig in de ban van haar en bleef aandachtig luisteren naar haar verhaal waaraan geen einde scheen te komen alsof hij plotseling het licht had gezien.

'Ik kan je de zaak-Heydens niet toevertrouwen, Hannelore', zei procureur Beekman.

'Waarom niet?' vroeg ze nijdig. 'Valentijn is toch geen verdachte. Het rapport van dokter Dupon is formeel, Marcus Heydens is om 20 uur gestorven en toen was Valentijn bij mij.'

Beekman knikte. Het vuur waarmee Hannelore haar ex-vriend verdedigde, maakte hem een beetje ongerust.

'Ik heb Dupon gebeld en hij is inderdaad formeel wat het tijdstip betreft waarop de dood is ingetreden.'

Dupon had hem alles haarfijn uitgelegd. De lichaamstemperatuur van een lijk nam elk uur met een graad af. Theoretisch kon men op die manier en op voorwaarde dat de omgevingstemperatuur normaal was, het tijdstip waarop de dood was ingetreden vrij nauwkeurig bepalen, zeker als het slachtoffer nog niet al te lang overleden was. Marcus Heydens was volgens het boekje gestorven: 22 graden in de salon en 32,4 in zijn aars. Geen enkele patholoog zou de conclusies van dokter Dupon aanvechten. Dat stond als een paal boven water.

'Deze discussie heeft niets met deontologie te maken, Hannelore. Ik kan je de zaak-Heydens niet toevertrouwen omdat er geen zaak-Heydens is. Marcus Heydens heeft zelfmoord gepleegd. Dat heeft het onderzoek uitgewezen.'

'Welk onderzoek?'

Beekman snufte en krabde de achterkant van zijn linkeroor.

'Het onderzoek dat ik bevolen heb, Hannelore. Ik zal je de resultaten in de loop van de dag laten bezorgen.'

Hannelore keek haar baas doordringend aan. Hoewel hij zijn blik niet afwendde, voelde ze aan dat er iets mis was met hem.

'Van In is ervan overtuigd dat Heydens vermoord is', zei ze.

'Kan hij dat bewijzen?'

'Natuurlijk', zei Hannelore. 'Je kent Van In toch. Hij komt er wel achter wie die dreigbrieven heeft geschreven.'

'Welke dreigbrieven?'

'Daar zal ik je morgen een kopie van bezorgen, Jozef.'

Hannelore stond op en liep naar de deur. Hoewel ze een strak minirokje droeg, keek Beekman haar niet na. Dat voelde ze.

'Ik heb de indruk dat je je stierlijk verveeld hebt', zei Van In toen ze rond de middag, na een gesprek van meer dan twee uur met Leona Vidts, uiteindelijk toch in café Vlissinghe waren beland.

Hij liet zijn vinger over de buik van zijn Duvelglas glijden.

'Wat denk je eigenlijk van haar?'

'Wil je dat echt weten?' vroeg Versavel.

'Je denkt dat ze gek is.'

'Is "prettig gestoord" ook goed?'

'Zijn we dat niet allemaal?'

Van In plaatste zijn vinger op de rand van zijn glas en maakte een draaiende beweging tot er een snerpende fluittoon ontstond. Leona Vidts had haar dochter afgeschilderd als een onevenwichtig kind met destructieve neigingen, een pathologische leugenaar met wie niemand kon opschieten. Ze had ook laten doorschemeren dat Diana een ongezonde relatie onderhield met haar (half)broer. Van In liet zijn vinger steeds sneller over de rand van het glas glijden. Als Marcus Heydens geen zelfmoord had gepleegd, was het niet denkbeeldig dat een familielid hem uit de weg had geruimd. Valentijn had een alibi. Diana en Leona hadden er geen.

Een oude Bruggeling die iedere dag in café Vlissinghe een aperitiefje kwam drinken, zette zijn glas neer.

'Goj oost u kè stoppen met da geruchte, onnozeloare.'

Versavel, die hier iedere dinsdagavond met Frank kwam kaartspelen, haalde prompt zijn portefeuille tevoorschijn en zwaaide met een briefje van tweehonderd naar het meisje dat achter de tapkast stond.

'Het wordt tijd dat we opstappen, Pieter.'

Van In haalde zijn vinger van zijn glas en dronk het restant van zijn Duvel in één slok leeg. De oude man knikte goedkeurend in de richting van Versavel.

'Ken je die oude zeurpiet?' vroeg Van In langs zijn neus weg toen ze door de gang naar buiten liepen.

'Nee. Waarom vraag je dat?'

'Volgens mij valt hij op jou, Guido. Geef toe, je wordt er ook niet jonger op.'

'Niet jonger, maar ook niet dommer', sneerde Versavel.

Hoewel ze elkaar al jaren kenden, kreeg Versavel het steeds moeilijker met de grollen van zijn overste. Lag het aan de promotie die hem dreigde te ontglippen als hij loyaal bleef tegenover Van In of maakte hij zich zorgen om de wrevel die Frank aan de dag legde omdat hij de commissaris door dik en dun bleef steunen?

Even buiten Jabbeke reed een veertigtonner een parkeerterrein op. Hoewel de verwarming in de cabine afstond, transpireerde de chauffeur. Om de twee seconden wierp hij een blik in zijn achteruitkijkspiegel op zoek naar een witte combi met een oranje of blauwe streep. Pas toen hij er zeker van was dat er geen politiewagens in de buurt waren, zette hij de motor af en trok de handrem aan.

Toen de ruitenwissers stilvielen, gutste de regen over de voorruit. Ronny draaide de dop van zijn thermoskan los en schonk zich in de beslotenheid van zijn cabine een kop koffie in. Hij stak een sigaret op en liet zijn hand over zijn dij glijden, over het bundeltje bankbiljetten dat door zijn broekzak puilde. Het geld dat hij in Italië had gekregen, zou over een kwartier echt van hem zijn, als zijn contactpersoon kwam opdagen en zijn illegale passagiers van hem zou overnemen. Tweeduizend dollar was een pak geld, zelfs voor een trucker die negentig uur per week achter het stuur zat en in ruil daarvoor een niet onaardig salaris binnenhaalde. Ronny had vrienden die met mensensmokkel in minder dan een jaar voldoende extra geld bij elkaar hadden geschraapt om er een nieuwe BMW van te kopen, geen prutsding maar een volbloed uit de 700-serie, compleet met alle accessoires. Voor zo'n bak was Ronny bereid vijf jaar van zijn leven op te offeren.

5

Diana Delanghe, want zo heette ze officieel, betrok een appartement in de Witte Leertouwersstraat op loopafstand van de Coupure, waar Marcus Heydens naar alle waarschijnlijkheid zelfmoord had gepleegd. Het was een trieste buurt. De mensen bleven er wonen omdat er elders geen plaats voor hen was. Het pand in kwestie was een krot met een trapgevel dat onlangs als beschermd monument was geklasseerd en dringend aan renovatie toe was, maar daar had de eigenaar geen oren naar. Hij bleef de huur opstrijken en wachtte geduldig af tot de overheid met een interessant voorstel over de brug zou komen. Die kans was klein want in de Witte Leertouwersstraat kwamen geen toeristen. Het vervallen monument had daarom geen enkele economische waarde.

Van In raadpleegde de naamplaatjes die slordig naast de belknoppen waren aangebracht. Dat van Diana viel op omdat het nog sneeuwwit was en er Heydens op stond in plaats van Delanghe.

'Ik denk dat ze op de tweede verdieping woont', zei hij tegen Versavel.

Een van de overburen, een slome veertiger met een uitgezakte bierbuik, observeerde de politionele actie van achter het raam van zijn woning. Toen Van In bij Diana Delanghe aanbelde, riep hij zijn vrouw erbij. Hoewel het mens in de keuken aardappelen aan het schillen was – dat deed ze zittend vanwege haar spataderen – reageerde ze meteen op het verzoek van haar man.

'Ik heb je toch gezegd dat ze iets zouden ondernemen tegen dat tuig van hier rechtover.'

De vrouw veegde haar aardappelschiller schoon aan haar schort. Wat moest ze daarop zeggen? Dat de aangetekende brief die haar man vorig jaar aan het college van burgemeester en schepenen had gericht en waarop nooit een antwoord was gekomen, hoogstwaarschijnlijk niets te maken had met de politiewagen die nu voor de deur stond? Nee, als ze dat onder zijn neus zou wrijven, zou hij kwaad worden en kreeg ze weer slaag. Dat gebeurde steeds vaker sinds hij zijn baan was kwijtgeraakt.

'Ik hoop dat ze die vuile profiteurs meteen het land uitzetten.'

De man schoof de vitrage wat verder open en keek gespannen toe.

'Vergeet niet dat je vanmiddag nog moet gaan stempelen, Gino', zei de vrouw en ze slofte terug naar de keuken.

Op het aanrecht lagen twee lappen bloederig vlees. De vrouw gooide ze in de pan, glimlachte en strooide er royaal zout over. Gino had al een tijdje last van een te hoge bloeddruk en de dokter had gezegd dat hij zout moest mijden.

Diana Delanghe schrok toen ze de Witte Leertouwersstraat inreed en de politiewagen bemerkte die tegenover haar deur stond geparkeerd. Het was te laat om nog achteruit te rijden. Dat zou opvallen.

'Get down!' schreeuwde ze tegen de twee passagiers op de achterbank.

Ze klemde haar handen om het stuur en gaf voorzichtig gas.

'Volgens mij is ze niet thuis', zei Van In.

Hij had drie keer aangebeld.

'Ik zie in ieder geval geen beweging.'

Versavel had de hele tijd de tweede verdieping in het oog gehouden omdat het wel vaker gebeurde dat mensen die om een of andere reden de deur niet wilden openmaken, het toch niet konden laten stiekem door het raam naar buiten te gluren.

'Wat doen we nu?'

Van In draaide zich om. Op dat moment reed Diana voorbij.

'Ik denk dat we geluk hebben', zei hij. 'Daar is ze.'

Toen ook Versavel zich omdraaide, gaf Diana gas.

'Verdomme', schreeuwde Van In.

Versavel, die niet goed begreep wat er aan hand was, volgde Van Ins uitgestoken vinger en zag een lichtblauwe Renault Espace achter een bocht verdwijnen. Nog voor hij iets kon vragen, rende Van In naar de Golf, trok het portier open en startte de motor.

'Zal ik om assistentie vragen?' vroeg Versavel.

De brigadier sprong in de wagen, gespte zijn veiligheidsgordel vast en reikte naar de microfoon van de boordradio.

'Nog niet.'

Van In ontkoppelde, duwde de Golf in zijn eerste versnelling en zette de achtervolging in. Wat bezielde het wijf om op de vlucht te slaan? Versavel hield zijn hart vast. Hij wist dat zijn vriend een cocktail van stress en woede moeilijk kon verteren. Op die momenten was het beter hem met rust te laten. Van In trapte het gaspedaal in en klemde zijn vingers om het stuur, als een uitgehongerde roofvogel die zijn klauwen in een prooi slaat. De politiewagen liet een spoor van stuifwater achter en raasde met een slingerende achtertrein over de gladde kasseien. Van In had in geen maanden nog een wagen bestuurd en dat kon je horen. Hij schakelde te traag waardoor het toerental te hoog opliep en de motor begon te huilen. Versavel boog zich naar voren en zette de sirene aan, al was het maar om argeloze fietsers en voetgangers ervoor te waarschuwen dat er een politiewagen kwam aangereden.

Op de hoek van de Witte Leertouwersstraat en de Schaarstraat draaide Van In met gierende banden rechts af. Voor een keer kon hij appreciëren dat er in Brugge nog bijna uitsluitend eenrichtingsverkeer mogelijk was. Hoewel de Espace uit het zicht was verdwenen, beschikte Diana slechts over één vluchtroute. Ze was verplicht om via de Gentpoortstraat de stad uit te rijden en dat kon op dit uur van de dag wel eens tegenvallen. Meestal stond er rond de middag een file en dat was vandaag niet anders.

'Daar staat ze.'

Versavel wees naar het dak van de Espace dat boven de andere wagens uitstak.

'Als ik me niet vergis, regelt een van onze mensen het verkeer aan de Gentpoortbrug. Zal ik hem oproepen?'

Versavel duwde het spreekknopje van de microfoon in en nam contact op met de centrale. Van In dacht daar blijkbaar anders over want hij schakelde de Golf in zijn achteruit, draaide het stuur naar rechts zodat de wagen schuin op de rijweg kwam te staan.'

'Wat ben je in vredesnaam van plan?'

'Wat zegt u?' vroeg de officier met wachtdienst.

Op dat moment gaf Van In gas en reed het trottoir op. Door de schok liet Versavel de microfoon vallen.

'Dat haal je nooit', schreeuwde hij net voor een bocht waar het voetpad versmalde.

Van In trok zich daar niets van aan en reed met twee wielen op de rijweg en twee op het trottoir langs de file. Zelfs met de sirene aan hoorde Versavel de zijspiegels afknappen van de wagens die ze links voorbijstaken.

Marc Deneve had vijf jaar aan zijn droom gewerkt, een schaalmodel van de Mercator, het afgedankte schoolschip van de Belgische marine dat in de haven van Oostende afgemeerd ligt en in de zomer tot leerrijk vermaak dient van duizenden bezoekers. Het schaalmodel zou de komende weken het pronkstuk vormen van een tentoonstelling die Marc Deneve samen met een paar vrienden had opgezet.

Deneve ging lichtjes door de knieën om de masten van het zeilschip ongehavend door de lage deuropening te loodsen. Gelukkig was dit de laatste hindernis. Op het trottoir stond een gehuurde bestelwagen klaar om het kleinood naar de tentoonstelling te brengen, een Ford Transit met een grote achterklep.

Toen Van In de bestelwagen en de jongeman met het schaalmodel van de Mercator midden op het trottoir zag staan, ging hij op de rem staan. De Golf raakte uit de koers, schuurde in een vonkenregen langs de zijkant van een Mercedes cabriolet en kwam op een halve meter van de Transit tot stilstand. Op dat ogenblik zette de file zich in beweging. De Espace verdween over de Gentpoortbrug.

'Weet je hoeveel zo'n Mercedes kost?' vroeg Versavel geamuseerd.

Van In leek door een bliksemschicht getroffen. Hij bleef met zijn handen op het stuur zitten. Het schuren van metaal op metaal had een oude herinnering weer naar boven gebracht. Hij dacht aan meester Matthys, een onderwijzer die met zijn nagels over het bord schraapte telkens als de aandacht in de klas verslapte. Dat in gedachten opnieuw te moeten beleven, deed hem ineenkrimpen.

'Onnozele zot.'

De chauffeur van de cabriolet, een instant gebruinde kerel van een jaar of dertig, rukte het portier van de Golf open en begon Van In de huid vol te schelden. Versavel stapte uit, liep om de Golf en tikte de man op de schouder.

'Moeten wij de politie bellen of gaat u dat zelf doen?'

Van In bleef wezenloos achter het stuur zitten. Zijn gezicht zag zo wit als een onderbroek die met SPOTFREE was gewassen. Ondertussen ging er kostbare tijd verloren. Nog voor de officier met wachtdienst het signalement van de Espace via de radio te horen kreeg, zat Diana met haar twee passagiers al in de trein naar Knokke-Heist.

'We have to hide on an other place', zei ze in gebroken Engels.

De twee mannen die voor haar op de bank zaten, knikten maar zeiden verder geen woord.

'Goedemiddag, Van In.'

Adjunct-commissaris Vanneste kwam zonder te kloppen kamer 204 binnen. Hij grijnsde.

'Toen ik vanochtend vernam dat jullie al aan de slag waren, heb ik een kopie van het verhoor dat ik gisteren van Valentijn Heydens heb afgenomen op uw bureau gelegd.'

Hij wees naar een plastic mapje op Van Ins bureau.

'En ik kan u verzekeren dat het hoogst interessante lectuur is.'

Van In had het document tien minuten geleden gelezen. Hij wist wat erin stond. Als hij zich nu kwaad zou maken, zou dat in de kaart van Verpeste spelen en dat plezier gunde hij de onderkruiper niet.

'Mag ik u erop wijzen, Vanneste, dat "gepassioneerd" met één "n" wordt geschreven?'

Van In haalde het uitgetikte verhoor uit het mapje. Op iedere pagina had hij een aantal woorden en passages met rode viltstift onderstreept.

'Hannelore Martens was mijn eerste lief', las hij. 'Toen ik haar na al de jaren terugzag, werd ik zo gijl dat het me de grootste moeite kostte om me te beheersen.'

'Daar is toch niets mis mee', zei Vanneste.

Van In keek naar Versavel.

'Laten we even horen wat de jury daarvan denkt.'

‘Geil wordt niet met “ij” geschreven, mijnheer de voorzitter.’

‘Ze kuste mij verleidelijk op de mond.’

‘Zoende’, zei Versavel.

Van In glimlachte.

‘Dat zijn dan weer tien punten voor Vlaanderen. Zal ik doorgaan, adjunct-commissaris Vanneste?’

Hij maakte een hoopje van de zes volgetikte velletjes en verscheurde ze. Het enige relevante feit in het verslag was de vermelding van het tijdstip waarop Valentijn Heydens het lijk van zijn vader had gevonden. Twee minuten over middernacht stond er. Van In had achter het tijdstip een vraagteken geplaatst.

‘Ik wil tegen vanavond een foutloze versie van het verhoor op mijn bureau, Vanneste. Begrepen?’

De adjunct-commissaris slikte zijn woede in, veegde de snippers bijeen en verliet het strijdtoneel. Dat deed hij met opgeheven hoofd omdat hij ervan overtuigd was dat een mislukte veldslag niet betekende dat hij de oorlog verloren had. Integendeel. Hij liep de trap op naar de derde verdieping, naar het bureau van hoofdcommissaris De Kee.

‘Die heb je flink bij zijn ... gehad.’

Versavel sprak het woord niet uit omdat het deel uitmaakte van de tien meest gebruikte woorden bij de politie, tien woorden waaraan hij een grondige hekel had.

‘Ik durf er mijn laatste Duvel om te verwedden dat Verpeste nu bij De Kee op schoot zit’, zei Van In. ‘Dat zal hem deugd doen.’

‘Ik vraag me af wie daaraan het meeste plezier zal beleven.’

‘De Kee natuurlijk, want het is maanden geleden dat er nog iemand bij hem op schoot heeft gezeten.’

Ze lachten.

‘Ondertussen zijn we niet echt opgeschoten’, zei Versavel na een poos.

De vraag of Marcus Heydens al dan niet was vermoord bleef open. De argumenten waarmee Van In de moordthese verdedigde, waren mager. Hij baseerde zich op de vreemde reactie van Diana Heydens, de brieven die Hannelore hem had laten lezen en de nauwkeurigheid waarmee Valentijn het tijdstip had bepaald waarop hij zijn vader had gevonden, maar dat vond Versavel niet erg relevant en dat gold eveneens voor het gesprek dat ze vanmorgen met Leona Vidts hadden gevoerd. Het enige wat ze daarvan hadden geleerd, was dat zowel de moeder als de dochter een beetje excentriek waren en dat was tot op vandaag nog altijd geen strafbaar feit.

‘Misschien heeft Marcus Heydens de brieven zelf geschreven.’

‘Waarom zou hij dat in vredesnaam gedaan hebben?’

‘Om de verzekering op te lichten.’

‘De verzekering op te lichten?’

Versavel had de hele zaak vanochtend bij het ontbijt met Frank besproken. Het was zijn vriend die het idee had geopperd.

‘In de meeste levensverzekeringspolissen is een clausule opgenomen waarin staat dat de maatschappij niets hoeft te betalen als de verzekeringnemer zelfmoord pleegt. Het gebeurt wel vaker dat mensen in nood die clausule willen omzeilen. In Amerika zijn gevallen bekend van mensen die een huurmoordenaar inschakelen om...’

‘Dan had hij zich toch gewoon kunnen laten neerschieten. Dat zou tenminste duidelijk geweest zijn.’

‘Van een raadsheer bij het Hof van Cassatie moet je niet al te veel duidelijkheid verwachten’, monkelde Versavel.

Van In tokkelde met zijn vingers op het blad van zijn bureau.

Marcus Heydens had zijn zoon vier jaar geleden geadopteerd en op die manier van hem zijn erfgenaam gemaakt en Diana Delanghe, die beweerde dat ze zijn dochter was, had verklaard dat haar vader rijk was. Misschien had ze daarom de indruk proberen te wekken dat hij vermoord was, omdat ze op de hoogte was van de zelfmoordclausule.

'Heeft Marcus Heydens eigenlijk een levensverzekering?'

'Dat weet ik niet', zei Versavel.

Van In slaakte een zucht.

'Trek het dan na.'

Versavel glimlachte.

'Als je gelijk hebt en Heydens vermoord is, zal het niet meevallen om dat te bewijzen, Pieter.'

'Moeilijk gaat ook', bromde Van In. 'Een moordenaar laat altijd sporen achter en als die er zijn, zal Vermeulen van de technische recherche ze vinden.'

Hij boog zich voorover en toetste het nummer van Beekman in.

'Misschien beschikt Jozef al over nieuwe gegevens.'

De telefoon ging over.

'Dit is de automatische telefoonbeantwoorder van Jozef Beekman. Ik ben nu niet op kantoor. U kunt...'

Van In gooide de hoorn op de haak.

'Magistraten zijn er nooit als je ze nodig hebt.'

Van In strekte zijn benen, haakte zijn vingers in elkaar en liet ze kraken. Behalve het nieuwe element dat Versavel had aangebracht, waren er nog een boel dingen die hem bezighielden. Wat had notaris Broos aangezet om naar het politiebureau te komen? Waarom was Diana Heydens op de vlucht geslagen? Was het toeval dat de zoon van Marcus Heydens Hannelore had proberen te versieren op het moment dat zijn vader zogezegd zelfmoord had gepleegd? Vooral dat laatste intrigeerde Van

In. In zijn lange carrière bij de politie had hij al heel wat bizarre moorden onderzocht en telkens had zijn intuïtie hem op het goede spoor gezet als alle andere mogelijkheden uitgeput waren.

'Ik zie niet in waarom ik mijn systeem zou veranderen', zei hij plotseling binnensmonds.

Het gerinkel van de telefoon verstoorde zijn gedachtegang. Hij boog zich voorover en reikte naar de hoorn, maar Versavel was hem voor.

'Zal ik opnemen?' vroeg hij.

Van In knikte en liet zich weer languit in zijn stoel onderuitzakken.

'Commissaris Van In is er even niet, mijnheer de hoofdcommissaris', zei Versavel nadrukkelijk. 'Nee, ik weet niet wanneer hij terugkomt. Wie heeft er klacht ingediend? Mijnheer Vanneuville?'

Vanneuville was de zoon van een invloedrijke aannemer en tevens voorzitter van de plaatselijke rotaryclub, waarvan ook De Kee lid was.

Versavel knikte en knipoogde tegelijkertijd.

'Natuurlijk herinner ik mij het incident nog, mijnheer de hoofdcommissaris. Het was een donkergroene Mercedes, een recent model als ik me niet vergis.'

Van In stak een sigaret op en zuchtte. Als Vanneuville een klacht had ingediend zat hij lelijk in de nesten. Onschuldig pleiten en de verantwoordelijkheid voor zijn drieste daad op zijn Amerikaanse collega's afschuiven die wel op het trottoir mochten rijden als ze een misdadiger achtervolgden, was een argument dat op niet veel rechters indruk zou maken.

'Ik zal het hem zeker meedelen, mijnheer de hoofdcommissaris. Nog een prettige dag verder, mijnheer de hoofdcommissaris.'

Versavel legde de hoorn op de haak.

'Mijnheer Vanneuville eist een half miljoen voor de krassen die jij op zijn wagen hebt gemaakt.'

‘Een half miljoen voor een paar krassen’, echode Van In.

‘Deuken en krassen.’

Versavel streek zenuwachtig over zijn snor.

‘De Kee klonk niet erg vriendelijk en ik denk dat hij me niet gelooft. Volgens mij is hij op weg naar hier.’

Van In duwde zijn sigaret uit. Hij kon een confrontatie met De Kee missen als kiespijn.

‘Dan ga ik ervandoor’, zei hij. ‘Maak jij hem maar wijs dat ik vandaag undercoverwerk doe.’

Van In liep naar de kapstok en trok zijn jasje aan.

‘En zorg ervoor dat de wagen van Diana opgespoord wordt.’

‘Alleen de wagen?’

Van In aarzelde. Na de stunt met de Mercedes kon hij zich geen fouten meer permitteren.

‘Vraag het parket of ze een nationaal opsporingsbericht willen verspreiden.’

‘Tot uw orders, commissaris.’

‘Tot morgen, Guido.’

Al bij al viel alles nog best mee. Hannelore had vandaag een snipperdag genomen. Misschien zou ze het wel prettig vinden als hij vandaag wat vroeger thuiskwam.

Leona Vidts zette een loodzware boodschappentas op de keukentafel en trok de deur van de koelkast open. Behalve een ei zat er niets in. Typisch Wilfried, dacht ze. Ze maakte haar boodschappentas leeg en schikte de voedingswaren die ze van bij haar thuis had meegebracht in de proviandkast boven de gootsteen. Dat deed ze om de maand en hoewel Wilfried haar na ieder bezoek liet weten dat hij het voedsel dat ze meebracht aan de armen schonk, had hij haar nooit verboden zijn huis te betreden. Je bent hier altijd welkom, zelfs als ik er niet ben, want volgens Gods wet blijf je mijn vrouw, zei hij altijd als ze elkaar nu en dan toch eens tegen het lijf liepen. Daarna tekende hij met zijn duim een kruisje op haar voorhoofd en begon hardop te bidden. Gelukkig wist Leona wanneer hij op pad was zodat ze het ritueel en de preek maar een paar keer per jaar moest ondergaan.

In een romantische komedie is de scène waarin een nietsvermoedende echtgenoot wat vroeger thuiskomt en zijn vrouw met een andere man aantreft verplichte kost.

Toen Van In de voordeur openmaakte en hij Valentijn Heydens doodgemoedereerd naast Hannelore aan de keukentafel zag zitten, kreeg hij bijna een rolberoerte.

'Wat doet die verdomde...'

Hannelore onderbrak hem.

'Geef me de tijd om alles uit te leggen', zei ze rustig.

'Er valt helemaal niets uit te leggen!' schreeuwde Van In.

De maat was vol. Hij voelde zijn hart in zijn keel kloppen met de cadans van een krachtig geroerde kodo-trom. Juridisch heette dit een onweerstaanbare drang, een moment van tijdelijke verstandsverbijstering. Van In trok de bovenste lade van de commode open, pakte zijn dienstwapen en richtte het op Valentijn Heydens.

'Zeg je laatste gebed, lacho.'

Hannelore wist niet goed hoe ze op de dreiging moest reageren. Was Van In gek geworden?

'Niet doen, Pieter. Het is niet wat je denkt.'

Ja, dat zeggen ze allemaal, had Van In nu moeten zeggen. Tenminste, zo stond het meestal in het scenario van een romantische komedie, maar dit was allesbehalve een romantische komedie. Van In was buiten zichzelf van woede. Dat besefte Hannelore toen zijn vinger zich om de trekker kromde. Ze zette twee stappen naar voren en ging in de vuurlijn staan.

'Ik begrijp dat je jaloers bent, Pieter, maar iemand

doodschieten lost niets op. Dat zou jij toch moeten weten. Valentijn is naar hier gekomen om met jou te praten.'

'Met mij?'

'Ja, met jou.'

Hannelore ging voor hem staan, legde haar hand op het pistool en duwde de loop naar beneden.

'Pas toch op', zei Van In nijdig. 'Dit ding is gevaarlijk.'

'Niet als de veiligheid er nog op zit', zei ze met een meewarig glimlachje.

Valentijn Heydens had van de korte aarzeling geprofiteerd om dekking te zoeken achter een grote yucca. Het was een komisch gezicht, want de stam van de kamerplant had een diameter van amper tien centimeter.

'Ik kom u mijn excuses aanbieden, mijnheer Van In, voor wat er eergisteren gebeurd is.'

'Waarom zou u mij uw excuses aanbieden? Er is zogezegd toch niets gebeurd tussen jullie.'

'Natuurlijk niet', zei Valentijn haastig. 'Ik wil me verontschuldigen omdat ik me eergisteren als een rund heb gedragen.'

Het klonk een beetje Hollands en dat deed Van In denken aan een grapje dat hij vorige week op de televisie had gehoord. Drie Nederlanders halen herinneringen op aan de voorbije feestdagen. De ene heeft het over muisjes en beschuit, de tweede steekt de loftrompet over kroket en bami. De derde is in Brussel uit eten geweest en laat zijn vrienden watertanden met een verhaal over chateaubriand, ossenhaas en entrecôte à l'os. Dat zal wel een aardige duit gekost hebben, vraagt de ene. Het heeft me geen cent gekost. Dat kan niet, zegt de tweede. Toch wel, zegt de verteller. Toen ik een broodje kaas bestelde, reageerde de exploitant van het restaurant woedend. De man gedroeg zich als een rund en daar hebben wij lekker van geprofiteerd. Van In had er toen niet om kunnen lachen, maar nu begonnen zijn lachspieren te trillen.

'"Ezel" lijkt me een beter woord, mijnheer Heydens.'

Van In legde het pistool op het aanrecht. Het ding was niet eens geladen, maar dat hoefde niemand te weten. De lacho had een lesje gekregen dat hem nog lang zou heugen en dat vond Van In voldoende. De slagen op de kodotrom ebden weg.

'Ik vind ezel oké', zei Valentijn plotseling.

Na een korte stilte begonnen ze alledrie te lachen, eerst schuchter en daarna bulderend.

'Ik heb je vijf minuten geleden gebeld. Valentijn wilde je geruststellen', zei Hannelore nog met de tranen in haar ogen van het lachen. 'Maar toen Versavel me vertelde dat je tijdens een achtervolging een Mercedes van drie miljoen in de prak hebt gereden en op weg was naar huis, dacht ik...'

Haar stem sloeg over en ze begon weer te lachen. Valentijn haalde een pakje sigaretten tevoorschijn en bood Van In er een aan.

'Dank je', zei Van In.

Hij bekeek de sigaret en stak ze op. Op de keukentafel stond een asbak. Er lagen twee peuken in, allebei van het merk dat Hannelore rookte. Dat stelde hem gerust, want de vingers van Valentijn waren geel aangeslagen wat erop wees dat hij een kettingroker was. Hannelore had dus niet gelogen. Valentijn kon hier nog maar pas gearriveerd zijn.

'Ik aanvaard je excuses, mijnheer Heydens.'

Van In ging zitten. Misschien had hij zich toch vergist.

'Zal ik een kop koffie zetten?' vroeg Hannelore.

'Drink jij koffie, mijnheer Heydens?'

'Alleen als het moet, commissaris.'

'Een Duvel?'

Hannelore liep glimlachend naar de koelkast. Twee mannen, twee Duvels. Zelfs als ze destijds een andere keus had gemaakt, zou ze haar noodlot niet ontlopen zijn.

'Ik moet u eerlijk bekennen dat er nog een reden is waarom ik jullie kom opzoeken', zei Valentijn na de eerste slok. 'Volgens mij heeft mijn vader...'

'Geen zelfmoord gepleegd', vulde Van In aan.

'Valentijn vindt dat we de dreigbrieven ernstig moeten nemen', zei Hannelore, die ondertussen bij hen was komen zitten.

'Mijn vader was een gelukkig mens. Hij had geen enkele reden om zelfmoord te plegen. Ik denk dat...'

'Verdenk je Henri Broos?'

Hoewel Van In het weinig waarschijnlijk vond dat de notaris de dreigbrieven van een teken had voorzien dat naar de vrijmetselarij verwees, was hij verplicht ieder spoor op zijn bruikbaarheid te testen. Eén ding stond als een paal boven water: Henri Broos was getrouwd met de vrouw die Marcus Heydens had gedumpt. Uit liefde. Dat had hij spontaan opgebiecht. Leona Vidts daarentegen had toegegeven dat ze Marcus Heydens ondanks alles trouw was gebleven.

'Nee', zei Valentijn. 'Volgens mij heeft Wilfried Delanghe mijn vader vermoord.'

'Dat lijkt me een logisch uitgangspunt', zei Hannelore.

'Delanghe wilde twee vliegen in één klap slaan. Door op de brieven een vrijmetselaarssymbool achter te laten, hoopte hij waarschijnlijk dat de politie het onderzoek op Broos zou toespitsen.'

'Hij beschikt in ieder geval over een motief', knikte Van In.

Hij kon zich voorstellen dat Delanghe in zijn eer gekrenkt was toen Broos hem vijf miljoen had uitbetaald om zich van Leona Vidts te laten scheiden, en wellicht was hij er destijds ook achter gekomen dat Diana zijn dochter niet was, wat het drama alleen maar erger maakte. Alles leek te kloppen behalve één ding: als Delanghe Heydens had vermoord, waarom had hij het dan als een zelfmoord gecamoufleerd?

Ze bleven er de hele avond over doorbomen tot er geen Duvels meer waren en de keuken blauw stond van de sigarettenrook. Van In vroeg zich af of zijn groeiende sympathie voor Valentijn Heydens een gevolg was van het bier dat ze samen hadden geconsumeerd of dat hij gewoon opgelucht was omdat hij nu met zekerheid wist dat Hannelore niet vreemd was gegaan.

'Ik denk dat het gezien de omstandigheden beter is dat we met zijn allen gaan slapen', zei Van In om een uur of elf.

'Met zijn allen, commissaris?'

Als Valentijn dit grapje een paar uur geleden had gemaakt, zou Van In hem waarschijnlijk een dreun voor zijn kop hebben verkocht. Nu kon hij erom lachen.

'Met zijn allen betekent niet dat we in dezelfde kamer moeten pitten', grijnsde hij. 'Maar voor mijn part mag je gerust op de bank slapen.'

Valentijn stond op en waggelde naar Hannelore.

'In dat geval ga ik naar huis', zei hij met een knipoog. 'Op voorwaarde dat ik een kus krijg.'

'Een zoen', verbeterde Van In.

'Een zoen dan.'

Valentijn sprak met een dubbele tong.

'Een op elke wang?'

Hannelore keek naar Van In. Pas toen hij knikte, gaf ze Valentijn twee zoenen.

'Zal ik een taxi bellen?' vroeg ze.

'Nee, dat hoeft niet.'

Van In nam Valentijn bij de arm en loodste hem naar de voordeur.

'Arrivederci, cara mia.'

'Tot ziens, Valentijn', zei Hannelore.

De man die haar ontmaagd had, zwalpte als een schip op drift naar buiten. Hem zo te zien deed pijn, daar kon ze niets aan doen.

'Zal ik koffie zetten?' vroeg ze toen Van In de deur op het nachtslot deed.

Van In knikte en ging aan de keukentafel zitten.

'Eén ding heb ik je nog niet gevraagd', zei hij plotseling.

Hannelore zette de filter in het koffiezetapparaat en draaide zich om.

'Is Valentijn de hele avond bij je gebleven, toen jullie eergisteren...'

'Waarom vraag je dat?'

'Zomaar.'

Hannelore duwde de tuimelschakelaar in.

'Ja', zei ze beslist.

'De hele avond?'

'Hij is één keer naar buiten gelopen om te bellen, maar dat heeft amper een halve minuut geduurd.'

'Weet je nog hoe laat het toen was?'

Hannelore keek hem verbaasd aan.

'Is dat belangrijk?'

Van In leunde achterover op zijn stoel. Hij had moeite met het alibi van Valentijn Heydens. Dat leek hem iets te perfect.

'Denk na, Hanne. Wanneer heeft hij gebeld?'

'Om een uur of acht. Het kan ook later geweest zijn.'

'Maar niet vroeger?'

'Nee, dat denk ik niet.'

Hannelore ging zitten en sloeg haar arm om zijn schouder.

'Als je koffie op is, gaan we naar bed', zei ze met een knipoog.

Van In had liever nog wat doorgeboomd over de zaak-Heydens maar toen Hannelore na de koffie in de badkamer verdween, wist hij wat ze voor hem in petto had.

Wilfried Delanghe stopte zijn rozenhoedje in een beduimeld leren zakje en sloeg een kruisteken. Zijn werk zat erop voor vandaag. Hij had de hele avond staan bidden voor de ingang van de abortuskliniek. Zijn lippen waren droog en zijn rug deed pijn van het lange staan, maar dat vond hij niet erg. Hij had zijn opdracht volbracht. Alleen bidden kon een eind maken aan de goddeloze praktijken die achter de grauwe muren van het 'moordhuis' plaatsvonden. De oogst was aan de gang en het onkruid zou gescheiden worden van het graan. Moordenaars en echtbrekers zouden hun gerechte straf niet ontlopen. Wilfried Delanghe dacht aan Marcus Heydens, zei een laatste schietgebed en sloeg de Wijngaardstraat in. Thuis zou hij een karige maaltijd nuttigen en daarna een ring over zijn penis schuiven waarop aan de binnenkant kleine pinnetjes zaten voor het geval de bekoring hem te machtig zou worden.

6

Sinds sommige politici in het openbaar hadden toegegeven dat het onveiligheidsgevoel waarmee de burgers kampten echt bestond, deden politie en rijkswacht hun best het publiek de indruk te geven dat ze waakzaam waren. Hoofdcommissaris De Kee, steeds bereid om de spits af te bijten, had zes maanden geleden een rendabiliteitsstudie laten uitvoeren en hij was tot de conclusie gekomen dat 'het blauw in de straat' maximaal rendeerde op plaatsen waar veel volk passeerde. Hij beval daarom de oprichting van een speciaal peloton dat hij de codenaam Cerberusteam meegaf naar analogie met de driekoppige helhond. De ploeg bestond uit vier agenten (Griekse mythologie was niet de sterkste kant van de hoofdcommissaris). Hun taak bestond erin zich op geregelde tijdstippen naar bepaalde plaatsen te begeven waar een grote concentratie van mensen te verwachten of te voorspellen viel (sic een vertrouwelijk dienstorder van hoofdcommissaris De Kee).

Agent Bruynooghe had vanochtend de opdracht gekregen een zieke collega van het Cerberusteam te vervangen en dat vond hij niet erg. Het poedelpeloton, want zo werd het geesteskind van De Kee in de wandelgangen genoemd, genoot een zekere vrijheid en Bruynooghe was van plan daarvan te profiteren om in de loop van de dag hier en daar stiekem een pilsje te gaan drinken, want wie kon met zekerheid voorspellen waar een grote concentratie van mensen te verwachten viel zonder daarvoor de nodige observaties te doen? Toch waren Bruynooghe en zijn collega ondanks die relatieve vrijheid verplicht een aantal vaste plekken af te werken. Het station was daar een van. Ze moesten er om het uur langsrijden en dat deden ze klokvaster dan de meeste treinen.

'Tiens', zei Bruynooghe plotseling tegen zijn collega toen ze met de combi met een slakkengangetje het stationsplein opreden.

Hij zat in de passagiersstoel, een recht dat hem als oudste dienstdoende agent toekwam.

'Draai die eens door de molen, collega.'

Hij wees naar de lichtblauwe Renault Espace die in de 'kiss and ride'-zone geparkeerd stond.

'Als ik me niet vergis, is dat een verdachte wagen.'

De collega van Bruynooghe, een Limburger die twee jaar geleden met een Brugse was getrouwd, tikte het nummer van de Espace in op het toetsenbord van de boordcomputer.

'Bingo', zei hij na twintig seconden.

Bruynooghe grijnsde en schakelde meteen over op plat Brugs.

'Kejje nu getoogd oe dajje da moe doen, Alex. Noaste kè ist an joen toer.'

Alex haalde de schouders op. Hij begreep geen jota van het taaltje dat Guido Gezelle beroemd had gemaakt.

'Bruynooghe heeft de Espace van Diana Delanghe gelokaliseerd', zei Versavel, toen Van In zoals gewoonlijk meer dan een halfuur te laat op kantoor verscheen.

'Waar?'

'Aan het station.'

'Aan het station?'

'Ja, aan het station. Hij vraagt wat hij moet doen.'

'Wie?'

'Bruynooghe.'

Van In liet zich in zijn stoel ploffen en wreef met zijn hand over zijn voorhoofd. Toen hij vanochtend bij de koffie een sigaret wilde opsteken en merkte dat de zijne op waren, had Hannelore een nieuw pakje uit haar handtas gehaald.

'Wat moet ik hem zeggen, verdomme?'

Omdat Versavel zelden of nooit vloekte, schrok Van In wakker uit zijn overpeinzingen en draaide zijn hoofd een kwartdraai naar links.

'Stuur Verpeste erop af en bel Vermeulen.'

'Vermeulen?'

'Om sporen te zoeken, Guido. We moeten de zaak toch een beetje professioneel aanpakken.'

'Wat doen wij ondertussen?'

'Nadenken', zei Van In. 'A propos, ben je er al achter gekomen of Heydens een levensverzekering op zijn naam heeft staan?'

'Volgens notaris Broos heeft hij er geen.'

Versavel toetste het nummer van de meldkamer in en vroeg de officier met wachtdienst of hij contact wilde opnemen met Vermeulen en Vanneste. Daarna ging hij voor het bureau van Van In staan.

'Is er nog iets tot uw dienst, commissaris?'

Als het hem niet lekker zat, sloeg Versavel een officiële toon aan en dat was voor Van In dan meestal een voldoende reden om hem te vragen wat er scheelde, maar dit keer gaf hij geen kik. Hij werd volledig in beslag genomen door het voorval aan de ontbijttafel. Het pakje sigaretten dat hij vanochtend van Hannelore had gekregen, was van een ander merk dan ze gewend was. Ze had het na haar uitstapje met Heydens in een café op de Markt gekocht, waar ze noodgedwongen nog een cola had gedronken.

'Er zit een gat in het tijdgebruik van Valentijn Heydens', zei hij verstrooid.

'Oh ja?'

Versavel trok een boos gezicht en ging achter zijn bureau zitten. Zijn loyaliteit tegenover Van In had de voorbije dagen een flinke deuk gekregen. De vermeende affaire tussen Hannelore en Heydens en de manier waarop Van In zijn frustratie op hem afreageerde, begonnen flink op zijn zenuwen te werken. Bovendien zeurde Frank voortdurend over de nakende promotie, dat die wel eens in het gedrang zou kunnen komen als hij Van In onvoorwaardelijk bleef steunen en ook dat had zo zijn invloed op zijn humeur. Het maakte Versavel bijzonder prikkelbaar, want hij had er schoon genoeg van om als pispaal voor zijn chef te fungeren.

'Ik vind dat je overdrijft', zei hij nurks.

'Overdrijven. Wat bedoel je daar in vredesnaam mee? Ik kom al jaren te laat op kantoor. Daarmee hoef jij je toch niet te bemoeien.'

Versavel voelde iets scheuren in zijn binnenste. Gal spoot langs zijn slokdarm naar boven.

'Weet je wat jij bent, commissaris Van In?'

Zijn stem trilde en zijn gezicht liep rood aan. Hij wipte van zijn stoel en ging in het midden van de kamer staan, met zijn handen in zijn heupen.

'Je bent een klootzak, een dikke vette blaaskaak, een zuipschuit...'

'Guido!'

Versavel liet zich niet intimideren.

'En een arrogante zak', voegde hij er woedend aan toe.

Het was niet de eerste keer dat iemand Van In voor arrogante zak uitschold. Hij had er nooit van wakker gelegen, maar dit keer sneden de scheldwoorden die zijn vriend hem naar het hoofd slingerde als roodgloeiende messen door zijn lijf. Hij stond op, liep naar Versavel en probeerde hem te kalmeren.

'Laten we alsjeblieft geen ruzie maken, Guido. Toch niet na al die jaren.'

Agenten die in de belendende kamers werkten, kwamen in de gang staan en keken door het raam naar binnen.

'We want more', schreeuwde een van hen gesmoord, maar toch luid genoeg zodat ze hem binnen konden verstaan.

De reactie op zijn kreet was navenant. Van In draaide zich om en beende naar de deur, maar in plaats van hen weg te sturen, gebood hij ze binnen te komen. Dat deden ze schoorvoetend. Van In beval hen in de houding te gaan staan en richtte zich daarna met een trieste blik tot Versavel.

'Ik sta erop me in het openbaar te verontschuldigen voor mijn lomp gedrag, Guido.'

De stilte die daarop volgde in kamer 204 kon best wedijveren met de rust in het hooggebergte op een windstille dag. De openbare biecht van Pieter Van In maakte indruk op Versavel. Hij stotterde en wilde zeggen dat het hem speet, maar Van In liet hem niet uitspreken.

'Ik ben de lei en jij bent de spons', zei hij.

Versavel knikte en maakte een symbolisch gebaar. De agenten, die nog steeds in de houding stonden, begrepen er geen snars van, maar dat hoefde ook niet. Niemand begreep immers wat die twee bezielde.

Anders dan de naam liet vermoeden, hielden de meeste bewoners van de Roompotstraat er een sobere levensstijl op na. De smalle straat tussen de Beenhouwersstraat en de Gulden Vlies-laan werd bijna uitsluitend bevolkt door eenvoudige mensen die hun hele leven hard hadden gewerkt om het hoopje bakstenen af te betalen dat ze bij gebrek aan een beter woord 'hun eigendom' noemden.

Alice Deboodt had respect voor kleine mensen en niet het minst voor Wilfried Delanghe. Ze hadden gisteren afgesproken om vandaag voor het 'abortushuis' te gaan bidden. Dat deden ze vaker, maar het was de eerste keer dat Wilfried verstek liet gaan. Misschien had hij zich verslapen. Alice drukte haar benige vinger tegen de belknop. Een buurvrouw kwam naar buiten.

'Jes ollesins thus', zei ze.

'Er is toch niets met hem gebeurd?'

't'Is anders nie van zun gewente', zei de buurvrouw. 'Normaal gottie oltied te zevenenolf achter zun gazette.'

'Ik weet dat hij iedere ochtend zijn krant gaat halen', zei Alice een beetje geïrriteerd.

'Jee misschien wa gekregen.'

'Jezus, Maria, Jozef.'

Alice sloeg een kruisteken. Wilfried was een hartpatiënt. Dat wist ze. Twee jaar geleden hadden geleerde artsen zijn kransslagader overbrugd en hem godzijdank van een zekere dood gered. Ze hadden er samen uitgebreid over gepraat, over het mirakel dat alleen maar een voorteken kon zijn, een bron van genade die hen in staat stelde hun goddelijke taak te vervullen. Zelfs toen Wilfried in een onbewaakt moment zijn hemd had opengeknoopt en haar het litteken had laten zien, had zijn behaarde borst geen zondige gedachten bij haar veroorzaakt. Alleen daarom wist ze dat hun verhouding een hoger doel diende.

'We moeten de politie en de hulpdiensten bellen', zei Alice. 'Wie weet heeft hij weer een infarct gehad.'

'Ben ik echt een arrogante zak?' vroeg Van In.

'Soms wel', zei Versavel.

Nu de plooien waren gladgestreken vervielen ze weer in hun vertrouwde rollenpatroon. De brigadier zette een pot koffie en de commissaris rookte sigaretten. Ondertussen verspreidde het nieuws dat Versavel Van In voor arrogante zak had uitgescholden zich als een lopend vuurtje door het politiecommissariaat. De Kee was de enige die het nieuws niet te horen kreeg. Hij woonde in Brussel een vergadering bij – een bespreking op het hoogste niveau, had hij Vanneste toevertrouwd.

'Voor Hannelore naar huis kwam, is ze in een café op de Markt sigaretten gaan kopen', zei Van In toen Versavel hem vroeg wat er mis was met de verklaring van Valentijn Heydens. 'Omdat ze haar merk daar niet verkochten, heeft ze een ander genomen.'

Van In nam een vel papier en krabbelde er in zijn hanig handschrift wat cijfers op.

'Delodder heeft de oproep om vier minuten over twaalf ontvangen en Hannelore is om acht over twaalf thuisgekomen', zei hij. 'De Versteende Nacht, het café waar zij en Valentijn hun laatste drankje hebben gedronken, ligt op ongeveer tien minuten lopen van de Vette Vispoort en drie minuten van de Coupure. Valentijn beweert dat hij het lichaam van zijn vader om twee minuten over twaalf heeft gevonden.'

Hij maakte vlug een rekensommetje.

'Als de bewering van Valentijn klopt, zijn ze dus om een paar minuten voor middernacht van de Versteende Nacht weggegaan en heeft Hannelore er tien minuten over gedaan van het café naar de Vette Vispoort.'

'Een pakje sigaretten kopen en haastig een cola drinken hoeft niet veel tijd in beslag te nemen', zei Versavel sceptisch. 'Je schema is wel erg krap.'

Van In glimlachte triomfantelijk, tastte in zijn broekzak, haalde er een pakje Marlboro uit en trok het klepje open. In het pakje ontbraken drie sigaretten.

'Hannelore heeft in het café op de Markt twee sigaretten gerookt. Dat heeft ze me vanochtend bevestigd.'

Een doorsneeroker doet ongeveer acht minuten over een sigaret. Twee sigaretten roken neemt op zijn minst zestien minuten in beslag.

Versavel pakte zijn balpen en maakte vlug een paar berekeningen. Zelfs als hij de breedste marge nam, zat er een leemte van vijftien minuten in de verklaring van Valentijn Heydens.

'Ik vraag me af wat die kerel ondertussen heeft uitgespookt', zei Van In.

'Misschien heeft Valentijn voor hij naar huis ging nog een ommetje gemaakt.'

'Nee, Guido. Ik heb vanochtend de dienst 100 gebeld. De oproep van Valentijn Heydens is om 12.03 uur binnengekomen.'

Hoewel de redenering van Van In klopte als een bus, schudde Versavel het hoofd.

'Weet Hannelore dan niet meer hoe laat ze in de Versteende Nacht is vertrokken?'

'Nee', zei Van In. 'Daarvoor was ze te dronken.'

Plotseling rinkelde de telefoon.

'Als het De Kee is, ben ik er even niet', zei Van In.

Hij stond op en liep naar de archiefkast. De regen kletterde tegen de ramen en liet een vuil spoor achter op het beslijkte glas. Versavel nam de hoorn op.

'We komen onmiddellijk langs', zei hij toen de vrouw de naam van haar buurman vernoemde.

Toen Van In en Versavel in de Roompotstraat arriveerden, kwam de helft van de bewoners op straat kijken wat er aan de hand was. Alice Deboodt haalde haar rozenhoedje tevoorschijn en ratelde weesgegroetjes af in een tempo dat Teresia van Avila haar had benijd. Versavel stopte voor het huis van Wilfried Delanghe, liet Van In uitstappen en parkeerde de Golf daarna heel dicht tegen een van de gevels zodat er ruimte overbleef voor eventueel doorgaand verkeer.

'Wat is er aan de hand, mevrouwtje?'

De buurvrouw deed een lang verhaal over de gewoonten van 'menere' Wilfried zoals zij hem noemde, loofde zijn stiptheid en prees zich gelukkig naast zo'n godvruchtige man te mogen wonen. Dat deed ze in het schoon West-Vlaams.

'Ik weet zeker dat menere Wilfried thuis is. Daarom vrees ik dat er hem iets is overkomen. U moet weten dat hij vorig jaar een 'hartinfract' heeft gekregen en...'

'Een ogenblik, madammetje', zei Van In.

Hij wilde Versavel vragen via de radio een ziekenwagen op te roepen, maar de brigadier was al op weg naar de Golf. Van In ging voor de voordeur staan, nam een kleine aanloop, haalde uit met zijn rechterbeen en schopte tegen de deur.

'Aie, godverdomme.'

'Ejje je zeer gedoan, menere den agent?'

De buurvrouw was zodanig geschrokken toen ze Van In naar zijn voet zag grijpen dat ze op slag weer Brugs praatte.

'Hebt u soms een hamer, mevrouw?' kreunde Van In.

In plaats van met zijn hiel tegen de deur te trappen, had hij er met zijn voetzool tegen geschopt en dat had ongeveer hetzelfde effect als na een sprong van twee meter hoog niet op je tenen maar plat op je voetzolen terecht te komen. Hij masseerde zijn pijnlijke voet tot de buurvrouw terug was en hem hijgend een hamer gaf.

''t Is er nog ene van mijn man zaliger.'

'Dan zal het wel een goeie zijn', zei Van In.

Hij zette een stap naar achteren en sloeg het ruitje in de deur stuk. Gelukkig zat de sleutel er aan de binnenkant op.

Van In maakte de voordeur open en stapte over de scherven naar binnen, onmiddellijk gevolgd door Versavel.

'Er is een ziekenwagen op komst.'

Van In knikte. Delanghe had niet gereageerd op het glasgerinkel. Hij was niet thuis of er was toch iets misgegaan met zijn hart.

'Laten we eerst in de woonkamer kijken.'

Anders dan het huis van Marcus Heydens was dat van Delanghe eenvoudig van indeling: een gang met aan de linkerkant de deur van de voorkamer en achterin een tweede die naar de woonkamer annex keuken leidde.

Van In duwde de klink naar beneden.

Midden in de kamer lag een man op zijn rug. Op zijn borst stond een torenhoge stapel boeken. Zijn mond was dichtgeplakt met een stuk lichtbruine tape.

'Help me', schreeuwde Van In.

Hij veegde met een armbeweging een aantal van de bovenste boeken weg en begon daarna als een bezetene de rest door de kamer te gooien. Versavel ging methodischer te werk. Dat had gedeeltelijk met zijn temperament te maken, maar nog meer met het feit dat hij met één oogopslag had vastgesteld dat de man op de vloer al een tijdje dood was. Toen alle boeken over de vloer verspreid lagen, tilde hij het stuk spaanplaat op dat de moordenaar op de borstkas van zijn slachtoffer had gelegd voor hij de boeken erop was beginnen te stapelen. Pas toen werd het duidelijk waarom de man zich niet van zijn last had kunnen bevrijden. Hij droeg een dwangbuis. Van In bukte zich en drukte zijn wijs- en middelvinger tegen de halsslagader van het slachtoffer.

'Hij is dood, Guido.'

Versavel knikte en raapte een van de boeken op.

'De Civitate Dei van Augustinus. Kan een katholiek zich een mooiere dood wensen dan stikken met het gedachtegoed van een kerkvader op zijn borst?'

Van In haalde zijn schouders op en bekeek de andere boeken. Het waren zonder uitzondering religieuze werken. Er zat zelfs een bijbel tussen die minstens vijf kilo woog.

'Het is en blijft gevaarlijke lectuur, Guido.'

Hij draaide zich om en liep naar de voorkamer. Daar

stond een halflege boekenkast met alleen nog dunne exemplaren. De moordenaar had alleen de lijvige boeken gebruikt. Versavel kwam erbij staan.

'Wat er ook van zij,' zei hij droogjes, 'dit is in ieder geval de eerste literaire moord waarmee we geconfronteerd worden.'

In de verte klonk de sirene van een ziekenwagen.

Om halfzes zat het onderzoek van de technische recherche en de wetsdokter erop. Van In liet de voordeur verzegelen en stak buiten een sigaret op.

'Het is vandaag alweer woensdag', zuchtte hij.

'Zal ik je schoonmoeder bellen en zeggen dat je wat later komt?'

Versavel meesmuilde. Iedere woensdag ging Hannelore de tweeling ophalen bij haar moeder omdat Katrien, haar vaste oppas, het dan te druk had met haar eigen kinderen. Die woensdagavonden liepen steevast uit omdat zijn schoonmoeder eiste dat zowel hij als Hannelore bleven eten.

'Als je dat voor me wilt doen, trakteer ik je op een hapje', zei Van In.

'Dat zeg je iedere week.'

Ze stapten in de Golf en reden via de ring in de richting van het station en vandaar naar het Walplein.

'Nu weten we zo goed als zeker dat Marcus Heydens vermoord is', zei Van In.

Versavel negeerde de opmerking van zijn vriend en parkeerde de Golf op een plaats waar dat niet mocht, want veel parkeerruimte was er niet op het Walplein.

'Ik heb trek in coq au vin', zei hij 'En jij?'

'Is er al nieuws over Diana Delanghe?'

'Met een glas port vooraf en als dessert...'

'Wil je me alsjeblieft laten uitspreken, Guido?'

'Gaan we uit eten of ben je van plan de hele avond over Heydens te lullen?'

‘Allebei, want ik betaal’, reageerde Van In korzelig.

Restaurant Malesherbes in de Stoofstraat is een op en top Frans eethuisje waar je voor weinig geld uitgebreid kunt tafelen en wellicht het enige in België waar je voor twaalfhonderd frank een Grand Cru kunt bestellen.

‘Laten we hopen dat er nog een tafeltje vrij is’, zei Versavel.

Van In duwde de deur open.

‘Daar zorgt Anneke wel voor. Zij heeft me tenminste nog nooit in de steek gelaten.’

Anneke stond in de keuken. Die bevond zich tegenover de voordeur zodat iedereen er zo kon binnenkijken.

‘Is hij weer aan het zeuren, Guido?’

Ze schikte twee porties pastei op een bordje, veegde haar handen schoon aan haar schort en begroette Van In en Versavel met een stralende glimlach.

‘Ik was bijna vergeten dat het alweer woensdag is’, zei ze op een samenzweerderig toontje.

Van In haalde zijn schouders op en zette een somber gezicht op, maar daar trok Anneke zich niets van aan, want zoals de meeste mensen die hem een beetje kenden, wist ze dat hij last had van wisselende stemmingen. Ze loodste haar gasten via een steil trapje naar de eerste verdieping.

‘Ik heb vanochtend twee kisten Saint-Julien aangeleverd gekregen’, zei ze toen Van In en Versavel aan tafel gingen zitten. ‘Zal ik een fles ontkurken?’

‘Zet die maar op mijn rekening’, zei Versavel.

Het wonder geschiedde. Van In sloeg de ogen op en glimlachte.

‘We leave in three hours’, zei Diana tegen haar gasten.

Ze kwakte een pan halfgare spaghetti in een vergiet, liet de slierten even uitdruppen en draaide daarna een blikje goedkope Napolitaanse saus open.

De mannen knikten. Diana schepte de pasta op en verdeelde de saus over twee borden. Zelf had ze geen trek. Dat kwam door de stress. Ze zou zich pas veilig voelen als de twee mannen op de veerboot zaten. Pas dan kon zij weer naar Brugge. Sinds ze gisteren in de Witte Leertouwersstraat op de vlucht was geslagen, had ze voortdurend zitten piekeren. Ze begreep niet hoe de politie erachter was gekomen dat ze een centje bijverdiende door vluchtelingen over de grens te smokkelen. Nog een geluk dat niemand iets afwist van het appartement in Knokke. Dat stond op naam van Henri Broos geregistreerd.

'You can eat all of it', zei ze tegen haar gasten.

De glimlach die om haar lippen speelde, had niets te maken met haar rol van gastvrouw, maar alles met hebzucht.

Een van de mannen draaide wat spaghetti om zijn vork en nam een hap.

'Taste good?' vroeg Diana.

De man wierp een steelse blik naar zijn gezel en kneep zijn ogen even dicht.

'Yes', zei hij.

Daarna zei hij iets in zijn eigen taal, een woord dat Diana niet verstond maar dat vrij vertaald 'ezelsstront' betekende.

'Mens, wat ruikt dat goddelijk.'

Versavel maakte met een haal van zijn mes het borstvlees los van het karkas en sneed het in stukjes.

Van In had zijn haantje al op. Hij nam een slokje van de voortreffelijke Saint-Julien waarop Versavel hem getrakteerd had. Het was een complexe wijn die naar frambozen en keien smaakte.

'Delanghe en Heydens hebben allebei een kind verwekt bij Leona Vidts', zei hij tussen twee slokjes.

Bij een moord is het achterhalen van een motief meestal belangrijker dan het interpreteren van materiële bewijzen omdat een motief zich altijd tegen de dader keert, de materiële bewijzen daarentegen zaaien soms meer verwarring dan ze duidelijkheid scheppen.

'Ga je in hun verleden beginnen te graven?' vroeg Versavel.

Hij savoureerde het vlees en sopte daarna een stukje brood in de saus om het genot in zijn mond wat langer te rekken.

'Ja.'

'Met wie ga je beginnen?'

'Met Heydens.'

'De vader of de zoon?'

'De zoon.'

'Toch niet omdat Hannelore...?'

'Nee, Guido. Dat is ondertussen verleden tijd.'

Van In gaf ruiterlijk toe dat de vermeende affaire tussen Hannelore en Valentijn zijn gedachtegang had beïnvloed en hij daardoor een aantal essentiële dingen niet had nagetrokken, maar daar zou vanaf vandaag verandering in komen. In het begin had hij de dreigbrieven die Hannelore hem had laten zien, niet ernstig genomen. Dus werd het tijd dat hij die opnieuw bekeek.

'Smaakt het een beetje?'

Anneke wurmde zich tussen de tafels en reikte Van In de dessertkaart aan.

'Ik heb nog twee porties chocolademousse', zei ze.

De smaak van echte chocolademousse verhoudt zich tot die van de industriële rommel die in de rekken van de supermarkt ligt als de geur van gier tot die van lelietjes-van-dalen.

'Tenzij je iets anders verkiest natuurlijk.'

'Wie weet?' zei Van In een beetje dubbelzinnig.

Hij nam de dessertkaart aan, sloeg ze open en deed alsof hij een keus wilde maken.

‘Misschien neem ik wel een coupe royale. Zit daar ook chocolade in?’

Van In kende de kaart uit zijn hoofd. Coupe royale prijkte daar niet op. Hij wilde Anneke alleen maar een beetje plagen en dat had ze moeten weten, want hij had zijn bril niet bij zich, waardoor hij alleen maar kon lezen wat boven aan de kaart in hoofdletters stond gedrukt: *Restaurant Malesherbes, nagerechten-desserts.* Plotseling verstrakte hij.

‘Is er iets?’ vroeg Versavel.

‘Malesherbes’, zei Van In. ‘Het onkruid groeit op met de andere gewassen.’

‘Wat bedoelt hij daar nu mee?’ lachte Anneke.

Ze keek naar Versavel en knipoogde. Het was niet de eerste keer dat de commissaris onzin uitkraamde.

‘De parabel van het onkruid tussen de tarwe’, zei Van In. ‘Daar draait het allemaal om.’

‘Tweemaal chocolademousse’, zei Versavel. ‘En serveer hem maar een dubbele portie.’

Bijna alle notarissen en rechtsgeleerden die Charles Dickens in zijn romans opvoerde, woonden steevast in ongezellige tochtige panden waar het naar schimmel rook en de zolders bevolkt werden door allerlei ongedierte. Henri Broos was gierig of hij had nog nooit een boek van Dickens gelezen, anders had hij er wellicht voor gezorgd dat zijn huis in de Sint-Jorisstraat niet aan die beschrijving beantwoordde.

‘Ik vraag me af waarom papa ons zo dringend wil spreken’, zei Joris tegen zijn zuster.

‘Dat zullen we straks wel horen’, zei Virginie.

Ze hielp haar broer uit de wagen en bracht onmiddellijk haar hand naar haar mond. Dat deed ze automatisch als ze op straat kwam omdat ze beschaamd was over het litteken dat ze aan de operatie had overgehouden.

‘Kom, Joris. Papa verwacht ons.’

Ze nam haar blinde broer bij de arm en leidde hem zonder veel plichtplegingen naar de overkant van de straat. Toen hij zich aan een paaltje stootte waarvoor ze hem niet had gewaarschuwd, reageerde ze kribbig.

‘Kijk toch uit, Joris. Straks val je nog.’

‘Maak je maar geen zorgen om mij, zus. Als ik val, sta ik wel weer op’, zei Joris stoïcijns.

Broos zag zijn kinderen de straat oversteken en haastte zich naar de voordeur.

‘Kom binnen’, zei hij.

Ze wisselden een paar kleffe zoenen uit.

‘Hebben jullie al gegeten? Zal ik Emile vragen of hij een hapje wil brengen?’

‘Ik heb trek in een pizza’, zei Joris. ‘Quattro stagioni.’

Virginie schudde haar hoofd. Vierhonderd vijftig frank voor wat gebakken deeg met kaas, tomaten en een paar schijfjes salami vond ze zonde van het geld.

‘Vraag Emile of hij een paar boterhammen met jam wil klaarmaken’, zei ze. ‘Eten is eten. Uiteindelijk komt het allemaal op hetzelfde neer.’

Joris zette een stap achteruit. Hij stootte zijn hoofd tegen de zijkant van de deur, maar daar trok hij zich niets van aan.

‘Ik wil pizza’, zei hij.

Broos beduidde Virginie dat ze moest zwijgen.

‘Emile zal een pizza voor je halen’, suste hij.

Joris draaide zijn hoofd in de richting van zijn vader.

‘Die hoeft hij niet te halen, papa. Pizza’s worden thuisbezorgd. Dat weet iedereen toch.’

‘Wil je er ook een, schat?’ vroeg Broos.

‘Nee’, zei Virginie. ‘Ik heb geen honger.’

Natuurlijk had ze weer geen honger, dacht Joris. Virginie liet alle goede dingen des levens aan zich voorbijgaan, behalve op donderdagavond als ze uitgebreid masturbeerde voor ze onder de douche ging en kirrende geluidjes maakte die Joris tot in zijn slaapkamer kon horen, een gewoonte die ze waarschijnlijk niet had afgeleerd sinds ze een paar jaar geleden op zichzelf was gaan wonen.

Ze liepen naar de woonkamer. Sinds Leona Vidts vier jaar geleden naar de Potterierei was verhuisd, had niemand nog de moeite genomen de kamer te verluchten.

'Je zei dat je ons dringend wenste te spreken, papa.'

Virginie schortte haar rok op en ging zitten. Joris ging bij het raam staan. De geur van een onfris inlegkruisje maakte hem misselijk.

'Oui, c'est très urgent', zei Broos.

Hij had zin om zich een borrel in te schenken.

'Er is toch niets met maman,' zei Virginie.

'Nee, kind. Met maman gaat alles goed. Dit aan jullie vertellen, had ik al veel eerder moeten doen.'

Broos aarzelde. Toen Leona hem vier jaar geleden had bekend dat Joris en Virginie zijn kinderen niet waren, maar door Marcus Heydens waren verwekt, had hij zelfmoord overwogen om op die manier de schande uit te wissen die hem was aangedaan.

'Gaat het om Marcus Heydens?' vroeg Joris.

'Ja', zei Broos geschrokken. 'Hoe weet je dat?'

'Diana heeft het ons verteld', zei Virginie. 'Ze was ervan overtuigd dat we van de hele geschiedenis op de hoogte waren. Zij wilde ons overhalen een DNA-test te laten uitvoeren.'

'Een DNA-test?'

'Wees gerust, papa. We zijn er niet op ingegaan. De erfenis van Heydens interesseert ons niet. Bovendien...'

'Het gaat niet om geld, Joris', onderbrak Broos.

'Waar gaat het dan wel om?' vroeg Virginie.

Broos liep naar een bombastische kast waar tussen de rommel nog een halve fles calvados moest staan en schonk zich een borrel in. In de kluis naast de kast lag een brief die de kinderen pas na zijn dood mochten openen.

'Ik zal jullie vanavond een groot geheim meedelen', zei hij plechtstatig. 'Een geheim dat jullie nooit mogen schenden.'

'Waarom verklap je het dan?' vroeg Joris strijdlustig. 'Ik heb lak aan geheimen die ik voor mezelf moet houden.'

'Houd toch je mond, Joris.'

Broos ging zitten en nam een slok calvados. De sterke drank brandde in zijn keel.

In de Stoofstraat zij aan zij lopen was eigenlijk iets voor verliefde paartjes, want de straat was op sommige plaatsen amper anderhalve meter breed. Om de mensen niet op verkeerde gedachten te brengen, liep Versavel achter Van In.

'Jij denkt dus dat de moordenaar opnieuw zal toeslaan?' zei Versavel.

Na de chocolademousse had Van In eindeloos zitten zeuren over parabels, bussels onkruid die na de oogst in het vuur zouden belanden en tarwe die in schuren opgeslagen zou worden.

'De moordenaar heeft het op vaderfiguren gemunt, Guido. Volgens mij is Broos het volgende slachtoffer.'

7

Burgemeester Moens wierp een verontruste blik op het slinkende rolletje toiletpapier dat naast hem in een verchroomde houder hing en berekende hoeveel velletjes hij minimaal nodig zou hebben om zijn 'turista' het hoofd te bieden. Dat ongemak had hij te danken aan een diner waaraan hij gisteren met een Spaanse collega had aangezeten en de rijkelijke hoeveelheid olijfolie waarmee alle gerechten waren bereid. Het was vandaag al de vierde keer dat hij zich in het kleinste kamertje had moeten terugtrekken en dat vond de burgemeester een beetje te veel. Hij uitte zijn frustratie door een Amerikaans vierletterwoord te gebruiken dat zijn activiteit op het toilet bijzonder goed illustreerde. Opeens werd er geklopt.

'Mijnheer de burgemeester.'

Moens herkende de stem van zijn kabinetschef.

'Wat is er nu weer aan de hand, Willy?'

Hij had bijna het vierletterwoord gebruikt.

'Excuseert u mij dat ik u stoor, mijnheer de burgemeester.'

Moens bedwong een opkomende kramp in zijn buik en perste zijn billen tegen elkaar, kwestie van niet al te veel beschamende geluiden te produceren.

'Zegt u het maar', zei hij met een benepen stemmetje.

Als Willy hem op het toilet kwam lastigvallen, zou hij daar wel een gegronde reden voor hebben.

'Ik heb de hofmaarschalk van de koning aan de lijn, mijnheer de burgemeester. Hij wil u dringend spreken.'

Meestal liet Moens het opnemen en beantwoorden van de telefoon aan zijn kabinetschef over, maar een hofmaarschalk aan de lijn was andere koek.

'Kunt u hem doorschakelen naar een draadloos toestel?'

Dat kon. Toen Moens zijn kabinetschef door de gang hoorde rennen, sperde hij opgelucht zijn billen wijd open. Veel tijd om zijn luidruchtige ontlasting te beëindigen, kreeg hij niet. Een halve minuut later klopte Willy opnieuw aan. Moens boog zich voorover, maakte de deur op een kier open en nam het draadloze toestel aan dat zijn kabinetschef hem aanreikte.

'Hallo, met burgemeester Moens. Goedemorgen, mijnheer de hofmaarschalk. Excuseert u mij dat ik u even heb laten wachten. Ik ben net op mijn kabinet gearriveerd.'

Terwijl Versavel koffie zette, nam Van In de dreigbrieven nog eens door die Valentijn aan Hannelore had toevertrouwd. Het waren er twaalf.

Hij lichtte er de meest relevante zinnen uit en noteerde ze onder elkaar op een vel papier.

Ik zal u kastijden.

Uw zaad is bitter als alsem.

De dood zal u niet bevrijden.

Het vonnis zal worden voltrokken.

Ik zal de tempel slechten.

Uw dood is de kroon op mijn werk.

Als de grond onder uw voeten wegzinkt, zult gij sterven.

Gij zult worden verbannen naar de hel.

Voor de maand om is zal uw zaad voor de laatste keer vloeien.

De dood komt als een dief in de nacht.

En zie, de vrouw zal de kop van de slang onder haar hiel verpletteren.

Mij is het uur der wrake.

Van In had die zinnen chronologisch gerangschikt aan de hand van de poststempels op de enveloppen.

'Misschien hadden we wat meer aandacht aan de brieven moeten besteden', zei Van In toen hij klaar was met zijn lijstje.

Versavel knikte.

'Dat van die tempel is typisch voor vrijmetselaars', zei hij. 'Misschien moeten we Broos toch nog eens aan de tand voelen.'

'Verklaar je nader, Guido.'

Versavel serveerde de koffie en ging tegenover Van In zitten.

'De oorsprong van de vrijmetselarij gaat terug op de bouw van de tempel van Salomon', zei hij. 'Volgens de legende werd Hiram, de bouwmeester van de tempel, vermoord omdat hij de geheimen van zijn ambacht niet wilde verraden.'

'Geheimen? Welke geheimen? Bouwen is toch maar een kwestie van stenen op elkaar stapelen. Wat is daar nu geheimzinnig aan?'

'Tegenwoordig is dat zo, Pieter, maar vroeger had ieder ambacht zijn geheimen.'

Versavel haalde het voorbeeld aan van de Venetiaanse glasblazers en de inspanningen die ze geleverd hadden om het geheim van de 'spiegel' te beschermen.

'Je kunt het een beetje vergelijken met de situatie die we in de Koude Oorlog hebben gekend. Toen waren de Amerikanen ook doodsbang dat de Russen via spionage een technologische voorsprong op hen zouden verwerven.'

'Ja', zei Van In. 'Daar kan ik inkomen, maar...'

'Je vraagt je af wat vrijmetselaars van nu te maken hebben met het bouwen van tempels.'

Versavel was sinds jaar en dag als vrijwilliger werkzaam bij een organisatie die buddy's rekruteerde en opleidde.

Hij had al drie aidspatiënten naar de dood begeleid. Een van hen, een hoogleraar moraalfilosofie, had hem op zijn sterfbed het geheim van de vrijmetselarij toevertrouwd omdat hij aanvoelde dat de eenvoudige brigadier een geestesgenoot was die in zijn eentje het Werk bijna had volbracht.

'Moderne vrijmetselaars kun je vergelijken met alchemisten.'

'Zijn dat die kerels die lood in goud probeerden te veranderen?'

Van In stak een sigaret op. Als Versavel over dat soort onderwerpen begon door te bomen, zaten ze hier morgen nog.

'Vrijmetselaars zijn ervan overtuigd dat iedere materie via een spirituele weg naar een hoger niveau gebracht kan worden.'

'Je gelooft die onzin toch niet, Guido?'

Versavel liet die vraag onbeantwoord.

'Het geheim van de vrijmetselaars is een geheim gebleven omdat je het met niemand kunt delen die er niet open voor staat.'

'Mag ik je eraan herinneren dat we midden in een moordzaak zitten, Guido.'

Versavel knikte. Er viel niets meer te zeggen, want wie wilde leven moest eerst sterven en daarna herboren worden. De oude tempel diende afgebroken om plaats te maken voor een nieuwe. Dat was het geheim van de vrijmetselarij. Hij ging achter zijn computer zitten en wachtte op de instructies die Van In hem zou geven.

'Ik vraag me af waar Verpeste uithangt. Het is al een tijdje geleden dat we hem nog hebben gezien', zei Van In.

'Zal ik even navraag doen?' stelde Versavel voor.

'Waarom zouden we ons daarmee bezighouden, Guido?'

'Nog een kopje koffie?'

Een onderzoek dat vastloopt is de moeder van elke frustratie. Zonder enige aanwijzing konden ze niets anders dan afwachten en hopen dat er zich onverwacht iets zou aandienen waardoor ze de draad weer konden opnemen. Maar zoals de toestand er nu voorstond leek die kans bijzonder klein. Behalve de dreigbrieven en een paar vermoedens beschikten ze over geen enkel bruikbaar spoor.

'Ik heb geen zin om hier de hele voormiddag met mijn duimen te zitten draaien', zei Van In.

'Heb je misschien trek in een Duvel?'

Van In wierp een blik op de klok boven de deur. Het was twintig over negen.

'Als we het nu weer aftrappen, hebben we een excuus nodig.'

Van In stond op, liep naar de kapstok en trok zijn jas aan.

'Ben je van plan om iemand te gaan verhoren?'

'Wie zouden we nog kunnen verhoren?'

Ze waren een kwartier geleden naar de Coupure gereden om Valentijn Heydens te verhoren, maar die was niet thuis, waardoor ze onverrichter zake waren teruggekeerd naar het politiebureau.

'Van misdadigers zegt men dat ze altijd naar de plaats van de misdaad terugkeren. Waarom zouden wij niet voor een keer hetzelfde doen?'

'De Roompotstraat?'

'De Roompotstraat', zei Van In.

Procureur Beekman had wallen onder zijn ogen en een bezorgde trek om zijn mond. Voor hem lag een verslag van de technische recherche. De witte vezels die ze op de trui van Marcus Heydens hadden gevonden, stemden overeen met die van de dwangbuis waarin Wilfried Delanghe dood was aangetroffen. Hetzelfde gold voor de lijmsporen op de bovenlip en de kin van zowel Heydens als Delanghe. De jongens van het lab hadden zelfs achterhaald welk merk plakband de moordenaar had gebruikt, maar het waren de witte vezels op de trui van Heydens die alle twijfel hadden weggenomen. Marcus Heydens had geen zelfmoord gepleegd. Hij was vermoord. Waarschijnlijk door dezelfde persoon die Wilfried Delanghe onder het gewicht van zijn eigen lectuur had laten stikken.

Beekman tikte het nummer van Hannelore in. Hij was bereid om zijn logebroeders tot op zekere hoogte te dekken, maar dit ging te ver.

'Hannelore, kun je even naar mijn kantoor komen?'

'Heb ik enige keus?'

'Ik verwacht je binnen vijf minuten.'

Beekman slaakte een diepe zucht. Toen hij vijf jaar geleden was aangesteld als substituut van de procureur des Konings, had Henri Broos hem in de loge geïntroduceerd. Uw voorganger was ook een van ons, had hij geargumenteerd. Collega's die Beekman daarover raadpleegde, hadden hem volmondig geadviseerd op het voorstel van Broos in te gaan.

Toen ze de Roompotstraat inreden en Van In de politiewagen bemerkte die voor het huis van Delanghe stond geparkeerd, begon hij te vloeken.

'De slinkse onderkruiper', siste hij.

'We weten nu tenminste waar hij uithangt', zei Versavel.

Hij liet Van In uitstappen, parkeerde de Golf een eindje verder en liep zijn baas haastig achterna. Hij wilde het vuurwerk dat straks zou losbarsten voor geen geld missen.

Vanneste had net de slaapkamer van Delanghe doorzocht toen hij beneden lawaai hoorde. Waarschijnlijk een nieuwsgierige buurtbewoner die kwam kijken wat er aan de hand was. Hij rende de trap af, met het vaste voornemen de ongewenste bezoeker eens flink de les te lezen.

‘Mag ik u vragen wat u hier uitvoert, adjunct-commissaris Vanneste?’

De rollen waren plotseling omgedraaid.

‘Ik stel bijkomende onderzoeksdaden, commissaris.’

Vanneste probeerde zijn waardigheid te behouden. Tenslotte deed hij niets verkeerds.

‘Wie heeft u daartoe de opdracht gegeven? De Heilige Geest of de kaboutertjes?’

‘Als officier van gerechtelijke politie ben ik u geen verantwoording verschuldigd, Van In. Bovendien...’

‘Ik tel tot tien, mijnheer de officier van gerechtelijke politie.’

Vanneste ging wijdbeens voor Van In staan en liet zijn rechterhand op de kolf van zijn pistool rusten. Een muziekje van Ennio Morricone zou het plaatje compleet gemaakt hebben.

‘Telt u maar, Van In.’

Uit nooit een dreigement dat je niet hard kunt maken, dacht Versavel. Van In had geen poot om op te staan. Als Vanneste niet toegaf, zou de commissaris zich hopeloos belachelijk maken.

‘Versavel zal tot tien tellen.’

‘Ik?’

‘Doe alsjeblieft wat ik vraag, Guido.’

‘Oké’, zei Versavel. ‘Een, twee...’

Van In liep naar de keuken, vulde een emmer met water aan de kraan en kieperde er een halve fles azijn in. Toen Versavel het water in de emmer hoorde kolken, begon hij trager te tellen.

‘Negen.’

‘Tien’, zei Van In.

Vertraagd had de scène er als volgt uitgezien: Van In goot het water uit over Vanneste, die met zijn rug naar hem toegekeerd stond. Die sprong op als een stuk aangeschoten wild, draaide om zijn as en slaakte een langgerekte kreet. Daarna, toen de azijnoplossing zijn ogen begon te prikkelen, rende hij als een blindeman naar de keuken en stak zijn hoofd onder de kraan.

'Dat zal ik je ooit nog betaald zetten', schreeuwde hij gesmoord.

Van In ging achter hem staan.

'Je had me moeten geloven, Verpeste.'

De buurvrouw van Delanghe, die het gekrijs van Vanneste had gehoord, kwam haastig aangelopen.

'Wat gebeurt hier allemaal?' vroeg ze bezorgd.

Van In glimlachte minzaam.

'Een van mijn medewerkers heeft een stofje in zijn oog gekregen, mevrouw.'

'Een stofje?'

'Een spreekwoordelijk stofje, iets dat de emmer deed overlopen. Dat komt vaker voor tijdens een onderzoek.'

'Ach zo', zei de buurvrouw. 'Nu begrijp ik wat er gebeurd is. Jullie hebben het stof onderzocht.'

'Ja', zei Van In. 'Als we de moordenaar van mijnheer Delanghe willen opsporen, moeten we elk stofje analyseren.'

De buurvrouw vroeg niet wat 'annaliezeren' betekende. Ze ontfermde zich over Vanneste.

'In mijn kleerkast hangt nog een kamerjas van mijn man', zei ze op een bemoederende toon. 'U kunt die beter aantrekken voor u een longontsteking oploopt, menere den agent.'

Ze nam Vanneste bij de arm en troonde hem mee naar buiten.

'Ben je nu niet te ver gegaan?' vroeg Versavel.

Van In haalde de schouders op.

'Bij mijn weten is met water gooien geen strafbaar feit', zei hij zelfvoldaan. 'Bovendien wordt een leider alleen gerespecteerd als zijn onderdanen hem vrezen.'

'Machiavelli.'

'Wie?'

'De auteur van *Il Principe*. Wie anders?'

Van In glimlachte.

'Tiens', zei hij. 'Heeft die kerel daar een boek over geschreven?'

In een bergruimte op de eerste verdieping deed Versavel een merkwaardige ontdekking. Achter een grote doos rommel vond hij onder een hoop oude dekens een map van gemarmerd karton, zo een die je met zwarte lintjes kunt dichtstrikken. Hij trok de knopen los en sloeg de map open.

'Pieter, ik denk dat ik iets gevonden heb', riep Versavel naar Van In, die beneden in de boekenkast van Delanghe aan het snuffelen was.

Behalve kopieën van de dreigbrieven die Marcus Heydens had ontvangen, zaten er ook een aantal foto's in.

'Dit verduidelijkt alles', zei Versavel toen Van In op zijn beurt de inhoud van de map had bekeken.

'Ik heb je toch gezegd dat Broos het volgende slachtoffer zou worden', zei Van In.

Hij liet de foto's van Heydens en Broos door zijn vingers ritselen.

'Als Delanghe Heydens heeft vermoord, hoeft Broos niets meer te vrezen', zei Versavel op een sarcastische toon.

'Als, Guido. Als.'

Van In bladerde in de aaneengeniete bundel.

'Dit moet Beekman zien', zei hij.

'Moet ik liegen om jouw geweten te sussen, Jozef?'

'Het is een leugen om bestwil, Hannelore. Je begrijpt toch dat ik in een moeilijk parket zit.'

Hannelore sloeg haar benen over elkaar en glimlachte.

'Het parket dat ben jij, Jozef.'

De procureur liet haar het verslag van de technische recherche zien en legde haar uit waarom hij Van In niet alle gegevens had doorgespeeld.

'Het gebeurt wel vaker dat een document dat aan mij gericht is, toevallig op het bureau van een onderzoeksrechter belandt. Deontologisch is daar niets verkeerd mee.'

'Nee', zei Hannelore. 'Die dingen gebeuren.'

Aan de ene kant kon ze begrip opbrengen voor de positie waarin Beekman zich bevond. De procureur kon een verzoek van de loge niet zomaar naast zich neerleggen. Informatie lekken was het enige wat hij kon doen om Van In weer bij het onderzoek te betrekken. Aan de andere kant hield ze niet van schimmige spelletjes. Justitie was de laatste tijd al vaak genoeg in opspraak gekomen, zonder dat daar nu nog een nieuw schandaal aan moest worden toegevoegd.

'Van In zal blij zijn als ik hem vanavond vertel dat hij gelijk heeft. Zoals je weet heeft hij nooit veel geloof gehecht aan de zelfmoordthese.'

'Je doet het dus.'

'Alleen om mijn man een plezier te doen.'

Van In liep de trappen van het gerechtsgebouw op, groette een bevriende advocaat die in de gang gewichtig stond te doen en beende naar de kamer van onderzoeksrechter Martens.

'Mevrouw Martens zit in een bespreking met de procureur', zei een zongebruinde griffier toen Van In het kantoor zonder kloppen binnenstoof.

'Zit ze daar al lang?'

'Een halfuur.'

'Koffieklets zeker?'

De griffier trok zijn wenkbrauwen op.

'Dat zijn mijn zaken niet', zei hij.

‘En de jouwe ook niet.’

Van In draaide zich om. Hannelore stond in de deuropening. Ze zag er bijzonder strijdlustig uit en dat maakte haar nog mooier dan ze al was. Vooral de manier waarop haar mondhoeken lichtjes naar beneden krulden, vond Van In sexy.

‘Is Beekman aanspreekbaar?’

‘Gaat het over de zaak-Heydens?’

‘Ja’, zei Van In. ‘Ik zou mijnheer de procureur graag willen confronteren met nieuw bewijsmateriaal dat we...’

Hannelore zette twee stappen naar voren en drukte haar wijsvinger op zijn lippen.

‘Ik krijg plotseling toch trek in een kop koffie’, zei ze zacht. ‘Vertel me alles in de cafetaria.’

Beekman had haar op het hart gedrukt met niemand in het openbaar over de zaak-Heydens te praten. De tentakels van de loge reiken tot in de duisterste hoeken van het gerechtsgebouw, had hij eraan toegevoegd.

‘Ik ben er even niet, Roger’, zei Hannelore tegen de griffier.

Ze nam Van In bij de arm en troonde hem mee naar de gang, maar in plaats van de richting van de cafetaria in te slaan, liep ze naar beneden.

‘Is Guido in de buurt?’

‘Nee’, zei Van In. ‘Hij is terug naar het politiebureau, pv’s gaan typen.’

‘Zo doe jij dat dus.’

‘Ik dacht dat we in de cafetaria een kop koffie zouden drinken’, protesteerde Van In.

Hannelore kneep in zijn arm.

‘Weet je wat jou scheelt? Je denkt te veel.’

Van In zei niets meer. Hij genoot van de stiekeme blikken die Hannelore achtervolgden. Een advocaat in toga die hen kruiste, deed zelfs alsof hij iets vergeten had en maakte rechtsomkeert, alleen maar om wat langer naar haar benen te kunnen gluren.

'Ik krijg plotseling zin om met jou naar huis te gaan', zei hij toen ze door de hal van het gerechtsgebouw naar de uitgang liepen.

In zijn maag was een vreemde spanning ontstaan. De laatste keer dat hij dat nog had gevoeld, was toen Hannelore hem twee jaar geleden tijdens een zomerse wandeling langs het kanaal een oneerbaar voorstel had gedaan en ze twee minuten later een maïsveld waren ingedoken.

Hannelore sloeg haar arm om zijn schouder en trok zijn hoofd naar zich toe.

'Dat was ik ook van plan, Pietertje.'

'Echt waar?'

'Echt waar', zei ze.

In een tijd waarin stemgestuurde computers in volle opmars zijn en bijna iedereen aanneemt dat aan die evolutie voorlopig nog geen einde komt, blijft het een wonder dat twee op het eerste gezicht nietszeggende woorden een chemische kettingreactie kunnen veroorzaken in het menselijk lichaam. Van In kreeg er klamme handen en hartkloppingen van. Gelukkig droeg hij een broek waarvan het kruis niet al te veel knelde.

'Gaan we naar boven of doen we het op de bank?' vroeg Van In gretig toen ze thuis waren.

'Liever aan de keukentafel', zei Hannelore.

Ze liep naar het aanrecht en vulde de koffiekan met water.

'Wat doe je nu?'

'Koffie zetten. Je denkt toch niet dat we naar huis zijn gekomen om een potje te vrijen?'

Hannelore vond het heerlijk opnieuw begeerd te worden, maar het zou zonde zijn hem dat te laten merken.

'Ik? Waar haal je dat vandaan?'

Van In ging zitten en stak een sigaret op. Gelukkig

stond Hannelore met haar rug naar hem toegekeerd en kon hij de pretlichtjes in haar ogen niet zien.

'Jozef heeft zich een beetje in de nesten gewerkt.'

Ze vertelde Van In wat er aan de hand was.

'Daarom kon ik je op de rechtbank niets vertellen. Jozef is als de dood dat de logebroeders erachter komen dat hij zijn afspraak met hen niet is nagekomen.'

Ze haalde het verslag van de technische recherche tevoorschijn en overhandigde het aan Van In.

'Heydens en Delanghe zijn door een en dezelfde persoon vermoord.'

'Heeft Beekman je dan toch de zaak-Heydens toevertrouwd? Ik dacht dat...'

Hannelore schudde lachend haar hoofd.

'Als een onderzoeksrechter op een of andere manier in het bezit komt van informatie in verband met criminele feiten, is hij of zij verplicht die na te trekken.'

'Te laten natrekken zul je bedoelen', zei Van In met een verongelijkt gezicht.

Hannelore mocht dan op het terrein al meer presteren dan de meeste van haar collega's, het echte onderzoek bleef het werk van het voetvolk.

'Deze keer gaan we samenwerken, Van In.'

Samenwerken met een vrouw met wie je eveneens het bed deelt, is als een berg beklimmen met je beste pak aan. Daar kwamen vodden van.

'Mag ik twee klontjes?' vroeg Van In.

Hannelore liet haar vingers speels over de zijkant van zijn ribbenkast naar beneden glijden, tot aan het eerste vetrolletje dat ter hoogte van zijn lever opbolde.

'Een halfje zal volstaan', zei ze.

Ze ging aan tafel zitten en brak een klontje doormidden.

'Elk de helft. Oké?'

'Welke helft neem jij?'

Hannelore deed een scheutje melk in haar koffie en likte daarna het lepeltje schoon waarmee ze in haar kopje had geroerd.

'Het lijkt me aangewezen dat ik Henri Broos en Valentijn onder handen neem', zei ze een beetje dubbelzinnig. 'Ondertussen kun jij Diana opsporen en mevrouw Vidts nog eens aan de tand voelen. Tenzij je me niet vertrouwt natuurlijk.'

Van In ging voor een keer niet in op de speldenprik.

'Je denkt dus ook dat het om een familiedrama gaat', zei hij ernstig.

'Ja, dat denk ik.'

Van In proefde van zijn bittere koffie.

'Diana Delanghe is zwanger en Leona Vidts is een vrouw van middelbare leeftijd. Je hebt de kaarten in je voordeel geschud, Hanne.'

'Dat is het privilege van een onderzoeksrechter, Pietertje.'

'Ja, maar...'

'Hoeveel rechercheurs kunnen zeggen dat ze in aanwezigheid van een onderzoeksrechter vrijuit hun mening kunnen ventileren? Je boft dat we een stel zijn.'

'De verdachten die je me toewijst, zijn allebei vrouwen, Hanne. De kans dat een van hen...'

'Je denkt toch niet dat ik je benadeel, Pietertje? Vrouwen, zelfs zwangere, zijn evengoed in staat een moord te plegen als mannen. Met een pistool in de hand kun je mensen de vreemdste dingen laten doen, iemand dwingen een dwangbuis aan te trekken en op een krukje te gaan staan bijvoorbeeld of eisen dat hij op de grond gaat liggen voor je hem onder een stapel geestelijke lectuur laat stikken.'

Hannelore genoot van ieder moment. Het vooruitzicht om na de koffie met een getemde man op de bank te rotzooien bezorgde haar aangename kriebels in haar buik, des chatouillements dans le ventre.

8

Luc Verriest, tweeënvijftig jaar oud en alleen als gevolg daarvan waarnemend luitenant bij de scheepvaartpolitie, klapte zijn veldbed open en stelde het alarm van zijn wekker in. Hij ging zitten, knoopte zijn veters los en trok zijn schoenen uit. Nachtwerk lag hem niet. Het bezorgde hem gezwollen voeten en een slecht humeur. Bovendien had hij de laatste tijd last van hartkloppingen. De arts die hem daarvoor behandelde, beweerde dat zijn klachten psychosomatisch waren. Verriest had de diagnose geaccepteerd, al was het maar omdat hij niet de enige was in het korps die het tijdens de diensturen benauwd kreeg zonder dat daar een logische verklaring voor was. De fusie van de scheepvaartpolitie met de rijkswacht zat daar ongetwijfeld voor iets tussen. Deel uitmaken van de rijkswacht was voor de meeste agenten van de scheepvaartpolitie hetzelfde als voor het zingen de kerk uitgaan. Werken was een sleur geworden en dat in tegenstelling tot vroeger, toen de scheepvaartpolitie nog zeevaartpolitie heette en het er allemaal veel gemoedelijker aan toeging. Verriest verbeet de pijn in zijn borst. Hij strekte zich uit op zijn veldbed, trok een mufriekende deken over zich heen en viel meteen in slaap.

In de aankomsthal van de veerbootmaatschappij P&O, eertijds de trots van de Zeebrugse haven, was het allesbehalve druk. Het baliepersoneel wachtte gelaten op een seintje van de 'loadingmaster' om de passagiers met een 'last call' aan te manen zich bij de paspoortcontrole aan te melden. Een groepje Duitse toeristen, voorzien van een goedkoop ticket, maakte zich klaar om in te schepen. Het gezelschap bestond voornamelijk uit oudere mannen en aan de glimlach op hun gezicht en het lawaai dat ze maakten, was te merken en te horen dat ze blij waren eindelijk de overtocht te kunnen maken die hen destijds door Goebbels en Göring was beloofd.

'Passports please.'

Een collega van Luc Verriest, een gewone agent die niet over een eigen kantoor met veldbed beschikte, wierp een vluchtige blik op de twee Britse paspoorten die hem werden aangereikt, verifieerde de geldigheidsdatum en bekeek de twee mannen die voor de balie stonden. Erg Brits zagen ze er niet uit, maar daarover durfde hij geen opmerking te maken. De wet op het racisme was streng. Dat had hij een paar weken geleden persoonlijk ondervonden toen hij een Afrikaanse drugsdealer 'neger' had genoemd. De lapsus had hem bijna een negatieve beoordeling opgeleverd en daarmee viel tegenwoordig niet meer te spotten.

'Have a nice trip.'

De agent van de scheepvaartpolitie camoufleerde een opkomende geeuw met een stuntelige glimlach en overhandigde de 'getaande' Britten hun paspoorten.

'Merci', zei de ene.

De andere draaide zich om en drukte een zwangere vrouw de hand. Tenminste dat leek zo. In werkelijkheid overhandigde hij haar een envelop waarin tweeduizend dollar zat. De zwangere vrouw zag er zenuwachtig uit. Toen de agent van de scheepvaartpolitie haar aankeek, wendde ze het hoofd af.

Sinds de virtuele eenmaking van Europa, werden de scheepvaartpolitie en alle andere politiediensten die de buitengrenzen van het continent moesten bewaken, overstelpt met opsporingsberichten, meestal afkomsting van Europol of van het CBO in Brussel. Niemand die daaraan veel aandacht besteedde omdat het meestal om vlekkerige foto's ging of persoonsbeschrijvingen die op iedereen konden slaan. De foto die hen gisteren door het parket van Brugge was bezorgd daarentegen was scherp en had onder de collega's enige verbazing gewekt omdat het een hoogzwangere vrouw betrof. De agent van de scheepvaartpolitie aarzelde niet. Hij beende naar het kantoortje, een kleine ruimte die de veerbootmaatschappij voor een zacht prijsje aan de staat verhuurde, wekte zijn collega die op een van de tafels lag te slapen en belde zijn overste.

Pas toen Luc Verriest twee keer tevergeefs zijn wekker had proberen af te zetten, besefte hij dat het de telefoon was die overging. Hij strompelde op zijn sokken naar het toestel en nam de hoorn op.

'Hallo, met waarnemend luitenant Verriest.'

'Ik bel u in verband met een "geseinde" persoon, luitenant.'

Verriest ging op één been staan en begon zijn voet te masseren. Zijn schoenen weer te moeten aantrekken, vond hij erger dan gestoord te worden in zijn slaap.

Een uur later, om kwart voor zes, trok Van In de voordeur achter zich dicht en haastte zich naar de ingang van de Vette Vispoort. Het regende weer. Van In zette de kraag van zijn jas op en hoewel hij in gedachten verzonken was, ontweek hij automatisch de plassen die op de kasseien stonden. De scheepvaartpolitie had zowel Diana Delanghe verhoord als de twee mannen die in haar gezelschap verkeerden. Toen na een vluchtig onderzoek aan het licht kwam dat het Kosovaren betrof en bleek dat hun Britse paspoorten vervalsingen waren, had waarnemend luitenant Verriest het parket ingelicht. De subsituut met wachtdienst had Beekman uit zijn bed gebeld en die had op zijn beurt contact opgenomen met Hannelore en Van In. Zij hadden erom getost wie thuis zou blijven en Hannelore had gewonnen. Zij kon nog minstens een uur lekker in bed blijven liggen.

Van achter een haakse bocht in de Sint-Jacobstraat kwam een witte Golf aangereden.

'Zijn ze nog in Zeebrugge?' vroeg Van In toen hij naast Versavel in de Golf ging zitten.

'Nee', zei Versavel. 'De commandant van de havenbrigade heeft net gemeld dat ze op weg zijn naar Brugge.'

Van In stak een sigaret op en begon meteen te hoesten.

'Gezondheid, Pieter.'

Hoewel het buiten nog twaalf graden was, voelde het onaangenaam kil aan in kamer 204.

'Straks moeten we onze eigen brandstof nog meebrengen', foeterde Van In toen Versavel hem erop wees dat de verwarming niet voor zeven uur zou aanslaan.

'Wens je soms een glaasje water, Pieter?'

'Doe het maar in een kopje', zei Van In.

Wie vertrouwd is met het reilen en zeilen binnen de openbare dienst, weet dat iedere vloeistof die in kopjes wordt geserveerd en geen damp afgeeft, minstens veertig procent alcohol bevat. De rijkswachters die Diana en de twee Kosovaren binnenbrachten, hadden dat onmiddellijk in de gaten, maar hielden wijselijk hun mond.

Diana Delanghe zag er bleekjes uit. Ze aanvaardde de stoel die een van de rijkswachters haar aanbood met een van pijn vertrokken gezicht en liet zich erin neerploffen als een zak meel. De twee Kosovaren bleven staan. Ze waren geboeid en dat vond Van In best.

'We hebben een tolk besteld', zei de oudste rijkswachter.

'Zal ik een kop koffie zetten?' stelde Versavel voor.

Hij glimlachte vriendelijk naar de jongste van de twee, een atletisch gebouwde kerel met gaatjes in zijn oorlellen.

De oudste wierp een blik op zijn horloge. Over anderhalf uur zat zijn dienst erop. Hij knikte.

'Gaat u zitten, heren', zei Van In.

Hij had Versavel wel kunnen kelen. Een verdachte verhoren in aanwezigheid van de rijkswacht was even erg als je eerste huwelijksnacht doorbrengen in aanwezigheid van je schoonouders. Van In schraapte zijn keel en stak een sigaret op.

'In afwachting dat de tolk arriveert, kan ik mevrouw Delanghe misschien al een paar vragen stellen.'

De oudste rijkswachter knikte en glimlachte. Hij was benieuwd hoe de flik het er vanaf zou brengen.

'Mevrouw Delanghe. Mag ik u...'

'Mijn naam is Heydens', protesteerde Diana.

'Wenst u een verklaring af te leggen, mevrouw Heydens?'

'Waarom zou ik een verklaring afleggen? Denkt u werkelijk dat ik achterlijk ben?'

Van In had ervaring met weerspannige klanten. Tijd was zijn enige bondgenoot.

'Wilt u noteren dat de verdachte geen verklaring wenst af te leggen, Guido?'

Versavel schonk de kopjes vol, legde een chocolaatje op het schoteltje van de jonge rijkswachter en ging achter zijn computer zitten.

Van In stak een nieuwe sigaret op. De rook prikkelde zijn keel.

'Mag ik u dan vragen waarom u eergisteren voor ons op de vlucht bent geslagen?'

'Ben ik op de vlucht geslagen?'

Ze barstte in lachen uit en ondersteunde met beide handen haar buik die op en neer schokte.

‘In de Witte Leertouwersstraat’, zei Van In. ‘Daar woont u toch?’

‘Is dat een misdaad?’

Van In duwde zijn sigaret uit. Zwanger of niet. Het mens begon op zijn zenuwen te werken.

‘Ik vind dat u van uw toestand profiteert, mevrouw.’

Diana grijnsde als een oude hoer die net een klant van een jongere collega heeft afgesnoept.

‘Dat zult u er dan maar bij moeten nemen, commissaris.’

Versavel kreeg haast medelijden met Van In.

‘Ik kan me niet voorstellen dat uw vader u zo heeft opgevoed’, zei hij in een opwelling.

Dat hij daarmee een gevoelige snaar had geraakt, bleek uit de reactie van Diana Heydens. Ze kromde haar vingers om de armleuning van de stoel en haar gezicht, dat al bleek was, trok helemaal wit weg.

‘Mijn vader is dood!’ schreeuwde ze.

‘Ze zijn allebei dood’, zei Van In.

Diana werd compleet hysterisch. Haar lichaam schokte en ze begon te schuimbekken. Toen ook haar ogen wegdraaiden, sprong Versavel van zijn stoel. Hij sloeg zijn armen om haar heen en probeerde op die manier te beletten dat ze op de grond viel. Plotseling knapte iets onder haar jurk en zakte haar buik naar beneden. Versavel kreeg het er ijskoud van. Hij raakte in paniek. De vrouw ontglipte hem.

‘Help me dan toch!’ schreeuwde hij.

De twee rijkswachters reageerden redelijk professioneel. Ze grepen Diana vast bij de armen en hielpen haar overeind. Dat kostte hen behoorlijk veel moeite want de vrouw verweerde zich als een ter dood veroordeelde die naar de galg wordt gesleept. Van In bekeek het hele gebeuren van achter zijn bureau. Wat hij zag leek een scène uit een horrorfilm. De buik van Diana zakte naar beneden, kwam onder haar jurk vandaan en gleed langs haar benen op de grond.

'Wat krijgen we nu?'

Van In liep op Diana toe. Het ding op de grond was een soort kussen in de vorm van een zwangere buik, met in het midden een gat dat een navel moest voorstellen. Aan het kussen waren linten bevestigd om het op zijn plaats te houden.

'Wat had u verwacht, mevrouw Heydens? Een zoon of een dochter?'

'Mijn kindje', schreeuwde ze. 'Jullie hebben mijn kindje vermoord.'

In uitzonderlijke omstandigheden zijn mensen soms in staat ongelooflijke fysische prestaties te leveren. Diana Heydens stootte een rauwe kreet uit en duwde de twee rijkswachters met zo'n kracht van zich af dat een van hen achteroverviel en zijn hoofd aan de rand van Versavels bureau stootte. Van die verwarring maakte ze gebruik om naar de deur te rennen. Versavel reageerde alert. Hij zette zich af en maakte een sprong die veel amateuratleten hem benijd zouden hebben. Zijn nagels haakten zich vast in de stof van haar jurk. Een ervan scheurde af en tot overmaat van ramp kwam hij met zijn kin onzacht op de vloer terecht. Toch slaagde hij erin Diana Heydens bij een enkel vast te grijpen. Hij liet die niet los, zelfs niet toen ze hem in het gezicht schopte. Toen kwam zowel Van In als de niet-gewonde rijkswachter in actie. Van In zette zijn voet tegen de deur. Hij drukte zijn wijsvinger in Diana's hals net boven haar linkersleutelbeen. Het was een oude, maar efficiënte truc. Ze kronkelde van de pijn en zeeg op haar knieën neer. De ongedeerde rijkswachter profiteerde daarvan om de furie in de boeien te slaan.

'Zal ik een dokter bellen?' vroeg Versavel.

De brigadier krabbelde overeind en stak zijn pijnlijke vinger in zijn mond. Zijn gezicht zag eruit als een beurse tomaat.

‘Toch niet voor haar’, protesteerde Van In.

Hij sloot de deur af en liep naar de kast waar ze de EHBO-spullen bewaarden. De Kosovaren hadden zich tijdens het tumult niet verroerd.

‘Volgens mij hoort mevrouw Heydens in de gevangenis thuis’, zei hij. ‘Of ze al dan niet gek is, moet de rechter maar uitmaken, maar voorlopig blijft ze hier.’

Toen Versavel verzorgd was, toetste hij het nummer van Hannelore in. Tenslotte moest zij beslissen wat er met Diana moest gebeuren.

‘Goedemorgen, mijnheer de hoofdcommissaris’, zei Moens.

De Kee beantwoordde de groet van de burgemeester met een knik, wandelde het kantoor binnen met het air van een veldheer en ging bij het raam zitten, waar hij kon uitzien over de tuin, een privilege dat hem door de voorganger van Moens was verleend.

‘Wat mag het zijn, Roger?’

Moens was een liefhebber van maltwhisky.

‘Doe voor mij maar een kop koffie’, zei De Kee.

Moens liet zijn ontgoocheling niet blijken. Hij glimlachte.

‘Tweemaal koffie dan maar.’

Hij ging achter zijn bureau zitten en bestelde koffie via de huistelefoon.

‘U kent ongetwijfeld notaris Broos.’

‘Natuurlijk’, zei De Kee.

‘Dan weet u wellicht ook dat hij kanker heeft.’

De hoofdcommissaris knikte. Henri Broos was lid van de plaatselijke rotaryclub. Drie maanden geleden had hij voor een paar intieme vrienden, en daar hoorde De Kee bij, een afscheidsfeest georganiseerd in het Crowne Plazahotel met champagne en kreeft vooraf. Daarna, tussen het hoofdgerecht, kalfszwezeriken in roomsaus, en het dessert, een sorbet van passievruchten, had hij met een glas Sauternes in de hand een toespeling gemaakt op zijn aangekondigde dood. Ik zal deze beker niet aan mij laten voorbijgaan, had hij gezegd. Toen had hij een biljet van duizend frank uit zijn portefeuille gehaald en het aan de ober gegeven. Charon zal aan mij niets verdienen, had hij de onthutste man toegefluisterd. Charon was de mythologische veerman die de zielen van de afgestorvenen een fikse som aanrekende voor hij hen over de rivier de Styx naar het dodenrijk wilde varen.

'Henri is een dappere man', zei De Kee.

'Dat wordt van hem gezegd', reageerde Moens een beetje korzelig.

Buiten schudde een windvlaag de kruin van een grote esdoorn. Geelbruine bladeren zeilden door de lucht.

'Ik heb een bericht gekregen van het hof', zei Moens. 'De koning heeft de wens uitgedrukt zijn oude vriend Broos een bezoek te brengen.'

De Kee vouwde zijn handen op zijn buik. Hij was in ieder geval niet onder de indruk van wat Moens hem meedeelde. Weinig mensen wisten dat Henri Broos zich burggraaf mocht noemen, de hoogste titel die de koning aan een van zijn niet-adellijke onderdanen kon verlenen. Het geplande bezoek verraste hem niet want het was niet de eerste keer dat de Coburgs een werk van barmhartigheid deden.

'Is het een officieel bezoek?'

'Nee', zei Moens. 'Het hof staat erop dat er aan het bezoek geen ruchtbaarheid wordt gegeven.'

De Kee slaakte een zucht.

'Minimale beveiliging dus.'

'Ja', zei Moens. 'Kunt u voor de gelegenheid een paar betrouwbare mannen mobiliseren?'

'Ik zal mijn best doen, burgemeester.'

Op bevel van onderzoeksrechter Hannelore Martens werd Diana Heydens overgebracht naar de psychiatrische afdeling van het AZ Sint-Jan. Van In kon niet anders dan zich daarbij neerleggen.

'Ik vind dat Hannelore gelijk heeft', zei Versavel. 'De vrouw heeft dringend medische hulp nodig.'

'We leven in een tijd waarin iedereen medische hulp nodig heeft, Guido. Waarom denk je anders dat de levensverwachting van iedere westerling om het jaar met drie maanden stijgt?'

Van In had een hekel aan artsen, vooral aan psychiaters. Hij noemde ze gediplomeerde Colombianen omdat ze hun patiënten op een wettelijke manier drugs bezorgden en daar schandalig veel geld aan verdienden. Ze hadden er alle belang bij dat hun patiënten steeds gekker werden.

Versavel bette zijn beurse kaak met een nat washandje.

'Denk jij dat Diana haar vader heeft vermoord?' vroeg hij.

Ze hadden de zaak uitgebreid besproken. Als Delanghe Heydens niet had vermoord, was Diana een valabele verdachte, zeker nu bleek dat ze niet zwanger was.

'Die kans zit erin', zei Van In. 'Ik vraag me alleen af waarom ze het heeft gedaan.'

Hannelore had geweigerd Diana onder aanhoudingsmandaat te plaatsen, maar Van In had net zolang gezeurd tot ze hem had beloofd een huiszoekingsbevel te ondertekenen dat hem machtigde het pand aan de Witte Leertouwersstraat te doorzoeken. De Kosovaren werden naar een asielcentrum overgebracht, omdat de tolk die de rijkswacht had gevorderd niet was komen opdagen. De hele procedure had bijna zes uur in beslag genomen. Het was kwart over twaalf en omdat Hannelore het huiszoekingsbevel pas om een uur of twee kon afleveren, stelde Van In voor eerst een hapje te gaan eten in restaurant Malesherbes. Dat hadden ze verdiend, vond hij.

‘Hoi’, zei Anneke toen Van In en Versavel het restaurant binnenkwamen. ‘Wat mag het zijn?’

‘Een whisky en een cola’, zei Van In.

‘Shaken of stirred?’

‘Shaken voor hem, stirred voor mij.’

Ze lachten en dat werkte bevrijdend.

‘Er is Angus-beef’, zei Anneke.

Als je vegetariërs aan een proef zou onderwerpen en hen Angus-beef zou serveren zoals Anneke die klaarmaakte, zouden de meesten het vlees zonder verpinken naar binnen stouwen en er waarschijnlijk ook nog plezier aan beleven.

‘Eenmaal bloederig en eenmaal à point’, zei Van In. ‘Bloederig voor mij en schoenzoolachtig voor hem.’

‘Komt in orde, commissaris.’

Anneke liep met een bevallige tred naar de keuken.

‘Ik vind dat ze een lekker kontje heeft’, zei Van In.

‘Zegt de man die zijn vrouw ervan verdenkt vreemd te gaan.’

Versavel pulkte aan zijn snor. Hij was blij dat alles weer normaal was tussen hen.

‘Daar zijn ze weer’, zei Gino tegen zijn vrouw toen Van In en Versavel in het gezelschap van een slotenmaker het pand aan de overkant betraden.

‘Ik weet zeker dat ze deze keer iets op het spoor zijn.’

De vrouw graaide in een grote zak en stopte een handvol chips in haar mond.

‘Zal ik je nog een pilsje brengen?’ vroeg ze poeslief.

Straks begon haar favoriete soap en die wilde ze voor geen geld missen.

Het appartement van Diana Delanghe lag bezaaid met matrassen en vuile dekens. Het stonk er naar urine en overal lagen etensresten te rotten. Van In stapte over een stuk verdroogde pizza. Mensensmokkel was een smerige handel, letterlijk en figuurlijk.

'Hiermee halen we vanavond het nieuws', zei hij.

'Jij of ik?'

'De Kosovaren natuurlijk.'

Kosovaarse vluchtelingen werden meestal langs de snelweg gedumpt en moesten het van daar maar zelf zien te rooien. Een transithuis in Brugge en de vervalste paspoorten wezen erop dat de smokkelaars hun netwerk op een meer professionele manier aan het uitbouwen waren. Wat Van In en Versavel hier ontdekten, was nieuws waarvoor zelfs de meest heidense hoofdredacteur een schietgebed gezegd zou hebben, iets wat ze allemaal deden als de nood hoog was.

'Ik vraag me af hoe Diana Delanghe hierbij betrokken is geraakt', zei Versavel.

'Geld is de motor van bijna iedere misdaad, Guido.'

Van In hield zijn hand voor zijn mond, liep naar het raam en zette het wijd open. Nu hij over een echt huiszoekingsbevel beschikte, zou het stom zijn om meteen weg te lopen.

'Laten we dit karwei zo snel mogelijk afwerken', zei hij gesmoord.

Het appartement bestond uit een woonkamer, twee slaapkamers en een kleine keuken. Het was overal even smerig. In de keuken krioelde het van de fruitvliegen. Uit een torenhoge stapel aangekoekte pannen rees schimmel. Toen Van In begon te kokhalzen, gooide Versavel de deur dicht.

'Ik kan me niet voorstellen dat Diana hier ook woonde.'

'Waar dan wel?'

In een van de slaapkamers trok Van In de deur van een gammele kleerkast open. Vodden en oude dekens. Er lag geen kledingstuk in dat een vrouw als Diana Delanghe zou aantrekken.

'Volgens de burgerlijke stand is ze hier nochtans gedomicilieerd', zei Versavel.

'Heeft ze een tweede verblijfplaats?'

'Nee.'

'Weet je dat zeker?'

'Als ze die heeft dan is ze daar in ieder geval niet geregistreerd.'

Ondanks de stank en het ongedierte kweten Van In en Versavel zich zorgvuldig van hun taak. Ze doorzochten het appartement grondig. Versavel haalde zelfs de wasmand leeg, een weerzinwekkend karwei want tussen de verfomfaaide t-shirts zaten onderbroeken die stijf stonden van het sperma, vochtige maandverbanden en sterk verkleurde inlegkruisjes.

'Ik voel me smerig', zei Versavel.

Hij liep naar de badkamer, draaide de kraan open en spoelde het vuil van zijn handen.

'Je zult Hannelore onder druk moeten zetten', zei hij. 'De twee Kosovaren die de scheepvaartpolitie heeft opgepakt, zijn het topje van de ijsberg. Dit is een fabriek.'

'Die eer laat ik aan jou, Guido. Je kent Hannelore. Je weet toch dat ze een boontje heeft voor vluchtelingen.'

Versavel veegde zijn handen droog aan zijn broek. Wanneer zouden bepaalde mensen eindelijk eens begrijpen dat vluchtelingen net als hoeren en junkies de grondstof vormden van een industrie die cynischer met mensen omspringt dan Saddam Hoessein dat met de Koerden doet?

'Laten we een Duvel gaan drinken, Pieter. Ik heb er schoon genoeg van.'

Versavel die voorstelde om een Duvel te gaan drinken, was net zoiets als de koning die op de televisie toegeeft dat hij een minnares heeft.

'Oké', zei Van In.

Hij pakte de sleutel die hij van de slotenmaker had gekregen en liep naar de voordeur. In de gang durfde hij weer normaal adem te halen.

'Laten we dit als een geval van overmacht beschouwen.'

'Als ik jou was, zou ik Vermeulen opbellen', zei Versavel. 'Volgens mij stikt het hier van de sporen.'

Van In glimlachte. Stikken was een van de woorden die hem te binnen schoten als hij de naam Vermeulen hoorde.

Gino had lang geaarzeld, maar toen hij merkte dat het onderzoek aan de overkant bleef duren, trok hij zijn stoute schoenen aan. Stel je voor dat de politie dankzij de informatie die hij hen zou verstrekken, een belangrijke bende zou oprollen. Dan kwam zijn naam misschien in de krant. Hij zag zichzelf al op de televisie. Gino schoof de vitrage dicht en haastte zich naar buiten, niets te vroeg want de rechercheurs sloten net de voordeur af.

'Goedemiddag, heren.'

'Goedemiddag', zei Van In. 'Wat kan ik voor u doen?'

De man die hem net had aangesproken, stonk naar uien en goedkope jenever.

'Ik wens een klacht in te dienen', zei Gino met het enthousiasme van een kind dat nog in Sinterklaas gelooft. 'Tegen die lui van hierboven.'

Hij wees naar de tweede verdieping.

Van In knikte. Hij kende ze, de brave burgers die er vast van overtuigd zijn dat het de taak van de politie is bij de geringste burenruzie tussenbeide te komen. Zij brachten politici bij iedere verkiezing het hoofd op hol door meer 'blauw' op straat te eisen. Belachelijk, want sinds de Amerikanen Viagra hadden uitgevonden, was die kleur een eigen leven gaan leiden, net als bruin trouwens, maar daar waren de op het trottoir poepende honden verantwoordelijk voor, en een handvol hoge rijkswachtofficieren.

'Voor klachten kunt u op het politiebureau terecht, mijnheer.'

Van In had belangrijkere dingen aan zijn hoofd dan een gefrustreerde buurtbewoner te woord te staan. Diana Delanghe was betrokken bij mensenhandel en wie weet ook bij moord. Misschien had ze daarom een zwangerschap gesimuleerd, omdat die toestand haar boven elke verdenking stelde.

'Is dat uw werk dan niet?'

Dat het college van burgemeester en schepenen zijn brief nooit had beantwoord vond Gino niet erg, de burgemeester had waarschijnlijk wel nuttiger werk te doen dan brieven beantwoorden. Het was de lakse houding van de politie die hem kwaad maakte. Hij betaalde toch ook belastingen!

'Nee', zei Van In. 'Voor klachten moet u op het politiebureau zijn en als u daartoe niet in staat bent, kunt u nog altijd een beroep doen op de wijkagent.'

Gino keek hem stomverbaasd aan. De kleine man trok altijd aan het kortste eind. Dat had hij zelf nog maar eens ondervonden toen hij na een staking van zes weken was ontslagen. Nu had hij er genoeg van.

'Ik weet waar de feeks zich schuilhoudt', siste hij.

'Dat weten wij ondertussen ook', zei Van In.

Hij trok het portier van de Golf open en liet zich met een zucht in de passagiersstoel zakken. Versavel stak de sleutel in het contact, maar aarzelde om de motor te starten.

'Scheelt er iets?' vroeg Van In.

Versavel haalde zijn hand van de contactsleutel.

'Ben jij niet benieuwd waar Diana Delanghe zich de voorbije dagen heeft schuilgehouden?'

Een van de middelen waarover de machtige beschikt om zijn zwakkere medemens onder de knoet te houden, is nooit toegeven dat hij een fout heeft gemaakt. Dat en nog meer fraais had Van In destijds op de politieschool geleerd.

'Ik krabbel niet terug voor een of andere idioot', zei hij.

'Ik wel.'

Versavel stapte uit de Golf en liep op de buurtbewoner af.

Van In wierp nijdig een blik in de achteruitkijkspiegel.

'Godallemachtig.'

De buurtbewoner maakte zijn voordeur open en nodigde Versavel uit mee naar binnen te komen.

Veel mensen die voor het eerst de psychiatrische afdeling van een ziekenhuis betreden, hebben achteraf het gevoel dat ze in het voorgeborchte van de hel zijn geweest, waar het ook wemelt van de rusteloze zielen en even stil is. Zelfs de duivels in witte kielen die er de dienst uitmaken, weten dat er ergere dingen bestaan dan vuur en verdoemenis. Ze vullen gestadig kleine witte kuipjes met veelkleurige pillen en sloffen door de gangen om te doen wat van hen verlangd wordt: de pijn instandhouden.

'Bent u familie van juffrouw Delanghe?'

'Ik ben haar pleegvader', zei Henri Broos.

De verpleegkundige, een kalende veertiger met holle ogen – hij zag eruit alsof hij dagelijks zijn eigen medicijn nuttigde – produceerde een zweverige glimlach.

'Juffrouw Delanghe ligt op kamer 251', zei hij. 'Ik vrees dat ze er erg aan toe is.'

'Denkt u dat?' vroeg Broos.

De verpleegkundige onthield zich van commentaar en verdween geluidloos naar een ander kamertje. Geen mens die wist wat daar gebeurde.

'Heeft meneer je zijn hele levensverhaal verteld?' vroeg Van In toen Versavel na drie kwartier weer kwam opdagen.

De brigadier zag eruit alsof hij een potje gejankt had.

'Meneer Vandenheuvel heeft me zijn kanaries laten zien', zei Versavel mat.

Hij ging achter het stuur zitten en startte de Golf. De motor huilde toen hij te laat schakelde en dat was Van In van hem niet gewend.

'Heb je er een moeten opeten misschien?'

Stilte. Versavel gaf gas en scheurde door de Gentpoortstraat. Deze keer stond er geen file en van de Mercator was geen spoor te bekennen.

'Een van de kanaries, Guido.'

Van In probeerde de sfeer erin te houden, maar Versavel hield zijn kaken stijf op elkaar. Hij was kwaad voor iets wat lang geleden was gebeurd.

'Ik dacht dat we een Duvel gingen drinken', zei Van In toen ze door de tunnel onder het Zand reden. 'L'Estaminet is die kant uit.'

Stilte.

Op het kruispunt van de Hoefijzerlaan en de Bevrijdingslaan reed Versavel door het oranje.

'Gaan we naar de kust?'

Van In stak een sigaret op. Zelfs de hechtste vriendschappen konden stranden op een pietluttig conflict, maar toch niet op kanaries.

'Sorry voor de kanaries, Guido.'

De snelheidsmeter kwam trillend in de buurt van honderd zestig kilometer. Op zijn veertiende had Versavel van een tante twee kanaries gekregen. Twee maanden later had zijn vader ze de nek omgedraaid omdat ze te veel lawaai maakten. Zijn moeder had de krengen in de vuilnisbak gedeponeerd en hem verteld dat de vogels ontsnapt waren, maar Versavel had gezien wat er gebeurd was. Nog dezelfde avond had hij zich gewroken door zijn ouders te vertellen dat hij meer van jongens dan van meisjes hield, een bekentenis die hem niet in dank was afgenomen, want zes maanden later was zijn vader ervandoor gegaan.

'Diana Delanghe betrekt een appartement in Knokke', zei Versavel. 'Mijnheer Vandenheuvel heeft me haar adres gegeven.'

Hij haalde een velletje papier uit zijn borstzak en gaf het aan Van In. 'Residentie Echnaton' stond erop.

'Op de Zeedijk?'

Versavel knikte.

'Volgens mijnheer Vandenheuvel woont ze daar. In het appartement in de Witte Leertouwersstraat verblijven uitsluitend vreemdelingen.'

Knokke werd wel eens het Saint-Trop van de Noordzee genoemd, een vergelijking die misschien opging in de zomer, als jonge snobs in gehuurde Porsches over la Place 'M'as-tu vu' toerden op zoek naar gewillige deernen in doorkijkblouses, goedkope hoeren die in ruil voor een paar Pimm-cocktails door de knieën gingen, want gewone seks was in Knokke taboe. Wie het als de missionarissen wilde doen, werd met een meelijwekkend lachje naar Blankenberge doorverwezen. Tant pis. In de herfst was 'La Mondaine' een dood gat, een Vlaamsche boerengemeente waar de filet américain naar dode beesten smaakte en in de meeste restaurants alleen nog broodmagere kreeften werden geserveerd aan oude dametjes die van de luwte profiteerden om in stijl uit eten te gaan. De Avenue Lippens lag er verlaten bij.

'Ik dacht dat ze op de dijk woonde', zei Van In.

Versavel trok de sleutel uit het contact.

'Een beetje frisse lucht zal je deugd doen', zei hij.

Aan het Van Bunnenplein draaiden ze rechts af. Een paar cholesterolmeeuwen zetten verontwaardigd een paar pasjes opzij.

'Het spijt me als ik je op een af andere manier beledigd heb, Guido.'

Versavel haalde diep adem. Het verhaal van de kanaries had hij nooit aan iemand verteld en hij was niet van plan dat nu wel te doen.

'Je hoeft je geen twee keer te verontschuldigen, Pieter. Ik weet dat je het goed met me meent.'

Een promotiewagen van Radio 2 reed hen voorbij, op de zijkant een sticker met het bekende gele vogeltje dat verdacht veel op een kanarie leek.

9

Boven de ingang van residentie Echnaton had de architect in opdracht van de bouwheer een grote steen laten aanbrengen, een reliëf dat een grote zonneschijf voorstelde waarvan de stralen uitliepen in kleine handjes. Het gebouw telde tien verdiepingen en evenveel appartementen, allemaal met uitzicht op zee. Van In stapte de hal binnen, stak het licht aan en las de namen naast de belknopjes.

'Nu begrijp ik waarom we Diana niet konden opsporen.'

Hij wees naar het naamkaartje dat naast het bovenste belknopje onder een met goud omrand stukje plexiglas zat. H. Broos stond erop. Ik heb Diana de beste opvoeding gegeven die voor geld te koop is, had de oude notaris verklaard. Dat was ongetwijfeld waar. Hij had echter niet gezegd wat Diana in ruil daarvoor had moeten doen. In de vakliteratuur had Van In onlangs nog een artikel gelezen over slachtoffers van seksueel geweld en de trauma's die daarvan het gevolg waren. Meisjes die een of meer gedwongen abortussen achter de rug hadden, simuleerden nadien soms een zwangerschap om de leegte op te vullen en de pijn te verzachten die het verlies had veroorzaakt. Misschien was dat de reden waarom Diana Delanghe met een kussen onder haar jurk rondliep.

'Ik stel voor dat we de politie van Knokke inlichten', zei Versavel.

Hoewel het mandaat dat ze van Hannelore hadden gekregen, hen de bevoegdheid verleende onderzoeksdaden buiten hun jurisdictie te stellen, leek het hem een kwestie van beleefdheid de collega's van hun aanwezigheid op de hoogte te brengen. In bepaalde gemeenten, waar blaaskaken als De Kee de scepter zwaaiden, zou Versavel niet de moeite hebben genomen Van In daarop attent te maken, maar in Knokke lagen de kaarten anders. De hoofdcommissaris was een geschikte kerel, die niet zou aarzelen zijn medewerking te verlenen als hem daarom gevraagd werd. Dat wist Van In ook.

'Oké, ik wacht hier wel.'

Versavel knikte en trok de deur open.

'Tot dan', zei hij.

Van In negeerde het rookverbod, stak een sigaret op en keek om zich heen. De muren van de hal waren bekleed met grijsgeaderd marmer en alles wat van metaal was, zat onder een goudkleurig laagje. Rijke mensen hielden van blinkende dingen, konden ze de schoonmaakster steeds een doffe vlek aanwijzen en daarover zeuren. Was Diana Delanghe ook zo iemand? Nee, dat geloofde Van In niet. Na de scène met het kussen had hij medelijden met haar gekregen. Als haar gedrag het gevolg was van mishandeling, was hij bereid haar alle lelijke dingen te vergeven die ze hem naar het hoofd had geslingerd. Het onderzoek zou sneller opschieten als hij zich op meer relevante vragen concentreerde. Hoe was de stiefdochter van een respectabel notaris in de mensenhandel beland bijvoorbeeld? Eén conclusie drong zich op: het meisje werkte niet alleen. Ze moest over handlangers beschikken. Hoewel Van In beloofd had dat hij op versterking zou wachten, kon hij het niet laten toch aan te bellen.

'Allo', klonk het na tien seconden door de deurtelefoon.

Van In schrok zo van de stem dat hij zijn sigaret op de kraakheldere vloer gooide en ze haastig uittrapte.

‘Ik ben een vriend van Diana’, zei hij.

‘Vous dites?’

‘Je suis un ami de Diane. Elle m’a dit de vous contacter en cas de danger.’

Van In sprak Frans met een accent waarvoor zelfs Achiel Van Acker zijn wenkbrauwen had opgetrokken. Hij grijnsde en keek recht in de lens van de camera die van achter een stukje gepantserd glas iedere beweging registreerde die hij maakte. Van In wierp een vluchtige blik in het spiegelglas van de voordeur. Ongeschoren en gekleed in een gekreukte regenjas zag hij er een beetje als een vluchteling uit.

‘Montez’, klonk het plotseling, onmiddellijk gevolgd door een zoemtoon.

Van In duwde de deur open en stapte naar binnen. De gang was behoorlijk ruim, net als de lift. Aan de kust en zeker in Knokke, waar architecten de beschikbare oppervlakte in vierkante centimeters opdelen, was dit een teken dat alleen kapitaalkrachtige mensen zich een stekje in residentie Echnaton konden veroorloven.

De lift zoefde naar boven als werd hij door een krachtige waterstraal opgestuwd. Geruisloos en zonder schokken. Op de tiende verdieping schoven de deuren open. Van In stapte uit. Toen hij zijn wijsvinger strekte om aan te bellen, zwaaide de deur van het penthouse open. Twee mannen sprongen naar buiten, grepen hem vast en sleurden hem naar binnen. Een van hen porde hem met de loop van zijn pistool tussen de ribben. De andere fouilleerde hem. Snel en vakkundig. Van In had alleen zijn portefeuille bij zich en daar zat zijn politiekaart in.

‘Asseyez-vous’, snauwde de man met het pistool.

Het was een retorisch bevel want tijd om te gaan zitten kreeg Van In niet, wel een stomp in zijn rug waardoor hij vooroverviel. Gelukkig kwam hij niet op de vloer terecht. Zijn val werd gebroken door een brede bank. Hij krabbelde overeind en ging behoorlijk zitten. Eén ding had hij goed ingeschat: Diana Delanghe beschikte inderdaad over handlangers. Van In bekeek zijn overvallers. Beide mannen waren getaand en op het eerste gezicht afkomstig uit Zuid-Europa. Ze droegen dure pakken en aan het goud om hun hals en vingers te oordelen, waren ze al een tijdje actief in de branche. Hoewel de situatie hachelijk was, troostte Van In zich met de gedachte dat Versavel op weg was met de cavalerie.

'Je suis de la police', zei hij nog voor de kompaan van de man met het pistool zijn politiekaart had gevonden. 'Je vous conseille de baisser cette arme. Tout le bâtiment est cerné.'

De reactie van de twee mannen op het woord 'police' was merkwaardig. De man met het pistool sprong van zijn stoel en haalde uit met zijn pistool. Van In voelde een doffe pijn in zijn nek. In zijn achterhoofd ontplofte een bom. Toen werd alles donker.

Henri Broos wachtte geduldig in de gang van het gerechtsgebouw tot mevrouw de onderzoeksrechter hem zou ontvangen. Hij was een beetje te vroeg op de afspraak, maar dat vond hij niet erg. Het gaf hem nog wat tijd om na te denken en voor de laatste keer de zwakke punten in zijn verklaring te overlopen. Hoewel Henri Broos van zichzelf vond dat hij een eerlijk man was, wist hij als jurist dat recht niet noodzakelijk rechtvaardigheid impliceert en dat zelfs de beste wet hardvochtig toegepast kan worden. De gedachte dat Leona in de gevangenis zou kunnen belanden, maakte hem bijna gek van verdriet. Nog erger was dat zijn dagen geteld waren en hij haar niet zou kunnen helpen als het ooit zover zou komen. Herinneringen aan vroeger spookten door zijn hoofd. Het waren mooie herinneringen. Ze deden hem wegdromen.

'Mijnheer Broos?'

Hannelore snelde op de oude man af en schudde hem bij de schouder.

'Gaat het, mijnheer Broos?

Henri Broos knipperde met zijn ogen. Toen Hannelore zich bezorgd vooroverboog, glimlachte hij. U bent niet alleen mooi aan de buitenkant, wilde hij haar toefluisteren.

'Excuseert u mij, mevrouw de onderzoeksrechter. Ik moet even ingedut zijn', zei hij in plaats daarvan verontschuldigend.

Hannelore kreeg medelijden met de oude man. Ze nam hem bij de arm en hielp hem overeind. In haar kantoor schoof ze een gemakkelijke stoel bij haar bureau en liet hem daarin plaatsnemen.

'Als u zich onwel voelt, kunnen we het onderhoud op een andere dag laten doorgaan.'

Broos wachtte een paar seconden voor hij op het voorstel reageerde. Uitstel zou niets aan de zaak veranderen, tenzij ze hem een paar maanden gunde en hij het geheim in zijn graf kon meenemen.

'Dat vind ik heel attent van u, mevrouw. Maar nee. Ik ben hier nu toch. We kunnen er evengoed mee doorgaan.'

Hannelore knikte en ging achter haar bureau zitten. Voor haar lagen twee dossiers, die van Heydens en Delanghe. Het verband tussen de twee slachtoffers was duidelijk. Ze hadden allebei een kind verwekt bij Leona Vidts, de wettige vrouw van Henri Broos. Statistisch was de kans zeer groot dat de moordenaar een lid van de familie was of een goede vriend. Daarom had ze Henri Broos voor een gesprek uitgenodigd, in de hoop meer te weten te komen over de ingewikkelde familierelatie en ook een beetje, dat wilde ze grif toegeven, om Van In de loef af te steken.

Van In en Hannelore liepen gearmd over de Zeedijk. De zon scheen en er stond een koele bries. Plotseling kwamen donkere wolken aanzetten aan de horizon. Een krachtige wind zwiepte de golven metershoog op.

'Wat een weertje', zei Hannelore vrolijk.

Ze verbrak de omarming en maakte een pirouette waardoor haar jurk op zijn Monroes opwaaide. Van In liep haar achterna. Zag ze dan niet dat een muur van water met een sneltreinvaart op hen afkwam? Hannelore bleef maar pirouettes maken. Van In schreeuwde, maar de aanrollende golven overstemden zijn waarschuwing. Hij begon te rennen. Tenminste dat probeerde hij. De bestrating van de Zeedijk was veranderd in een modderpoel waarin hij bij iedere stap steeds dieper wegzakte. Gelukkig kwam een politiecombi aangereden uit de tegenovergestelde richting. Een van de agenten stapte uit. Hij liep naar Hannelore, trok zijn pistool en schoot haar in het hoofd. Op dat moment sloegen de golven over de Zeedijk.

'Hannelore.'

Er klonken opnieuw twee schoten.

'Rustig, Pieter. Rustig.'

Versavel bette het voorhoofd van zijn vriend met een nat washandje.

'Hannelore!' schreeuwde hij. 'De flikken hebben haar doodgeschoten.'

Toen er opnieuw werd geschoten, kwam Van In armwiekend overeind.

Versavel sloeg zijn armen om hem heen en duwde zijn vriend met stille dwang weer op de bank.

'Er is niets aan de hand, Pieter. Je bent even buiten westen geweest.'

'Buiten westen?'

Versavel knikte.

'Ze hebben je neergeslagen', zei hij. 'Gelukkig was de conciërge in de buurt. Hij heeft ons binnengelaten.'

'Ons?'

'Toen ik je niet in de hal aantrof, heeft de hoofdcommissaris van Knokke meteen groot alarm geslagen. De helft van het korps is ons te hulp gesneld.'

Van In hoorde sirenes loeien.

'Waar zijn ze?'

'Ontsnapt via de brandtrap.'

Toen Van In besefte dat de moord op Hannelore zich in zijn hoofd had afgespeeld, ging hij rustiger ademen.

'Ik vraag me af hoe Frank zou reageren als hij ons op die manier verenigd zou zien.'

Door het geharrewar was Versavel boven op Van In beland. Gelukkig waren er geen persfotografen in de buurt.

'Frank is minder jaloers dan jij.'

Versavel krabbelde overeind.

Aan de achterkant van residentie Echnaton krioelde het van de agenten. Twee ziekenbroeders legden een van de mensensmokkelaars, de man met het pistool, op een draagberrie. De andere stond met gespreide benen tegen de zijkant van een kleine Mercedes met blauwe streep. Twee jonge agenten hielden hem onder schot terwijl een derde hem fouilleerde. Toen hoofdcommissaris Duffel Van In in de gaten kreeg, begroette hij zijn collega met een stralende glimlach.

'Van harte gefeliciteerd', zei hij. 'Wie had ooit gedacht dat er in Knokke mensensmokkelaars opereerden?'

Van In voelde zich een beetje gegeneerd. Hij had de boel verknald door op zijn eigen houtje te handelen. Als iemand een pluim verdiende, dan was het wel Versavel.

'De politie heeft in het huis van Delanghe kopieën van de dreigbrieven aangetroffen en foto's van u, uw kinderen, Diana, Valentijn en Heydens', zei Hannelore. 'Blijkbaar heeft de moordenaar het zowel op uw familie als op die van Heydens gemunt, wat er duidelijk op wijst dat jullie een gemeenschappelijke vijand hebben.'

Notaris Broos had aandachtig geluisterd. De onderzoeksrechter had in haar betoog geen enkele keer de naam van Leona genoemd en dat stemde hem hoopvol.

'Wilfried Delanghe heeft Marcus Heydens ooit in bed betrapt met Leona.'

'Dat zou een aannemelijke these zijn als Wilfried Delanghe nu nog leefde', zei Hannelore.

'Dat zou ik niet durven beweren, mevrouw.'

Broos had lang nagedacht over de verklaring die hij op het punt stond af te leggen.

'Ondanks de afkoopsom die ik hem heb betaald, heeft Delanghe nooit kunnen accepteren dat ik met Leona ben getrouwd. Toen ons eerste kind werd geboren, ging hij helemaal door het lint. Hij belde ons voortdurend en dreigde ermee zichzelf van kant te maken als Leona niet bij hem terugkwam.'

Broos vertelde Hannelore het hele verhaal. Delanghe had twintig jaar geleden zijn polsen proberen door te snijden. Maar zoals dat zo vaak gebeurt bij amateurzelfmoordenaars was hij in paniek geraakt toen het bloed uit zijn aders gutste en er op het laatste nippertje in geslaagd naar buiten te strompelen. Zijn buurvrouw had onmiddellijk de hulpdiensten verwittigd. In het ziekenhuis had hij kennisgemaakt met Alice Deboodt, een lekenhelpster die hem het Licht had laten aanschouwen. Delanghe had zich bekeerd. Hij was toegetreden tot een charismatische gebedsgroep. Broos schetste in een paar woorden wat de mensen van zo'n gebedsgroep dreef.

'Zij willen boete doen en net als Christus de zonden in de wereld op zich nemen.'

'Door te bidden.'

Broos krabde de onderkant van zijn kin.

'Niet alleen door te bidden, mevrouw. Ze kastijden zich

net als de anachoreten dat achttienhonderd jaar geleden deden in de Egyptische woestijn. Weet u dat er toen kluizenaars meer dan twintig jaar op een pilaar doorbrachten, in weer en wind, zich voedend met de maden die uit hun etterende wonden kropen?'

Hannelore had ooit een artikel gelezen over flagellanten, fanatieke middeleeuwers die zich tot bloedens toe geselden. Het verhaal over kluizenaars die zich voedden met etter en wormen was nieuw maar daarom niet minder geloofwaardig. Zelfverminking kwam in alle culturen voor. Fakirs doorboorden hun lichaam met priemen of lieten zich levend begraven. Waarom ze het deden was niet meteen duidelijk: om op te vallen of om God te eren? Het laatste leek niet erg waarschijnlijk. Hannelore kon zich niet voorstellen dat miljoenen mensen zich lieten piercen of op een andere manier verminken om God een plezier te doen. Broos hield Hannelore scherp in de gaten. Hij merkte aan haar ogen dat ze aarzelde.

'Mensen als Wilfried Delanghe zijn tot de meest extreme dingen in staat, mevrouw de onderzoeksrechter.'

Van In had Hannelore een van de penisringen laten zien die hij bij Delanghe had gevonden en hij had haar uitgebreid de omstandigheden beschreven waarin ze hem hadden aangetroffen.

'Er zijn voorbeelden bekend van fanatici die zich laten knevelen en...'

'U suggereert toch niet dat Delanghe uit vrije wil onder die stapel boeken is gaan liggen?'

Broos sloeg zijn ogen op, bracht zijn rechterhand naar zijn voorhoofd en haalde diep adem. Het was nu of nooit.

'Delanghe was op zoek naar loutering. Hij was bereid om offers te brengen, wat zeg ik, hij verlangde vurig naar pijn, hevige ondraaglijke pijn.'

Broos diste nog een paar verhalen op van monniken die schrijlings op de scherpe kant van een driehoekige balk gingen zitten en op die manier de nacht doorbrachten of zich wekenlang in een cel lieten opsluiten waarin ze amper konden staan.

'Soms gingen ze op de kale vloer liggen en vroegen een medebroeder gewichten op hun borst te plaatsen tot ze bijna niet meer konden ademen.'

'Dat meent u niet', zei Hannelore.

Toen Broos de blik van afgrijzen in haar ogen bespeurde, wist hij dat hij zijn doel had bereikt.

'Delanghe wilde zijn grenzen steeds verleggen; om te vermijden dat hij in een moment van zwakte onder het gewicht vandaan zou kruipen, trok hij een dwangbuis aan en liet zijn mond met kleefband dichtplakken zodat de buren zijn gekerm niet zouden horen.'

'En daarvoor had hij de hulp van mevrouw Deboodt nodig.'

'Dat klopt', zei Broos. 'Zij moest hem 's ochtends komen bevrijden.'

'Waarom heeft ze dat dan niet gedaan?'

'Ik denk dat de vrouw in paniek is geraakt toen ze zag dat Delanghe dood was. Volgens mij is ze naar buiten gelopen, heeft ze de deur achter zich dichtgetrokken en pas daarna aangebeld om de indruk te wekken dat ze net gearriveerd was.'

'U gaat er dus van uit dat mevrouw Deboodt over een sleutel beschikt?'

'Daar ben ik bijna zeker van, mevrouw de onderzoeksrechter. Ik ken dat soort mensen. Aan buitenstaanders zullen ze nooit toegeven dat ze zich met dergelijke praktijken inlaten.'

'Hoe weet u dat allemaal, mijnheer Broos?'

Vroeg of laat was ze er toch achter gekomen, dus vertelde de notaris haar dat hij een tijdlang ook deel had uitgemaakt van de gebedsgroep waarvan Delanghe en Alice Deboodt lid waren.

'Ik dacht dat u vrijmetselaar was?' zei Hannelore met gefronste wenkbrauwen.

'Het een sluit het ander niet uit, mevrouw de onderzoeksrechter. Ik ben een zoekende mens. Waarom zou ik niet op twee paarden mogen wedden?'

Dat begreep Hannelore niet. Vrijmetselaars waren toch per definitie vrijzinnigen?

'Dat is een veelvoorkomende misvatting', zei Broos alsof hij haar gedachten kon raden. 'In de loge worden geen vragen gesteld omtrent iemands persoonlijke overtuiging. Iedereen is er welkom.'

'Iedereen?'

'Iedereen', zei Broos.

Hannelore sloeg het dossier van Delanghe open en maakte een aantekening naast de naam van Alice Deboodt. Vreemd dat Van In haar amper ondervraagd had.

'Ik zal uw versie van de feiten aan een nauwkeurig onderzoek onderwerpen', zei ze.

Hoofdcommissaris Duffel stelde Van In een combi en twee agenten ter beschikking om de niet-gewonde mensensmokkelaar naar Brugge over te brengen.

'Ik ben benieuwd hoe lang dit al aan de gang is', zei hij toen Van In in de Golf stapte.

In het appartement van Diana Delanghe hadden ze een honderdtal blanco identiteitskaarten en buitenlandse paspoorten aangetroffen en twee bundels bankbiljetten, voornamelijk dollars en D-mark.

'Zodra ik iets weet, bezorg ik je een kopie van het proces-verbaal.'

Duffel stak zijn hand op.

'Veel succes, collega', zei hij.

De rit van Knokke naar Brugge verliep probleemloos. Van In neuriede de hele tijd een bekend liedje van Edith

Piaf. Versavel kende de woorden. Ze maakten hem een beetje melancholisch.

Joris Broos tikte met zijn witte stok tegen de rand van het trottoir. Hoewel hij de weg van het West-Gistelhof, waar hij woonde, naar de Potterierei op zijn duim kende, bleef hij op zijn hoede voor onverwachte hindernissen. Bij nader inzien vond hij het niet erg dat Henri Broos zijn vader niet was, want een echte vader had meer te bieden dan alleen maar geld. Thuis beschikte hij over een stemcomputer en een meid die hem verwende als haar eigen kind. Daar had Joris niet over te klagen. De stemcomputer was een praktisch ding, de meid daarentegen was een oude vrouw. Waarom had Broos niet een jong meisje ingehuurd, een prinsesje dat geurde naar rozenolie en zijn rug masseerde als hij zich gespannen voelde? Joris had nog nooit een jonge vrouw van dichtbij gevoeld, maar hij kon zich voorstellen hoe hij zou reageren als hij er eentje naakt in zijn bed zou aantreffen. Tot op vandaag had hij zich moeten behelpen met 06-nummers. Gelukkig had Broos nooit gemopperd als hij de telefoonrekening moest betalen.

Joris liep het steile brugje over en sloeg links af. Hij hoopte dat zijn moeder thuis zou zijn. Met haar kon hij over alles kletsen, ook over seks. Zij begreep tenminste wat hij miste. Over de rest zou hij zwijgen. Dat had Valentijn hem op het hart gedrukt. Nog drie nachten slapen en het was zover. Hij zou beroemd worden en dan zouden de meiden op hem afkomen als bijen op een lentebloesem.

Toen Broos de deur uit was, schonk Hannelore zich een kop koffie in. Als het verhaal van de notaris klopte, had Delanghe Heydens vermoord omdat hij haar destijds had aangespoord een abortus te ondergaan. Het was een zwak argument, maar tegen de achtergrond van de godsdienstwaanzin waaraan de man leed, toch de moeite waard om te onderzoeken.

Hannelore vroeg het adres op van Alice Deboodt. Daarna liet ze een boodschap achter op het antwoordapparaat zodat Van In zich geen zorgen hoefde te maken als ze wat later thuis zou komen. Om de tweeling hoefde ze zich niet te bekommeren. Die logeerden voor een paar dagen bij haar moeder.

De ongedeerde mensensmokkelaar heette Karim, hij was tweeëndertig en geboren in Pristina, Kosovo. Dat bleek uit een beduimeld paspoort. Van In las hem zijn rechten voor en stelde hem een paar vragen in het Frans. Hoewel Karim die taal machtig was, zei hij geen woord en dat maakte zelfs Versavel zenuwachtig.

'Wat doen we nu?' vroeg hij. 'Bruynooghe erbij halen?'

In het verleden had de stoere agent menige weerspannige arrestant tot rede gebracht. Dat was vroeger. Tegenwoordig was een verdachte met een blauwe plek een voldoende reden om een meute mediageile advocaten te mobiliseren die, als de commerciële omroep hen daartoe de kans gaf, moord en brand schreeuwden in naam van de rechtvaardigheid maar dat eigenlijk alleen maar deden om goedkope reclame voor zichzelf te maken.

'Het parket heeft me vanochtend laten weten dat ze pas een tolk sturen als het om minimaal vijf Kosovaren gaat', zei Van In. 'En we hebben er nog maar vier.'

'Heb je de rijkswacht van Jabbeke al gebeld?' vroeg Versavel. 'Het stikt daar van de Kosovaren.'

Ze lachten en dat maakte Karim zichtbaar zenuwachtig. Als politiemensen in zijn land lachten, betekende dat meestal dat ze van plan waren hun gevangene in de kelder aan een derdegraadsverhoor te onderwerpen. Dat wist hij van zijn broer. Die was ooit door de Servische militie opgepakt. Na zijn vrijlating had hij alle wreedheden die de Servische militie hem had aangedaan tot in de kleinste details beschreven: de elektrische schokken, de stokken waarmee ze zijn voetzolen murw hadden geslagen en de vernederingen die hij had moeten ondergaan, inclusief de perverse spelletjes waartoe zijn beulen hem hadden gedwongen. Hij was ze nooit te boven gekomen. Zes maanden later had hij zich verhangen. Karim had hem in de schuur gevonden, met opgetrokken benen en een paars hoofd. België mocht dan een beschaafd land zijn, ook hier gebeurden vreselijke dingen. Tenminste, dat schreven de buitenlandse kranten.

'Je veux parler', zei hij plotseling.

Van In wierp een blik op zijn horloge. Het was kwart over drie. Zijn dag zat er bijna op. Versavel ging achter zijn tekstverwerker zitten. Ze hadden geen geluk vandaag.

'C'est pour demain', zei Van In.

Hij noch Versavel spraken voldoende Frans om Karim in die taal te verhoren. Tenminste dat maakte Van In de verbaasde Kosovaar wijs.

'Je vais appeler le juge d'instruction', zei hij. 'Elle va décider ce qu'on doit faire de vous.'

Nu werd Karim pas echt bang. Hij was ervan overtuigd dat ze een spelletje met hem speelden. De commissaris sprak vloeiend Frans. Waarom loog hij?

'Ikke ook spreek een beet Nederlands', zei hij angstig.

Van In had het al vaker ondervonden dat zogezegde harde criminelen plotseling door de knieën gingen zonder dat daarvoor een redelijke verklaring was.

'Oké, mijnheer Karim.'

Van In ging zitten, stak een sigaret op en pulkte aan de onderkant van zijn neus. Versavel liep naar de vensterbank en zette een grote pot koffie. Het zou wel eens laat kunnen worden.

'Ikke luister naar u, mijnheer Karim.'

Hij strekte zijn benen en sloot zijn ogen. Van een gezellige avond met Hannelore zou niet veel meer terechtkomen.

Toen Hannelore bij Alice Deboodt aanbelde, duurde het een eeuwigheid voor er werd opengemaakt. Net toen ze wilde opstappen, ging de voordeur op een kier open.

'Mevrouw Deboodt?'

'Ja.'

'Mijn naam is Hannelore Martens. Onderzoeksrechter.'

Het mens verbleekte. De kralen van een paternoster die om haar benige hand zaten verstrengeld, tikten tegen het hout van de deur.

'Ik kom in verband met de moord op Wilfried Delanghe, mevrouw.'

Alice Deboodt schoof de ketting weg en liet de onderzoeksrechter binnenkomen. Terwijl ze door de gang liepen, prevelde ze een weesgegroet, maar ze bleef steken bij 'en gezegend is de vrucht van uw lichaam'.

In de woonkamer stonk het naar een vieze kattenbak en ongewassen onderbroeken, een euvel waarvan de honderden heiligenbeelden die iedere vierkante centimeter beschikbare ruimte in beslag namen, geen last schenen te hebben. Van hun gezicht straalde een beate glimlach af.

'Gaat u zitten, mevrouw. Kan ik u iets aanbieden?'

Zelfs na een tocht van drie dagen door de woestijn had Hannelore het vertikt om hier iets te drinken. Ze dacht aan Van In. Als die ergens kwam, kreeg hij meestal lekkere dingen geserveerd in schone glazen.

Gelukkig drong Alice Deboodt niet verder aan. Ze ging zitten in een gammele luie stoel waarover een vettige lap gedrapeerd hing. Haar lippen bleven gebeden prevelen. Ze fixeerde een bijna levensgroot beeld van de heilige Rita, de patrones van de hopelozen.

'Hoe lang kende u mijnheer Delanghe al?' vroeg Hannelore.

Het was geen erg originele openingsvraag, maar wel de enige die ze kon verzinnen in deze bedompte kamer die herinneringen opriep aan de Spaanse inquisitie.

'We zijn al achttien jaar samen in de Heer', zei Alice Deboodt met een beverig stemmetje.

'Wist u dat hij getrouwd is geweest met Leona Vidts?'

Het geprevel zwol aan als een golf in de branding. De woorden van het weesgegroet kregen een macabere klank alsof Alice een bezwering voorlas uit de Heksenhamer.

'Kent u haar?' vroeg Hannelore.

'Ik ken haar.'

Alice Deboodt sloeg haar ogen neer. Het gebed stokte. Een van de kralen van de paternoster verdween bijna helemaal in haar vlees toen ze de toppen van duim en wijsvinger tegen elkaar drukte.

'Vidts is een succubus. Wij kunnen alleen maar bidden voor haar zielenrust.'

Hannelore zag Alice wit wegtrekken alsof ze in een trance verkeerde. Wat moest ze doen? Een dokter bellen?

'Gaat het een beetje, mevrouw Deboodt?'

In tweeduizend jaar was de wereld niet veel veranderd en met de mensen die de planeet bewoonden, was het nog triester gesteld. Zij die geloofden vielen ten prooi aan hallucinaties, de anderen crepeerden van verveling of deden waanzinnige pogingen om de leegte op te vullen waarmee de Schepper hen had opgezadeld. De andere dieren mochten zich gelukkig prijzen dat ze nooit de kans hadden gekregen om te eten van de boom van goed en kwaad.

'Vidts zal branden, mevrouw de onderzoeksrechter. Branden in de hel.'

Alice Deboodt sloeg haar ogen weer op. Hannelore kreeg er kippenvel van. Een vlammende blik was een cliché dat vaak in stationsromannetjes wordt gebruikt, maar dit was echt. De ogen van Alice schoten vol vuur.

'Verklaar u nader, mevrouw Deboodt.'

'Haar getal is 13.'

'13?'

'Zes is het getal van de duivel en zeven dat van de Almachtige.'

De vrouw nam een stuk papier en schreef er de letters van het alfabet op. Ze gaf iedere letter een cijfer van één tot zesentwintig. Toen Hannelore opmerkte dat de som van alle letters honderd eenentwintig opleverde, werd Alice bijna hysterisch.

'Dertien staat voor succubus', schreeuwde ze. 'Dat begrijpt u toch, mevrouw de onderzoeksrechter. Twaalf plus een is dertien.'

Hannelore had geen zin haar gelijk te bewijzen. Ze gooide het gesprek over een andere boeg.

'Ik begrijp dat u en mijnheer Delanghe samen in de Heer zijn', zei ze.

Hannelore dacht aan een langvervlogen moment, drieëntwintig jaar geleden, toen ze in een lange witte jurk als klein bruidje door het gangpad van de parochiekerk was gestapt. Van de hele ceremonie was haar één zinnetje bijgebleven: wij zijn samen in de Heer.

'Wilde Wilfried Delanghe boeten voor de zonden die de succubus heeft begaan?' vroeg ze voorzichtig.

Het gezicht van Alice Deboodt klaarde op, wat bewees dat Hannelore haar de juiste vraag had gesteld.

'Wilfried was bereid het kwaad van iedere zondaar op zich te nemen', zei ze met een bleke glimlach.

Ze vertelde over de verstervingen die hij zich de voorbije jaren had opgelegd. Hannelore liet Alice Deboodt uitpraten en vroeg haar daarna of ze Wilfried ooit had geholpen bij zijn kastijdingen, door hem in een dwangbuis te stoppen bijvoorbeeld en boeken op zijn borst te stapelen.

Om halftien had Versavel de verklaring van Karim genoteerd, drie pagina's die hem bloed, zweet en tranen hadden gekost. Het kwam erop neer dat Karim en zijn kompaan een netwerk hadden opgezet om vermogende Kosovaren naar Engeland te smokkelen. Tegen betaling van tienduizend dollar mochten zij in betrekkelijk luxueuze omstandigheden van Kosovo naar Vlaanderen reizen, kregen zij een paspoort en een garantie van honderd procent dat ze veilig in Groot-Brittannië zouden arriveren. Karim had Diana Delanghe anderhalf jaar geleden in een café ontmoet. Omdat zij in geldnood zat, had ze haar appartement in Knokke voor tweeduizend dollar per maand aan Karim verhuurd en beloofd dat ze de 'vluchtelingen' tijdelijk onderdak zou verlenen in de Witte Leertouwersstraat. Het was al bij al een steekhoudend verhaal. Van In belde de officier met wachtdienst en bestelde een combi om meneer Karim over te brengen naar het PCB, een afkorting die niets te maken had met varkens of koeien. PCB stond voor penitentiair centrum Brugge. Tenslotte had Karim hem met de dood bedreigd en neergeslagen, wat voor de dienstdoende parketmagistraat voldoende reden was om de Kosovaar aan te houden.

'Ik vraag me af waar Hannelore uithangt', zei hij toen twee agenten Karim afvoerden.

10

Zijn er meer dingen tussen hemel en aarde of had Plato gelijk en verbeelden wij ons maar wat? Met die vraag in haar achterhoofd nam Hannelore afscheid van Alice Deboodt, na een verward onderhoud dat bijna drie uur had geduurd en niet veel meer had opgeleverd dan een betoog over de wraak van de Almachtige op de hoer uit de apocalyps, de draak met zeven koppen die het onderspit zou delven tegen de Heilige Maagd, en een opsomming van verstervingen en kastijdingen waaraan Wilfried Delanghe zich had onderworpen, inclusief het gebruik van de penisring die hij naar verluidt iedere avond aanschoof. Toen Hannelore de vrouw had gevraagd of ze Delanghe bij de verstervingen had geassisteerd, had ze krachtig het hoofd geschud en alle heiligen als haar getuigen aangeroepen. Zou notaris Broos dan toch gelijk hebben en zou Wilfried Delanghe zijn eigen dood hebben uitgelokt? Zo ja, wie had hem daarbij geholpen? De moordenaar van Marcus Heydens?

Het regende weer. De koude druppels deden Hannelore denken aan Valentijn en de bewuste avond waarop ze Van In bijna ontrouw was geweest. Hoewel haar verstand het anders gebood, kreeg ze plotseling zin hem te gaan opzoeken, om hem te verhoren natuurlijk, in verband met de moord op zijn vader. Waarom vanavond niet? dacht ze. De kinderen waren er toch niet en Van In had de hele dag niets van zich laten horen. Ze sloeg de richting van de Coupure in. Auto's zoefden als grote monsters door diepe plassen en deden het zwarte water over de stoeprand spatten. De straatverlichting floepte aan en hulde de stad in een romantisch geel licht, het soort dat mensenharten melancholisch maakt. Hannelore zette er stevig de pas in. De verbetenheid waarmee ze door de straten liep, had weinig te maken met melancholie. Ze dacht aan een liedje van Jacques Brel: iets over graan dat beter groeit op verbrande grond. Misschien was haar leeftijd de oorzaak van haar irrationeel handelen. De boekjes stonden bol van de verhalen over vrouwen die rond hun vijfendertigste plotseling in vuur en vlam schieten en zich zonder aanwijsbare reden halsoverkop in een buitenechtelijk avontuur storten. Meestal ging het om mooie, goed opgeleide vrouwen, vrouwen die zich geen zorgen hoefden te maken, vrouwen die pas een kind hadden gebaard, vrouwen die thuis op hun honger bleven zitten, vrouwen die hartstochtelijk naar ruige seks verlangden, vrouwen die... In een enquête die onlangs in een van die blaadjes was verschenen onder de kop 'Verboden Passies', had ze 18 op 20 gescoord.

Hannelore schudde het hoofd. Dat had ze een paar dagen geleden ook gedaan op ongeveer dezelfde plaats als nu, niet ver van de Predikherenbrug op een boogscheut van de Coupure.

Marcus Heydens had destijds een oude trekbel in de gang laten installeren, een bronzen klok die met behulp van wat elektronica door een druk op de knop geactiveerd kon worden. Tingeling, tingeling. Het klonk in ieder geval voornamer dan ding-dong. Hannelore veegde een natte haarlok van haar voorhoofd. De regen had haar kapsel geruïneerd, maar dat vond ze niet erg. Bovendien kreeg ze niet veel tijd om daarover te piekeren. Een streep licht onder de voordeur verried dat Valentijn thuis was. Toen ze zijn voetstappen hoorde, rilde ze onwillekeurig.

'Hannelore. Wat doe jij hier op dit uur?'

Valentijn droeg een kakikleurige broek en een handgeweven trui, wat hem een Angelsaksische 'look' gaf. Hij glimlachte breed en maakte een uitnodigend gebaar.

'Kom toch binnen.'

Hannelore knikte. Ze voelde zich als een weesmeisje uit een negentiende-eeuwse roman, vol schroom en onzeker.

'Ik kom waarschijnlijk ongelegen', zei ze.

'Jij komt nooit ongelegen, dat weet je toch.'

De 'lacho' die Van In had leren kennen, bleek plotseling een zelfverzekerde kerel geworden, een man van de wereld die mooie vrouwen zo om zijn vinger kon winden.

'Het gaat over je vader', zei Hannelore.

'Ben je daarvoor naar hier gekomen?'

'Ja.'

Ze volgde hem door de gang naar de salon.

'Wil je iets drinken?'

Hannelore ging zitten en sloeg haar benen over elkaar.

'Een glas witte wijn zou me smaken', zei ze.

Valentijn verdween naar achter, met een gebogen rug en een raadselachtige glimlach om zijn lippen. Dat het voorlaatste slachtoffer zich vrijwillig gemeld had, streelde zijn ijdelheid.

In een huis waar iemand is gestorven, hangt een beklijvende stilte die zelfs ongelovigen niet onberoerd laat. Hannelore kreeg er kippenvel van. Dat effect werd nog versterkt door de regen die opgezweept door de wind ongenadig tegen de ruiten kletterde. Ze keek omhoog naar de tribune. De getorste pilasters van de balustrade veranderden van vorm. Ze kregen gezichten, een mond en een neus, en grijnsden haar aan als vranke kobolden. Het hout kraakte en het doksaal begon te leven. De vloer zakte naar beneden. Een naargeestige wind floot door de spleten in het dak en deed haar oren tuiten.

'Valentijn!'

Hannelore sprong van haar stoel en rende naar de deur. De schaduw van de tribune volgde haar als een donker ectoplasma.

'Valentijn, waar ben je?'

Er parelde zweet op haar voorhoofd, haar benen werden slap, ze duizelde en viel bewusteloos op de grond.

Toen ze haar ogen opende, stond Valentijn naast haar.

'Ik had bijna een ziekenwagen gebeld', zei hij.

Op de salontafel stond een bestofte fles Montrachet en twee glazen. Hannelore klakte met haar tong.

Valentijn schonk een glas vol en reikte het haar aan.

'Je werkt te hard, meid. Ik wed dat je vandaag nog niet hebt gegeten.'

Dat klopte. Bovendien was haar menstruatie vanmiddag begonnen en daar had ze sinds de geboorte van de tweeling steeds meer last van.

'Zal ik een boterham met kaas voor je maken?'

Hannelore schudde het hoofd. Alles was haar liever dan nog een seconde alleen te blijven.

'Een glas wijn zal volstaan.'

Ze dronk met volle teugen van de nectar zonder te beseffen dat iedere slok meer kostte dan het gemiddelde uurloon van een arbeider.

Toen Valentijn haar voorhoofd streelde, protesteerde ze niet. De spanning in haar borsten nam toe en ze voelde een haast ondraaglijke behoefte om haar armen om zijn hals te slaan. Ze klemde haar kaken op elkaar. Een hartstochtelijke omhelzing zou voldoende zijn om de vonk te laten overslaan en dat kon vanavond jammer genoeg niet, vanwege haar cyclus.

'Misschien is het beter dat ik opstap', zei ze niet erg overtuigend.

Valentijn trok zijn hand weg, nam zijn glas en keurde de Montrachet in het licht van de halogeenlampen die vanaf de onderkant van de tribune naar beneden schenen.

'Ik dacht dat je me wilde spreken?' zei hij. 'Over mijn vader.'

Hannelore ging rechtop zitten. Door de val waren de twee bovenste knoopjes van haar blouse losgeraakt. Ze knoopte ze haastig dicht.

'Daarom ben ik inderdaad naar je toe gekomen.'

'Ja', zei Valentijn met een fijn glimlachje.

Hij wist dat ze loog en zij wist dat hij dat wist. Haar gevoelens te kunnen peilen maakte hem een beetje euforisch. Nog een beetje geduld en ze zou weer even van hem zijn. Dat wist hij zeker. Een plagerijtje kon geen kwaad.

'Komt er schot in het onderzoek?'

Valentijn ging tegenover haar in een gemakkelijke stoel zitten. Het onderzoek zat in het slop. Dat kon hij zo van haar gezicht aflezen.

'De politie wacht de resultaten van het onderzoek af en dat is in handen van de technische recherche.'

Sinds een paar jaar hadden de labs van de technische recherche het erg druk. De fouten uit het verleden moesten worden goedgemaakt en dat had zijn weerslag op het aantal analyses dat door de gerechtelijke diensten werd bevolen.

'Meestal ontdekken de jongens van het lab wel iets dat ons op het goede spoor kan zetten', zei Hannelore.

Ze repte met geen woord over de vezels van de dwangbuis en de lijmsporen, en verzweeg eveneens dat Van In bij Delanghe kopieën van de dreigbrieven en foto's van de slachtoffers had gevonden.

'Volgens notaris Broos heeft uw vader een nogal turbulent liefdesleven achter de rug', zei ze met een samenzweerderig trekje om haar mond.

'Ja', zei Valentijn. 'Maar welke man blijft een vrouw trouw die twee minnaars heeft gehad?'

Hannelore begreep niet goed wat hij daarmee bedoelde en vroeg hem om meer uitleg.

'Marcus Heydens heeft Diana, Virginie en Joris bij mijn moeder verwekt toen ze met andere mannen getrouwd was', zei hij verontwaardigd.

Hannelore lachte zenuwachtig.

'Jij houdt er in ieder geval een vreemde moraal op na.'

'Welke moraal?'

'Je wettige echtgenoot kan toch nooit je minnaar zijn', zei ze iets te haastig.

'Is dat zo?'

Valentijn bekeek haar met een geamuseerde blik.

'Juridisch, bedoel ik.'

'Alleen maar juridisch?'

'Doe niet flauw, Valentijn. Je begrijpt heel goed wat ik bedoel.'

Hannelore trok haar gezicht in een ernstige plooi en probeerde rationeel na te denken. De nieuwe informatie maakte de hele zaak wat minder ingewikkeld dan ze op het eerste gezicht had vermoed, want vadermoord was per definitie kinderwerk. Gelukkig was Valentijn geen verdachte want hij was bij haar toen Heydens stierf.

'Waarom heb je me dat niet vroeger verteld?'

Valentijn stond op van zijn stoel en kwam naast haar zitten. Hij legde zijn arm om haar schouder. Meer hoefde ze niet te weten, dacht hij.

'Wat ze van mijn vader ook mogen beweren, hij is zijn hele leven op dezelfde vrouw verliefd gebleven. Dat zit in onze genen.'

Hij streelde haar schouder. Nog één hindernis en de belegering was ten einde. De muren van de vesting brokkelden af als een zandkasteel in de branding. Zijn hand gleed over haar borst.

'Nee, Valentijn.'

Hannelore greep hem bij de pols, maar hij bood weerstand. Zijn vingers haakten zich vast aan haar blouse.

‘Vergeet niet wie ik ben’, schreeuwde ze toen hij haar tegen de sofa drukte.

Valentijn staarde haar aan als een wilde kat. Iedere vezel in zijn lichaam was gespannen, klaar om eindelijk datgene te doen waarvan hij de voorbije zeventien jaar had gedroomd.

‘Eén keer’, gromde hij. ‘Eén keer en daarna laat ik je voor altijd met rust.’

‘Nee, Valentijn. Ik ben niet vrij. Dat heb ik je toch al gezegd.’

Hij lag bijna boven op haar. Zijn ademhaling ging steeds sneller. Wellust gutste uit zijn poriën.

‘Mij maak je niets meer wijs, schat. Ik weet dat je niet naar hier bent gekomen om over mijn vader te spreken. Onderzoeksrechters leggen geen huisbezoeken af. Je bent verliefd op mij, en ik op jou. Waarom zou je nog langer komedie spelen? Ik voel dat je er weer klaar voor bent.’

Hannelore had in haar carrière meer dan eens met verkrachte vrouwen gesproken en hen beroepshalve de vraag moeten stellen of ze zich verdedigd hadden tegen hun belager. De meeste slachtoffers verklaarden dat ze zo angstig waren dat ze niets hadden durven ondernemen en nu overkwam haar precies hetzelfde.

‘Van In wil weten waar je was toen Delanghe werd vermoord’, flapte ze er opeens uit.

Valentijns blik verstarde en de greep om haar pols verslapte. Het was nu of nooit. Ze rukte zich los en duwde hem van de sofa.

‘Als je me laat gaan, beloof ik je dat ik je niet zal laten vervolgen. Begrijp je dat, Valentijn?’

Hij sloeg zijn ogen neer en begon te snikken, maar deze keer liet Hannelore zich niet verwurwen. Ze fatsoeneerde haar kleren en beende de kamer uit. Toen ze op straat stond en de regen haar in het gezicht sloeg, begon ze over haar hele lijf te rillen, van woede en ook een beetje van onmacht omdat het vuur in haar binnenste bleef smeulen, ondanks alles wat er gebeurd was.

Van In schrok toen de deur van kamer 204 zachtjes openzwaaide en Hannelore plotseling in de deuropening verscheen.

'Wat doe jij hier zo laat?'

Het was de tweede keer vanavond dat ze die zin te horen kreeg.

'Ik wip gewoon even binnen', zei ze.

Versavel nam haar natte jas aan en hing die op aan de kapstok. Ze bedankte hem met een flitsende oogopslag.

'Ons werk zit er net op', zei Van In. 'Ik was net van plan om naar huis te gaan.'

'Dan loop ik zo ver met je mee.'

Na iedere zin viel een stilte die minstens vijf seconden duurde. Versavel had hier maar één woord voor: pijnlijk. Als Hannelore hier twee jaar geleden onverwacht was binnengevallen, hadden ze elkaar omhelsd en had Van In meteen voorgesteld om samen ergens iets te gaan drinken. Nu spraken ze met elkaar als twee onbekenden die tevergeefs naar woorden zoeken om de conversatie gaande te houden.

'Ik heb Valentijn een verhoor afgenomen', zei ze.

'En?'

'Marcus Heydens had vier kinderen.'

'Is dat zo?'

'Valentijn beweert dat...'

Haar stem stokte. Ze dacht aan de aantrekkingskracht van de afgrond en dat kleine stapje dat ze bijna had gezet. Gelukkig had de angst voor de diepte het gewonnen van de kick.

'Hij heeft me proberen te versieren.'

Hannelore klemde de kaken op elkaar en keek Van In

recht in de ogen. Ze schaamde zich niet, want tenslotte was er niets gebeurd. Ze was alleen woedend omdat ze zich als een dom wicht had laten inpakken door de man die haar zeventien geleden had verleid.

'Ik laat jullie even alleen', zei Versavel.

Hij pakte zijn jas en trok voorzichtig de deur achter zich dicht. Vrienden hoefden niet alles van elkaar te weten. Bovendien wist hij bij God niet wat hij had kunnen doen om de gespannen sfeer te doorbreken.

'Ik heb trek in vlees', zei Van In. 'Rood vlees met een korstje.'

Het gebeurt vaker dat mensen die van elkaar houden, dingen tegen elkaar zeggen die niets te maken hebben met het conflict waarin ze verstrikt zijn geraakt, maar het is wel vreemd dat die nietszeggende woorden soms meer effect sorteren dan een zorgvuldig geformuleerd excuus.

Van In stond op van zijn stoel en ging voor Hannelore staan.

'Zal ik Anneke bellen en vragen of ze een portie ossenhaas uit de koelkast haalt?'

'Dat zou ik heerlijk vinden.'

Ze liet zich gewillig zoenen en protesteerde niet toen Van In onder haar blouse graaide.

'We zouden meer vlees moeten eten', zei ze.

Het verschil tussen wat slachtafval aan vorkjes in hete olie laten garen en echte fondue is ongeveer even groot als het verschil tussen een zonne-eclips van zevenennegentig procent en het echte ding waarvoor bepaalde mensen naar de andere kant van de wereld trekken. Anneke had net zevenhonderd vijftig gram Angus rundvlees in blokjes gesneden en op een groot bord geschikt toen Van In en Hannelore hand in hand het restaurant binnenkwamen.

'Boven zit er niemand', zei ze met een speels glimlachje.

Van In gaf haar een zoen op haar wang.
'Saint-Julien', fluisterde hij in haar oor.
De steile trap naar boven leek erg veel op een ladder die naar een hooizolder leidt, een beeld dat Van In met andere dingen dan voedsel associeerde.
'Beauty and brains first', zei hij tegen Hannelore.
Alles was weer als vroeger. Tenminste zo leek het toch.
'Misschien kunnen we beter de rest van het onderzoek samen doen', zei Hannelore toen ze aan tafel zaten.
'Dat lijkt me geen slecht idee. Tenslotte zijn we één team.'
Het gesprek kabbelde voort tot Anneke de pan met hete olie, het vlees en de Saint-Julien naar boven had gezeuld. Pas toen de eerste stukjes vlees de olie deden zingen, formuleerde Hannelore de eerste hypothese.
'Volgens mij heeft een van de kinderen het gedaan.'
'Jij denkt aan vadermoord?'
Ze knikte en viste het eerste stukje vlees uit de pan. Dat legde ze even op haar bord.
'Dan is Broos het volgende slachtoffer. Drie vaders, drie moorden.'
'Een echte en twee voedstervaders.'
'Ik denk dat zijn afkomst hem dwarszit.'
'Heb je Valentijn daarover gepolst?'
'Nee.'
'Zullen we dat morgen doen?'
Hannelore sopte haar eerste stukje gekorst vlees in een toefje goudgele mayonaise, geen industrieel spul maar het sausje dat alleen nog door grootmoeders wordt gemaakt: eieren, olie, azijn, peper en zout.
'Dan is er nog Leona Vidts', zei Van In. 'En Karim, de Kosovaar.'
'Waarom Karim?'
'Hij beweert dat Diana Henri Broos chanteerde.'
Ze dompelden terzelfder tijd hun stukje vlees in de ziedende olie.

'Nu mogen we een wens doen', zei Hannelore.

Van In knikte. Een wens deed je alleen als je hetzelfde zei, niet als je gelijktijdig een stukje vlees in een pan dompelde. Daar nu een opmerking over maken, zou de romantische sfeer vergallen en daar had hij na de gebeurtenissen van de voorbije dagen geen zin in. Opnieuw verliefd te zijn op Hannelore was een schat die hij vanaf nu zou koesteren.

'Wat denk je van nog een zoon?'

Hannelore kon haar oren niet geloven. Haar hart begon sneller te kloppen.

'Ik ben bijna zesendertig, Pieter.'

Zelfs de Romeinen wisten al dat bordeauxwijn een heilzame invloed uitoefent op lichaam en ziel. Een Saint-Julien bijvoorbeeld van een goed jaar was net als een Pétrus en analoog daarmee alle andere wijnen die hun naam aan een heilige ontleenden, meer dan gegist druivensap. De chemie tussen zon, kiezel en wijnstok had in de loop van de geschiedenis tal van filosofen geïnspireerd en hen dingen laten schrijven die menige universitair gevormde droogstoppel van tegenwoordig in geen duizend jaar uit zijn pen zou krijgen.

'Dan zullen we ons moeten haasten', zei Van In. 'Wat denk je van vanavond?'

Hij liet het pakje sigaretten dat voor hem lag onaangeroerd. Liever een zoon die van de Saint-Julien had geproefd dan een stakker met rook in zijn longen.

'We kunnen vanavond in ieder geval oefenen', zei Hannelore. 'Maar als je echt een zoon wilt, moeten we het over tien dagen doen. Je weet wel.'

Als Hannelore 'je weet wel' zei, wist Van In wat er aan de hand was.

'Er zijn vele manieren om de liefde te bedrijven', zei hij.

Hoofdcommissaris De Kee sneed een stukje ganzenleverpastei af van de royale plak die de chef hem persoonlijk had geserveerd, prikte het op zijn vork en stopte het in zijn mond.

'Mm.'

Adjunct-commissaris Vanneste knikte en spoelde het vettige goedje door met een slok bourgogne.

'Ik wil dat jij overmorgen instaat voor de veiligheid van de koning', zei De Kee luid genoeg zodat de andere gasten hem konden verstaan. 'Het hof heeft me meegedeeld dat Zijne Majesteit samen met de notaris een wandeling door Brugge zal maken. Incognito uiteraard.'

Het getik van de bestekken verstomde even. De Kee wist wat dat betekende. Iedereen in het restaurant luisterde mee. Hij liet zijn stem zakken en haalde een plattegrond van Brugge tevoorschijn.

'Dit is het parcours dat ze zullen volgen', fluisterde hij.

Op de plattegrond liep een rode streep van de Sint-Jorisstraat naar het Begijnhof, via de Markt, de Burg, de Blinde-Ezelstraat, de Rozenhoedkaai, de Dyver en de Katelijnestraat, een route die alleen tussen drie en vijf uur 's ochtends toeristenvrij was.

'Daarna komen ze hier dineren', zei hij weer hardop.

Vanneste knikte, verorberde zo snel als hij kon de rest van de ganzenleverpastei en spoelde de smurrie door, net als bij de tandarts.

'Hoeveel manschappen zullen er die dag onder mijn bevel staan?'

'Zes', zei De Kee.

'In burger?'

'Dat spreekt voor zich. Het hof eist absolute discretie.'

Een hups meisje in een strak zwart rokje en een witte blouse ruimde de tafel af. Ze glimlachte naar de hoofdcommissaris. Dat moest van haar baas.

'De tarbot komt er zo aan, mijnheer de hoofdcommissaris', zei ze.

Vanneste nam nog een slokje wijn. Hij had een hekel aan vis. Tarbot of schelvis. Alle vissen smaakten naar ammoniak.

Virginie Broos wist niet goed wat ze moest doen. Ze was zenuwachtig en het litteken op haar bovenlip gloeide alsof iemand er met gloeiende naalden in prikte. Joris was tien minuten geleden met slaande deuren vertrokken omdat ze geweigerd had hem te helpen bij de voorbereiding van zijn plan. Wat moest ze doen? De politie bellen? In een van de laden van de keukenkast lag een pakje sigaretten dat ze ooit voor een vriend in huis had gehaald en dat zo goed als onaangeroerd was gebleven, net als zij. Haar vriend had er amper twee van gerookt en was daarna vertrokken. Ze ging voor de spiegel staan en bekeek de oorzaak van haar maagdelijkheid, het vervloekte litteken op haar lip waarop iedereen afknapte. Met bevende handen griste ze een sigaret uit het pakje. De eerste trek maakte haar duizelig. Ze begon te hoesten en rende naar de keuken, kotsend. Haar slokdarm schoot in brand toen na het braken alleen nog maagzuur naar boven werd gepompt. Ze kokhalsde en tastte naar de rol keukenpapier die naast haar op het aanrecht stond.

Groen slijm liet een glibberig spoor achter op de zijkant van de gootsteen. Ze veegde de smurrie van haar kin en haar bovenlip.

Ze was zo ziek dat ze de brandlucht niet rook die zich door het hele appartement verspreidde.

'Hoe lang is het geleden dat we nog uit eten zijn geweest?'

Hannelore liet haar hoofd tegen Van Ins schouder rusten. Na de fondue en de Saint-Julien hadden ze koffie en cognac gedronken en hoewel drank en romantiek niets met elkaar te maken hebben, het is de sfeer die telt, had het laatste drankje de passie hoog doen oplaaien. Hannelore dacht aan die zomerse avond toen ze voor de eerste keer bij Van In had aangebeld en tijdens een nogal ernstig gesprek zijn pijnlijke voet had gemasseerd. Nu liepen ze als een verliefd stel door de Stoofstraat, alsof de problemen waarmee ze de voorbije jaren hadden geworsteld, nooit hadden bestaan. Zij met haar hoofd op zijn schouder en hij met zijn hand in haar zij. Toen de maan van achter de wolken schoof, haalde ze hem aan. Ze bleven staan onder een lantaarn en zoenden elkaar als twee pubers die nog maar pas de magie van het uitwisselen van speeksel hadden ontdekt. Diep in zijn hart was Van In een gevoelige kerel, een oude romanticus die zich tevergeefs probeerde aan te passen aan de harde realiteit van de twintigste eeuw. Daarom was Hannelore op hem verliefd geworden en dat was ze nog steeds, nu nog meer dan vroeger.

'Wat dacht je van een nummertje aan het Minnewater?' zei Van In.

Hannelore verbrak de omhelzing en sloeg haar arm om zijn schouder.

'Stel dat ze ons betrappen', lachte ze. 'Een commissaris en een onderzoeksrechter.'

Van In liet zijn vingers door haar haar glijden. Daar hield ze van.

'Als de flikken ons op openbare zedenschennis betrappen, kun jij procureur Beekman vragen of hij de zaak wil seponeren.'

'Alleen als jij de journalisten die er een stuk over willen maken, ervan kunt overtuigen alleen onze initialen te publiceren', zei Hannelore.

Ze sloegen links af in de richting van het Walplein.

'Ik heb een beter idee.'

Van In wierp een blik op zijn horloge. In de verte klonken sirenes.

'We hebben toch nog niets gedaan', giechelde Hannelore.

'Het is de brandweer', zei Van In.

Een alerte buur kwam met een ladder aanzeulen en zette die tegen de gevel van het brandende huis, onder het raam waar een jonge vrouw aanstalten maakte om naar beneden te springen.

'Niet springen!' schreeuwde de man.

Hij beklom de ladder.

'Help me', rochelde Virginie.

Haar gezicht was asgrauw. Vlammen schroeiden haar rug. Haar jurk kon ieder ogenblik vuur vatten. Gelukkig bleef de buurman kalm. Hij hielp haar uit het raam en sloeg zijn arm om haar heen. Op dat moment reed de eerste brandweerwagen de Wijngaardstraat in. Op straat had zich een kleine menigte verzameld. Toen de buurman en Virginie weer op de begane grond stonden, applaudisseerden de toeschouwers, want dit was beter dan de rotzooi die ze op de televisie kregen voorgeschoteld.

Was het beroepsmisvorming of intuïtie? Van In noch Hannelore stond er bij stil, maar toen de sirene stilviel en ze vanaf het Walplein het blauwe flikkerlicht over de daken zagen scheren, versnelden ze de pas.

'We zijn net ramptoeristen', zei Hannelore toen ze het verlaten terras van restaurant Heer Halewijn passeerden.

'Ik was toch van plan die kant uit te gaan', zei Van In.

'Oh ja?'

Van In stopte zijn hand onder haar blouse en streelde haar rug.

'De bruidssuite in het Novotel', zei hij. 'Daar kan niemand ons betrappen.'

'Was dat je idee?'

'Ja', zei Van In. 'De bruidssuite en een blik kaviaar. Ik vind dat we het verdiend hebben.'

Ze sloegen weer links af. In de Wijngaardstraat rolden brandweerlui een lange zuigslang af in de richting van het Minnewater. De reden daarvoor was duidelijk. Een van de huizen stond in lichterlaaie en zoals dat vaker gebeurt, was de watertoevoer onvoldoende om de brand te blussen.

Hannelore drukte Van In tegen zich aan. Het vooruitzicht om met hem de nacht door te brengen in een luxueuze suite deed haar hart sneller kloppen.

'Commissaris. Wat doet u hier nog zo laat?'

Van In draaide zich bruusk om. Agent Bruynooghe stak zijn hand uit en begroette zijn overste met een brede grijns. Daarna maakte hij een kleine buiging voor Hannelore.

'Goedenavond, mevrouw de onderzoeksrechter.'

Hannelore deed alsof ze vereerd was.

'Vallen er slachtoffers te betreuren, agent?'

Bruynooghe schudde zijn hoofd.

'Een alerte buur heeft de bewoonster kunnen ontzetten', zei hij. 'Naar verluidt woont het meisje alleen in het pand', voegde hij er volledigheidshalve aan toe.

Van In knikte.

'Tot morgen', zei hij.

'Tot morgen, commissaris.'

Bruynooghe keek hen na. Een tikkeltje jaloers, dat moest hij ruiterlijk toegeven.

Hoewel de koning zich een breedbeeldtelevisie kon permitteren, keek hij nog altijd naar het ouderwetse ding dat hij van zijn broer had geërfd, een lompe bak die alleen nog door stropers wordt gebruikt om er konijnen mee te lokken.

'Qu'est-ce qu'on fait demain?' zei hij tegen zijn vrouw.

De koningin sloeg een boek dicht dat een bekende Vlaamse schrijver haar ooit cadeau had gedaan en dat ze op advies van haar leraar moest lezen.

'Welke daq is het morqen?'

Ze boog naar voren, in huiselijke kring hoefde ze zich

geen zorgen te maken over haar decolleté, en griste het programma, waarop al hun activiteiten voor de komende dagen in een zwierig koninklijk lettertype stonden afgedrukt, van de salontafel.

'Demain', las ze. 'Skouwing van de troep, de blauwmuts van Kosovo.'

'Et toi?'

De koningin zette haar bril op.

'Weeskinder in Liège', zei ze. 'Daarna lunch met de... social helpèrs.'

De koning stak zijn hand tussen de broeksband van zijn pyjama en produceerde een blik die Al Bundy jaloers had gemaakt.

'C'est tout?'

De koningin deed haar best.

'Le soir,' zei ze, 'moet jij een bijeenkomst bijwoon van de sku... van de archers Saint-Donat.'

'A Bruxelles?'

'Neen. In Sinte-Katalijne-Wavre.'

'Toujours des saints', zei de koning met een verveeld gezicht.

Hij haalde zijn hand onder zijn pyjamabroek vandaan en liep naar de barkast, een gedrocht waaraan vijf Chinezen meer dan een jaar hadden gewerkt.

'Après-demain, tu vas à Bruges', zei de koningin plotseling enthousiast. 'De qanse daq.'

11

In Amerika noemden ze het road-call, bij de Brugse politie heette de dagelijkse briefing 'de Metten' naar analogie van een gebeurtenis uit langvervlogen tijden. Uit de vele berichten die de officier met wachtdienst in zijn rapport had neergeschreven, pikte Van In er een uit: een uitslaande brand in de Wijngaardstraat.

'Daar ben ik gisteravond gepasseerd', zei hij tegen Versavel.

De brigadier las de passage die Van In hem aanwees. Virginie Broos is met lichte verwondingen overgebracht naar het algemeen ziekenhuis Sint-Jan. Haar toestand is stabiel.

De rest van het pv was goedkoop proza uit de pen van agent Bruynooghe.

'Dit kan geen toeval zijn.'

'Toeval of niet, ik wil weten wat er gebeurd is', zei Van In vastbesloten.

Het familiedrama nam steeds groteskere vormen aan. Het leek wel of Shakespeare uit de dood was opgestaan en om den brode een moderne intrige had verzonnen, iets als *Macbeth* maar dan met minder woorden.

Virginie lag vredig te slapen toen Van In en Versavel de ziekenhuiskamer binnenkwamen. Broos zat te soezen in een stoel bij het raam. Een schuchtere zonnestraal gaf het tafereel iets Vermeerachtigs.

‘Goedemorgen, notaris’, zei Van In.

Broos schrok wakker. Hij zag er afgepeigerd uit. Zijn huid was asgrauw en zijn ogen hadden een gelige kleur. Zijn schoenen stonden onder het ziekenhuisbed, wat er volgens Van In op wees dat hij de hele nacht bij Virginie had gewaakt. Vrijmetselaars waren dus toch mensen.

‘Wat komt u hier doen?’ vroeg Broos op een redelijk vijandige toon.

‘Ik kom uw stiefdochter bezoeken.’

Van In ging aan de andere kant van het bed zitten. De rechterarm van Virginie zat in een sneeuwwit verband. Voor de rest leek ze ongedeerd. Ze zag er in ieder geval stukken beter uit dan haar pleegvader.

‘Wat bedoelt u met stiefdochter?’ vroeg Broos verontwaardigd.

Van In wisselde een blik van verstandhouding met Versavel. Wist Broos dan niet dat Virginie zijn dochter niet was?

‘Valentijn heeft de onderzoeksrechter verteld dat Virginie...’

‘Je n’ai rien à faire avec Valentin’, reageerde Broos nijdig.

Van In besefte dat dit geen gemakkelijk gesprek zou worden en gooide het over een andere boeg. Hij lichtte Broos in over de foto’s die ze bij Delanghe hadden aangetroffen en wees hem op de mogelijkheid dat de moordenaar van Heydens het misschien ook op zijn kinderen had gemunt.

‘Een expert van de brandweer onderzoekt momenteel of er sprake is van kwaad opzet’, zei hij. ‘Als blijkt dat de brand aangestoken is, loopt iedereen die u lief is gevaar, mijnheer Broos.’

De notaris schudde het hoofd op een spastische manier. Zijn handen beefden. Hij dacht aan Leona en aan de kinderen die ze had gebaard. Ondanks alle zorgen was er niets van hen terechtgekomen. Valentijn was een opportunist, Diana had dringend psychiatrische hulp nodig, Joris was blind en het gezicht van Virginie werd ontsierd door een afschuwelijk litteken. Ondanks de antipathie die hij voor de 'commissaire' koesterde, moest hij toegeven dat Van In gelijk had. Het leven van de mensen die hij liefhad, stond op het spel.

'Als ik u kan helpen, zal ik dat doen', zei hij.

Van In knikte en gaf Versavel een discreet teken. De brigadier verzon een excuus en verliet de kamer. De notaris hield niet van pottenkijkers, dat had hij de vorige keer ook al ondervonden.

'Ik zal u een paar pijnlijke vragen moeten stellen', zei Van In toen Versavel weg was.

Broos glimlachte. Hij had de 'commissaire' verkeerd ingeschat.

'Ik schenk u mijn volle vertrouwen', zei hij. 'Ik heb me in u vergist. Excusez-moi.'

Eerlijkheid schept een band en brengt mensen dichter bij elkaar. Van In mocht dan wel af en toe als een onbehouwen kerel overkomen, echte gevoelens van sympathie herkende hij meteen.

'Wist u dat Diana uw appartement in Knokke gebruikte om er illegale vluchtelingen in onder te brengen?'

'Diana heeft een goed karakter,' antwoordde Broos ontwijkend, 'net als haar moeder. De miserie is begonnen toen ze vernam wie haar echte vader was.'

'Hebt u haar dat verteld?'

'Nee, dat heeft Delanghe gedaan.'

'Ze had dus nog contact met hem?'

'Ja.'

'Maar u wist niet dat ze illegalen onderdak verschafte?'

'Nee,' zei Broos, 'dat wist ik niet.'

'Haar kompaan heeft verklaard dat ze het deed omdat ze in financiële moeilijkheden zat.'

Broos had Delanghe vijf miljoen betaald om zich van Leona te laten scheiden en een fortuin gespendeerd aan de opvoeding van Diana. Van In vond het vreemd dat Broos niet was bijgesprongen toen zijn pleegdochter in geldnood zat.

De notaris glimlachte. Hij begreep waar de commissaire naartoe wilde.

'Twee jaar geleden heb ik de geldkraan dichtgedraaid', zei hij.

'Mag ik vragen waarom u dat hebt gedaan?'

'Om haar te beschermen, commissaire.'

Broos vertelde Van In het hele verhaal. Diana was op haar zeventiende verliefd geworden op een drugsdealer. Op haar achttiende was ze van huis weggelopen om met hem te gaan samenwonen. Daarna was ze in de prostitutie beland.

'Toen een klant haar zwanger maakte, werd ze door haar vriend gedwongen abortus te plegen.'

Het kostte Broos zichtbaar moeite om de woorden 'prostitutie' en 'abortus' in de mond te nemen.

'Diana was gek op kinderen', zei hij met een prop in zijn keel. 'Ze heeft de abortus nooit kunnen verwerken.'

Van In knikte. Het was een klassiek verhaal. De rest kon hij zelf invullen.

'Na de abortus is Diana bij u komen aankloppen', zei hij. 'En u hebt er alles aan gedaan om haar een nieuw leven te geven.'

Broos knikte.

'Ik dacht dat ik het probleem met geld kon oplossen, maar ondanks alles wat haar vriend haar had aangedaan, kon Diana hem niet missen. Alles wat ik haar gaf, kwam bij hem terecht.'

'Kent u de naam van haar vriend, mijnheer Broos?'

De notaris snufte en haalde een zakdoek uit zijn broekzak. Zijn gezicht was niet meer asgrauw, maar lijkbleek.

Hij draaide zijn hoofd een kwartslag en keek naar Virginie. Het meisje leek rustig te slapen.

'Valentin', fluisterde Broos. 'Le salaud.'

Van In stond perplex.

'Wist hij dan niet dat Diana zijn zuster was?'

'Valentin est un obsédé, commissaire, comme son père. Il est capable de faire n'importe quoi pour conquérir la femme qu'il désire.'

De woorden van de notaris reten bij Van In een amper geheelde wonde weer open. Hij dacht aan Hannelore en aan de avond dat hij met 'le salaud' Duvels had gedronken.

'Wist Valentijn dan niet dat Diana zijn zuster was?'

Broos zweeg. Als hij die vraag beantwoordde, zou de waarheid aan het licht komen en zou hij niet in vrede kunnen sterven.

'Dat zult u hem moeten vragen, commissaire.'

Broos glimlachte schaapachtig. Een zweetdruppel rolde langs de zijkant van zijn neus naar beneden. Hij sloeg zijn handen in elkaar opdat de commissaris niet zou merken dat hij beefde. Hij en Marcus Heydens hadden destijds een dure eed gezworen. Ze hadden beloofd voor het kind te zorgen, maar na alles wat Valentijn Diana had aangedaan, was Broos die belofte niet nagekomen.

'Ik vraag het u, notaris.'

Van In ging aan het hoofdeinde van het bed staan. Was het zijn schaduw die over de witte sprei viel die Virginie verontrustte of zijn stem? Het meisje begon plotseling te woelen. Ze schopte de sprei van zich af en kronkelde op het matras alsof ze door een onzichtbare vijand werd belaagd.

'Papa, au secours!' schreeuwde ze.

Ze zwaaide met haar armen. Broos sprong van zijn stoel en sloeg zijn armen om haar heen en probeerde haar te troosten. Hij drukte zich tegen haar aan en snikte. Toen verliet Van In discreet de kamer.

Eén ding was zeker, de logica had gefaald. Van alle verhalen die hij de voorbije dagen had aangehoord, was er niet een dat klopte.

'Ik denk dat we vanaf nul moeten herbeginnen', zei Van In.

In de cafetaria van het ziekenhuis was het druk zoals gewoonlijk. Patiënten rookten en dronken alsof ze niets mankeerden en hun verblijf in het ziekenhuis een welkome aanvulling was op hun jaarlijkse vakantie. Versavel zette een dienblad op tafel en serveerde Van In een kop koffie.

'Bij Marcus Heydens en Henri Broos?'

Van In knikte.

'Als geld het motief niet is, moeten we dieper graven, Guido.'

'Zal ik de wagen voorrijden?'

'Ja', zei Van In. 'Het wordt tijd dat we iets anders proberen.'

Valentijn Heydens liep doodgemoedereerd door de Kapellestraat in Oostende. Hij droeg een plastic tas waarin een fles zoutzuur en een rubber peertje zaten. Het peertje had hij in een winkel voor carnavalsbenodigdheden gekocht, evenals de rozet en het slangetje dat daarbij hoorde.

In kamer 204 zat Versavel te zwoegen achter zijn computer terwijl Van In een bevriende journalist belde.

'Hallo, Hervé. Je spreekt met Van In. Hoe gaat het nog met jou?'

'Prima.'

Hervé Dekeyn had meer dan veertig jaar voor een regionale krant gewerkt. Zijn ex-collega's beschouwden hem als het collectief geheugen van West-Vlaanderen en er ging geen week voorbij of ze belden hem in verband met een of ander item dat ze niet in hun computerbestanden terug konden vinden. Hervé vond dat een prettige bijkomstigheid.

'Excuseer me dat ik je stoor, Hervé.'

De oude journalist lachte.

'Ik zou het besterven als niemand me nog zou storen, commissaris.'

Na het uitwisselen van de gebruikelijke beleefdheden kwam Van In ter zake.

'Wat zegt je de naam Marcus Heydens?'

'De raadsheer?'

'Ja.'

Hervé Dekeyn reageerde sneller dan een doorsneecomputer.

'Wat wil je van hem weten?'

'Alles', zei Van In.

Hij nam pen en papier en begon te noteren. Na vijf minuten had hij een half vel volgekrabbeld.

Toen Versavel Van In voortdurend zag knikken, liet hij zijn computer in de steek en keek over Van Ins schouder mee. Hij probeerde het gekriebel van zijn vriend te ontcijferen, maar het enige wat hij eruit kon opmaken, was een datum en een naam: Claudine Versnick, augustus 1957.

Van In zette de luidspreker aan zodat Versavel kon meeluisteren.

'De moord op Claudine Versnick heeft toen veel stof doen opwaaien', zei Dekeyn. 'Meer kan ik over de telefoon niet kwijt.'

Als piepjonge journalist had hij zich destijds vastgebeten in in de zaak-Versnick en dat had hem bijna zijn baan gekost.

'Onder vier ogen dan?'

De stilte aan de andere kant van de lijn illustreerde de aarzeling van de oude verslaggever.

‘Heeft de oude vos zijn tong verloren?’ probeerde Van In hem een beetje op te jutten.

‘Nee, maar...’

‘Je woont toch nog altijd in de Polderstraat?’

‘Natuurlijk. Waarom vraag je dat?’

‘Omdat ik stante pede naar je toe kom, Hervé’, zei Van In. ‘Tot over tien minuten. Daag.’

Hervé Dekeyn had in de jaren zestig voor relatief weinig geld een groot perceel bouwgrond gekocht aan de Polderstraat en er een villa laten optrekken met geld dat hij van een suikeroom had geërfd. Het was een afschuwelijk bouwsel dat er in de loop der jaren niet mooier op was geworden. Het enige dat zijn vrienden hem benijdden was de grote tuin en de veranda die hij had laten aanbouwen, en waar het heerlijk toeven was. Van In had de journalist in L’Estaminet leren kennen, waar ze allebei af en toe een Duvel kwamen drinken en hij hem bij gelegenheid een primeur bezorgde.

Hervé zag de politiewagen de oprit inrijden. Hij legde zijn pijp in de asbak en liep naar de voordeur. Een jaar of vijf geleden was Van In uitgebreid in het nieuws gekomen toen hij de ontvoerde kleinzoon van een rijke industrieel ongedeerd had teruggevonden. Sindsdien had zijn carrière een steile vlucht genomen, maar daar zou wel eens verandering in kunnen komen als hij zich met de moord op Claudine Versnick zou gaan bemoeien. Daarom had hij aan de telefoon de boot proberen af te houden.

‘Je bent geen haar veranderd’, zei Van In toen ze elkaar de hand drukten.

‘En jij bent nog altijd even brutaal’, lachte Dekeyn.

Hij was op zijn zesentwintigste kaal geworden en kon de grapjes niet meer tellen die zijn vrienden daarover hadden gemaakt.

‘Kom binnen. In de koelkast liggen een paar Duveltjes

waarmee jij een hartig woordje mag spreken. Ze zijn anderhalf jaar oud en prachtig van kleur.'

Versavel keek op zijn klok. Als die twee Duvels begonnen te hijsen, waren ze hier de eerste uren niet weg. Hij volgde beide vrienden, een ondergeschikte rol die hem een beetje pijn deed. Van In had zelfs de moeite niet genomen hem aan de journalist voor te stellen.

'Ga zitten', zei Dekeyn toen ze via de gang en de keuken in de veranda kwamen. Het was er heel knus, dat moest zelfs Versavel toegeven.

'Drinkt u ook een Duveltje mee?' vroeg Dekeyn.

'Ik denk dat de brigadier de voorkeur geeft aan...'

'Een Duvel is oké', onderbrak Versavel.

Dekeyn knikte en liep naar de keuken.

'Scheelt er iets, Guido?'

'Moet er iets schelen?'

Van In nestelde zich in een ouderwetse fauteuil, een muf ding waarvan de springveren piepten telkens als hij ging verzitten. Wat bezielde Versavel toch? Wat kon hij nog meer doen? Op zijn knieën gaan zitten?

'Ik hoop dat je niet van plan bent de zaak-Versnick te heropenen?'

Dekeyn droeg een dienblad met daarop drie kraakheldere glazen en drie bestofte flesjes.

'Dat hangt ervan af', zei Van In.

Het klokken van het bier in de robuuste glazen paste wonderwel bij het zachte licht dat ieder voorwerp in de veranda een aparte dimensie verleende. Dekeyn wist dat het geen zin had er nog langer omheen te draaien. Van In zou niet ophouden vragen te stellen.

'Boze tongen beweren dat Claudine Versnick een relatie had met een hooggeplaatst persoon.'

'Is ze daarom vermoord?'

Van In nam zijn glas, stopte zijn neus erin en genoot van de geur van mout en hop.

'Dat weet ik niet', zei Dekeyn.

Hij liep naar een ouderwetse vitrinekast. Daarin bewaarde hij het collectief geheugen van West-Vlaanderen in de vorm van stapels bestofte mappen die uitpuilden van de krantenknipsels. Een ervan lag klaar. Claudine Versnick stond erop. Dekeyn had de map uit zijn archief gehaald toen Van In een kwartier geleden had opgehangen.

'Lees maar', zei Dekeyn.

Hij overhandigde Van In de map.

'Claudine Versnick is drieënveertig jaar geleden vermoord aangetroffen op het strand van Lombardsijde.'

Van In sloeg de map open. Hoewel de meeste mensen hun eigen moeder niet op een krantenfoto uit die tijd zouden herkennen, was de foto die boven aan het vergeelde knipsel stond afgedrukt helder en behoorlijk scherp. De journalist die het begeleidende stuk had gemaakt, had in ieder geval niet overdreven toen hij schreef: nog steeds geen opheldering van de moord op de beeldschone Claudine Versnick. Beeldschoon was ze ongetwijfeld.

'Herinner jij je daar iets van, Guido?'

Versavel stond met tegenzin op en boog zich over het knipsel.

'In 1957 zat ik nog op school', zei hij nurks.

Versavel dacht met enige weemoed terug aan de tijd toen hij nog droomde van een academische opleiding. Dat hij nooit had kunnen studeren, was te wijten aan zijn vader. Die had na de scheiding nooit onderhoudsgeld betaald, waardoor zijn moeder gedwongen was uit werken te gaan, als stikster in een textielbedrijf waar ze amper voldoende verdiende om zichzelf en haar kinderen in leven te houden.

'De zaak is nochtans uitvoerig in de pers besproken', zei Dekeyn.

Versavel schudde het hoofd, ging weer zitten en nam een forse slok van zijn Duvel. Voor kranten was er thuis geen geld geweest.

'Heb jij iets ontdekt?' vroeg Van In.

Dekeyn nam zijn pijp en stopte er wat tabak in. Van zijn hoofdredacteur had hij destijds carte blanche gekregen. Hij was meer dan drie weken op pad geweest en had iedereen geïnterviewd die maar enigszins bij de zaak betrokken was.

'Men zegt dat Claudine Versnick relaties onderhield met het hof.'

'Was justitie daarvan op de hoogte?'

Dekeyn stampte de tabak in zijn pijp aan met een vreemdsoortig metalen instrumentje en streek daarna een lucifer aan.

'Natuurlijk.'

Hij zoog vuur in zijn pijp en blies een lichtblauwe wolk de kamer in.

'Ze hebben de zaak in de doofpot gestopt.'

'O tempora, o mores', zuchtte Versavel.

'Wat zegt hij?'

Dekeyn had geen klassieke opleiding genoten. Hij had met vrucht drie jaar middelbare school afgemaakt en was daarna als manusje-van-alles bij de plaatselijke krant terechtgekomen, waar hij het vak had geleerd.

'Iets over het verband tussen de tijdgeest en de zeden', zei Van In.

'Ach zo', zei Dekeyn.

Hij vroeg zich af waarom een man die Latijnse citaten debiteerde, het niet verder dan brigadier had geschopt.

Van In klapte de map dicht.

'Vertel me wat er niet in de knipsels staat, Hervé. Dat lijkt me veel interessanter.'

Hoewel Dekeyn destijds gezworen had nooit meer op de zaak-Versnick terug te komen, was hij niet ongevoelig voor het complimentje dat Van In hem maakte. De commissaris was een sluwe vos, een journalist de indruk geven dat hij meer weet dan wat er in de krant staat, is een onweerstaanbaar lokaas.

'Op voorwaarde dat alles tussen ons blijft', zei hij om Van In te testen.

Er verstreken een paar seconden. Van In bestudeerde de bierspiegel en de schuimconstellatie in zijn glas alsof hij daarin een antwoord zou vinden.

'Je weet dat ik je dat niet kan beloven, Hervé.'

'Sorry, Pieter. In dat geval...'

'Laat me uitspreken, Hervé. Ik kan je niet beloven dat wat je gaat vertellen tussen ons blijft, wat ik je wel kan beloven is dat ik die informatie alleen zal gebruiken als ik de feiten kan bewijzen.'

Van In nam aan dat Dekeyn zich op geruchten baseerde. Als de journalist over bewijzen beschikte, had hij zijn verhaal jaren geleden gepubliceerd.

Dekeyn nam een diepe trek van zijn pijp. De manier waarop Van In het probleem had omzeild, beviel hem.

'Het is een lang verhaal', zei hij. 'Ik stel voor dat we eerst nog een Duveltje kraken.'

'Vertrouw je die kerel?' vroeg Versavel toen Dekeyn in de keuken was.

'Evenveel als ik jou vertrouw.'

'Is dat goed of slecht?'

'Ik zou het niet weten, Guido.'

Versavel kruiste zijn armen en leunde achterover in zijn stoel. De Kee had gelijk, iedere wapenrusting is zo sterk als de eerste barst die ze vertoont.

Joris bekeek zichzelf in de spiegel, tenminste hij deed alsof. Hoewel blind zijn op zich geen onoverkomelijke handicap was, de mensen waren behulpzaam en de techniek stond niet stil, had hij een wens, een die nooit in vervulling zou gaan. Joris droomde ervan zichzelf een keer te zien, al was het maar een paar minuten. Het was de enige manier om erachter te komen hoe hij er echt uitzag. De meisjes aan wie hij vroeg hem te beschrijven, beweerden steevast dat hij een mooie jongen was, maar daar trapte Joris niet meer in. Woorden als: adonis, lekker stuk, goedgebouwd en mooie jongen, waren hol en nietszeggend als de betekenis ervan niet werd ingevuld. Dat was tot nu toe nooit gebeurd. Een zedige knuffel hier en daar en wat geënsceneerde toevallige aanrakingen van zijn kant, maar voor de rest haakte iedere vriendin vriendelijk af als hij iets meer wilde. Dat kon toch niet? Hij was toch mooi en goedgebouwd? Wat wilden die meiden eigenlijk?

Gelukkig had Valentijn hem alles uitgelegd. Er aantrekkelijk uitzien was niet voldoende. In een competitieve maatschappij was mooi zijn alleen allang niet meer voldoende om te scoren. Meiden vielen alleen voor mooie mensen die ook nog eens beroemd waren, had hij gezegd.

Wat moet ik daarvoor doen? had Joris gevraagd. Op de televisie komen, jongen, had Valentijn gezegd.

Hoe kwam een blinde op de televisie zonder medelijden op te wekken? Als je de mensen aan het lachen kunt maken, had Valentijn gezegd. Hoe moet ik dat doen? had hij gevraagd. Dat zal ik je vertellen, Joris.

Een uur geleden was Valentijn hem komen opzoeken en had hem de laatste instructies gegeven.

'Overmorgen zul je een bekende Vlaming zijn, Joris. De meiden zullen je deur platlopen. Als ik jou was, zou ik nu al condooms gaan kopen.'

'Moet dat als je bekend bent?' vroeg Joris.

'Dat hangt ervan af hoe bekend je bent.'

'Zorg er dan voor dat ik heel bekend word.'

'Reken maar', zei Valentijn. 'Over een paar dagen staat je foto in iedere krant.'

'Echt waar?'

'Echt waar.'

Een semi-antieke klok op de schoorsteenmantel sloeg elf uur.

Dekeyn serveerde de verse Duvels en ging in een fauteuil zitten. Hij sloeg zijn benen over elkaar en bevochtigde zijn lippen met zijn tong. Zelfs de meest gehaaide journalist, en dat was hij geweest, stelde zich vragen over de manier waarop hij de werkelijkheid had ervaren. Dekeyn vroeg zich af of het wel nuttig was om op zijn leeftijd opnieuw ten strijde te trekken tegen het establishment. Van In peilde de aarzeling.

'We zijn een en al oor, Hervé', zei hij monter.

De journalist nam een trekje van zijn pijp, maar kreeg in plaats van rook een gulpje bitter sap binnen. Was dit een voorteken? Hij graaide een lucifer uit het doosje dat naast hem op een bijzettafeltje lag, streek hem aan en zoog het vuur voorzichtig in de halfverbrande tabak.

'Claudine Versnick was een bijzonder mooie vrouw en dat is haar noodlottig geworden', zei hij.

Versavel protesteerde met een kuchje.

'Vragen mooie vrouwen om vermoord te worden?'

Het werd hem te machtig. Mannen betuigden in het openbaar hun respect voor de andere sekse, maar zodra ze onder elkaar waren, degradeerden ze de vrouw tot een verzameling van borsten en konten.

'Zo bedoelt Hervé het ook weer niet', reageerde Van In een beetje verveeld.

'Nee, hoe bedoelt hij het dan wel?'

'Als het zo zit, kan ik er beter mee ophouden', zei Dekeyn wrevelig.

Nog voor Van In iets kon zeggen, stond Versavel op en liep naar de deur.

'Dat hoeft niet, mijnheer Dekeyn', zei hij. 'De commissaris is gek op dat soort verhalen.'

Daarna wendde hij zich tot Van In.

'Ik wacht wel op jou in de auto.'

'Je assistent lijkt me een beetje overspannen', zei Dekeyn toen Versavel weg was.

'Schijn bedriegt, Hervé.'

Van In had geen zin om er verder over uit te weiden. Als Versavel aan een depressie leed, want daar begon het stilaan op te lijken, was het een kwestie van tijd voor hij daar weer bovenop geraakte.

'Claudine Versnick onderhield dus relaties met het hof.'

'Dat zei men destijds.'

'Maar is het ook waar?'

'Waarschijnlijk wel, maar Claudine was niet de enige die bij het hof in de smaak viel.'

'Wie nog dan?'

Dekeyn nam bedachtzaam een slok van zijn Duvel. De aders op de rug van zijn hand kleurden purper toen hij het glas optilde.

'Claudine Versnick verkeerde meestal in het gezelschap van haar beste vriendin, Leona...'

'Vidts?'

Dekeyn knikte.

'Leona had een relatie met Marcus Heydens en Marcus Heydens was bevriend met iemand van de koninklijke familie, een jonge prins met wie hij op kostschool zat. Beide heren trokken zich niet veel aan van de strenge huisregels en maakten vaak samen een uitstapje naar de kust.'

'Marcus, Claudine, Leona en de prins.'

'En Henri Broos.'

'Die ook?'

'Heydens en Broos waren boezemvrienden.'

'Dat verklaart veel', zei Van In.

Dekeyn knikte.

'Na de moord op Claudine Versnick, een moord die trouwens nooit is opgehelderd, heeft de prins zich een tijdje gedeisd gehouden, maar sommigen beweren dat hij Leona in het geheim is blijven ontmoeten.'

'Ontmoeten?'

'Toen Leona zes jaar later zwanger raakte, heeft ze overal rondgebazuind dat de prins de vader van het kind was en ze al die tijd een verhouding met elkaar hadden.'

'Kun je dat bewijzen?'

'Nee, Pieter. Dat kan ik niet bewijzen. Toen ik Broos daarover aan de tand voelde, beweerde hij dat het kind van Marcus Heydens was en dat Leona zich alleen maar interessant probeerde te maken omdat ze een of twee keer met de prins op stap was geweest.'

Van In probeerde razendsnel alle nieuwe elementen tegen elkaar af te wegen. Als Hervé gelijk had, was Valentijn van koninklijken bloede en dat verklaarde waarom Marcus Heydens het vaderschap pas vier jaar geleden had opgeëist. Van In duwde zijn sigaret uit in de asbak. Hij was benieuwd naar de reactie van Hannelore als hij haar vanavond het nieuws zou vertellen.

'Nog een Duvel, Pieter?'

'Nee', zei Van In. 'Het wordt tijd dat ik mijn assistent ga troosten.'

12

Toen Van In door de tuin van Dekeyn naar de Golf liep, die aan het begin van de oprijlaan geparkeerd stond, brak de zon door de wolken. Het herfstlicht scheerde over de toppen van bomen en heesters en speelde een grillig spel met de schaduwen op de grond. Het donker verbleekte en gaf zich gewillig over aan het licht.

'Ik heb je toch niet te lang laten wachten, Guido?'

Van In probeerde zijn stem opgewekt te laten klinken. Hoewel de onthullingen van Dekeyn het onderzoek een onverwachte wending hadden gegeven en hij brandde om Versavel zijn bevindingen mee te delen, leek het hem beter daar niet meteen mee te beginnen. Vriendschap was hem immers meer waard dan een goedkoop succesje. Versavel keek hem aan met het air van een Romeinse senator die net van de keizer heeft vernomen dat hij in ongenade is gevallen.

'Een ter dood veroordeelde beklaagt zich niet als zijn straf in levenslang wordt omgezet.'

'Doe niet flauw, Guido.'

De brigadier keek star voor zich uit en wachtte tot Van In zijn veiligheidsgordel had vastgemaakt.

'Naar de Hauwerstraat?'

'Nee, Guido.'

'Oké.'

Versavel startte de Golf en reed met knarsende banden over het grind.

'Wil je niet weten waar we naartoe gaan?' vroeg Van In toen ze de Polderstraat indraaiden.

'Nee.'

'Guido!'

Versavel zat kaarsrecht in zijn stoel en bestuurde de Golf met afgemeten gebaren.

'Wat scheelt er jou eigenlijk? Ik heb je toch mijn excuses aangeboden. Wat wil je nog meer?'

'Gerechtigheid.'

Van In kon tegen een stootje, maar aan onredelijkheid had hij een hekel. Zijn reactie was bijgevolg navenant.

'Ik verkoop geen illusies, Guido.'

'Laten we er dan maar over zwijgen.'

Versavel voelde zich gekwetst zonder dat hij daar een verklaring voor had en dat maakte hem kribbig. Was dit de midlifecrisis of werd hij gewoon oud en knorrig?

Toen ze voor de verkeerslichten aan de Kruispoort stonden, gaf Van In zich gewonnen.

'Ik wil Leona Vidts nog eens aan de tand voelen', zei hij met een zucht. 'Volgens Dekeyn heeft een vriendin van haar in de jaren vijftig iets met een prins gehad.'

'Prince fourré of prince-de-galles?'

'Prins A', zei Van In.

'De zanger?'

Versavel monkelde, maar dat merkte Van In niet.

Valentijn Heydens parkeerde zijn auto, een aftandse BMW, voor de poort van een vervallen schuur. Hij stapte uit, haalde een sleutel uit zijn broekzak en maakte het hangslot open dat in een verroeste ketting zat verstrengeld. Geratel van metaal deed een paar kauwen opvliegen en verstoorde bruusk de stilte die als een vochtig vlies over de polders hing. Valentijn gooide de ketting in het gras. De poort zwaaide vanzelf open. Hij liep naar de BMW, stapte in en reed naar binnen.

Anders dan de buitenkant deed vermoeden, zag de schuur er aan de binnenkant behoorlijk goed onderhouden uit. Bovendien was het gebouw voorzien van elektra en een betonnen vloer. Valentijn stak het licht aan en deed de poort dicht. De schuur was zijn geheime plek waar hij ongestoord kon werken aan zijn uitvindingen. Tegen de muur recht tegenover de poort stond een werkbank met daarboven een paneel waaraan allerlei gereedschap hing. Aan de linkerkant namen een computergestuurde draaibank, een flessenwagen inclusief lastransformator, een zaagbank en een kolomboormachine een niet onaanzienlijk deel van de ruimte in beslag. In het atelier was alles voorhanden om een doorsneehobbyist klamme handen te bezorgen.

Valentijn klapte het kofferdeksel open. Er lag een levensgrote foto van de koning in. Die had hij op een stuk hardboard gekleefd en daarna in drie stukken gezaagd. De achterkant van de panelen was verstevigd met houten balkjes zodat de figuur voldoende stevig was en met behulp van een paar schroeven en een schuine bezemstok overeind kon blijven staan. Toen haalde Valentijn een rozet in de Belgische driekleur tevoorschijn, waarin een minuscuul sproeikopje zat verwerkt dat via een slangetje verbonden was met een plastic peertje. Overmorgen zou zijn vader boeten voor alles wat hij zijn moeder had aangedaan want welke straf verdiende een koning beter dan blind te worden?

De platanen aan de Potterierei hadden hun laatste bladeren afgeschud. Versavel parkeerde de Golf aan de voet van de Snaggaardsbrug. Toen Van In aanstalten maakte om uit te stappen, bleef hij doodgemoedereerd zitten.

'Wil je me nu eindelijk vertellen wat er aan de hand is?' vroeg Van In gepikeerd.

Hij liet zich weer in zijn stoel ploffen en keek zijn vriend meewarig aan.

‘Ik heb je mijn excuses aangeboden, Guido. Meer kan ik niet voor je doen.’

De brigadier, binnenkort inspecteur, kon zich niet langer beheersen. Zijn onderlip begon te trillen. Plotseling barstte hij in een hortende lach uit. Zijn borst ging op en neer en tranen rolden over zijn wangen. Hij schaamde zich omdat hij de voorbije dagen twee keer had overwogen Van In te verraden en vroeg zich af wat er zou gebeuren als de haan driemaal kraaide. Waren het de kanaries van Gino Vandenheuvel die hem uit zijn lood hadden geslagen of was hij opgebrand zoals zoveel van zijn collega’s?

Van In krabde de achterkant van zijn linkeroor en stak een sigaret op. Versavel in die toestand te zien, gaf hem een hulpeloos gevoel.

‘Wil ik je naar huis brengen?’

Versavel hield abrupt op met lachen. Zijn handen gleden van het stuur.

‘Je bent toch niet ziek?’ vroeg Van In.

Versavel had zich de voorbije jaren talloze keren over hem ontfermd toen hij het moeilijk had en hoewel de rol van barmhartige Samaritaan Van In niet goed lag, deed hij zijn best om zijn bezorgdheid te uiten.

‘Ik heb liever dat je me een tijdje alleen laat, Pieter.’

‘Wil je in de auto blijven?’

Versavel knikte.

‘Oké’, zei Van In. ‘Ik ga even met Leona Vidts praten. Over een uurtje ben ik terug.’

Versavel knikte opnieuw.

‘Ik wacht hier wel tot je terug bent’, zei hij.

Moderne ziekenhuizen bieden het voordeel dat iedereen er ongestoord kan rondlopen, zelfs psychiatrische patiënten, op voorwaarde dat ze zich een beetje normaal gedragen. Diana Delanghe kende het systeem door en door en wist perfect hoe ze het verplegend personeel om de tuin kon leiden. Toen iedereen koffiepauze hield, trok ze de kleren aan die Broos had meegebracht, modelleerde haar haar in een knotje en zette een leesbril op. Daarna verliet ze haar kamer, wandelde zelfverzekerd door de gang, wenste de verpleegkundige die in het kantoortje bij de ingang de boel in de gaten moest houden een prettige middag toe en stapte in de lift. In de hal van het ziekenhuis kocht ze een grote ruiker bloemen en nam de lift naar de zesde verdieping. Op dit uur van de dag was het rustig op de kraamafdeling. Veel jonge moeders knapten een uiltje met het vooruitzicht op de stroom bezoekers die zich na de middag zou aandienen. Diana liep systematisch alle kamers af.

'Excuseert u mij, mevrouw. Ik ben op zoek naar Kathy Deruwe, een oude vriendin van mij. Ze is gisteren bevallen. Weet u soms op welke kamer ze ligt?' zei ze telkens als een wakkere moeder haar vragen stelde.

De achtste keer had ze prijs. Toen ze de deur van kamer 669 openmaakte, hoorde ze iemand snurken. De vrouw in kwestie lag op haar zij. Naast haar stond een wiegje met daarin een blozende baby. Diana deponeerde de ruiker bloemen op de vensterbank, legde haar hand op de schouder van de slapende vrouw en schudde haar zachtjes. Het gesnurk stokte even. De vrouw trok haar schouder op en ging op haar rug liggen. Diana wachtte tien seconden. Toen de vrouw opnieuw begon te snurken, haalde ze de baby uit zijn wiegje, wikkelde hem in een deken en verliet de kamer. Ze drukte het kind tegen haar borst en slenterde door de gang alsof ze even met haar kind alleen wilde zijn. Niemand die dat verdacht vond.

'Bericht aan alle patrouilles, bericht aan alle patrouilles.'

Na anderhalf uur wachten was Versavel in slaap gesukkeld. Het gekraak van de radio en de metaalachtige stem van de officier met wachtdienst deden hem opschrikken.

‘Persoonsbeschrijving: Diana Delanghe heeft een slank postuur, ze is ongeveer 1 m 70 groot en heeft blond halflang haar.’

Hoewel Versavel het meest essentiële deel van het bericht had gemist – de verdachte had een baby onvoerd – sprong hij uit de wagen en rende naar de overkant van de straat.

Diana hield zich vast aan de leuning van de Minnewaterbrug. Ze was erover geklommen en dreigde naar beneden te springen als iemand haar durfde te benaderen. De baby sliep tegen haar borst. Dat vond ze lekker. Sterven met een kind in haar armen was het mooiste dat haar kon overkomen.

‘Aandacht, aandacht...’

Een politieagent probeerde de toeristen, die zich amper iets van de heisa aantrokken, ertoe aan te zetten de brug te ontruimen.

‘Le lac d’amour est un endroit où les gens amoureux se rencontrent’, zei een gids in schabouwelijk Frans. ‘Il y les cygnes et...’

‘Wilt u onmiddellijk de brug ontruimen, mijnheer’, onderbrak agent Bruynooghe.

De meute toeristen, Waalse boeren die een dagje vrijaf hadden genomen en elk eenenveertig euro hadden neergeteld voor een onvergetelijk dagje Brugge kozen onmiddellijk partij voor hun gids en begonnen Bruynooghe uit te schelden. Gelukkig verstond hij hun koeterwaals niet.

‘De brug moet onmiddellijk ontruimd worden’, zei hij.

‘Waarom?’ vroeg de gids.

‘Omdat ik u dat beveel’, zei Bruynooghe.

Een middeleeuwse stad als Brugge had met succes de pest overleefd, de godsdienstoorlogen en de terreur van de nazi’s, maar tegen het heir van gepensioneerde leraren en ambtenaren die tegen vijfhonderd frank per uur toeristen de geschiedenis van hun stad in de strot ramden, was geen kruid gewassen. Zelfs Bruynooghe, die nochtans al heel wat had beleefd, stond sprakeloos. De meute Waalse boeren applaudisseerde, een compliment dat de gids met een arrogant knikje in de richting van Bruynooghe in ontvangst nam.

'A droite vous voyez de "Poertoren", la tour de poudre. De Poertoren date du...'

Vier agenten kwamen Bruynooghe te hulp. Hun combi's stonden aan weerskanten van de brug geparkeerd.

'Je pense que c'est mieux de continuer notre tour vers le béguinage', zei de gids toen hij de blauwe golf in het oog kreeg.

Toen Van In en Versavel arriveerden, was de Minnewaterbrug hermetisch afgegrendeld. Twee agenten van de technische dienst hadden dranghekken geplaatst, terwijl de rest de handen vol had aan protesterende toeristen.

'Hoe lang staat ze daar al?' vroeg Van In.

'Een halfuur', zei Bruynooghe. 'Ze dreigt ermee met de baby in het water te springen.'

Van In stak een sigaret op en keek naar Versavel.

'Wat denk jij, Guido?'

Een mensenleven wordt bepaald door pijn, verdriet en frustratie. Daar leerde je van, zei men. Versavel aarzelde bijgevolg niet, want zijn problemen verzonken in het niet tegenover het drama dat zich hier dreigde af te spelen. Het leven van een onschuldig kind was oneindig veel belangrijker dan de muizenissen in zijn hoofd.

'Ik vind dat we iets moeten doen', zei hij.

Van In knikte goedkeurend en wendde zich tot Bruynooghe.

'Heeft iemand de brandweer verwittigd?'

'Ze zijn onderweg, commissaris.'

Van In nam twee trekken van zijn sigaret en gooide de rest in het water.

'Neem contact met hen op en vraag ze of ze de sirenes willen afzetten.'

'Geen sirenes?'

'Nee, Robert. Labiele mensen worden gek van sirenes.'

'Oké, ik doe onmiddellijk het nodige.'

Bruynooghe rende op een sukkeldrafje naar een van de combi's.

Van In sloeg zijn arm om Versavels schouder en fluisterde iets in zijn oor. De brigadier glimlachte en knikte. Toen Van In hem losliet en zich omdraaide, welden er tranen op in zijn ooghoeken.

Diana drukte de baby stevig tegen haar borst. De stilte was beangstigend.

'Ik wil een auto!' schreeuwde ze. 'Een auto en voedsel voor mijn baby.'

Van In klauterde over de dranghekken en liep over de brug. Hij dacht aan Sarah en Simon. Zou hij evenveel risico durven te nemen als het kind dat Diana krampachtig vasthield, het zijne was?

'De auto is onderweg, mevrouw Heydens. Wees verstandig en kom alstublieft op de brug staan.'

De arm waarmee Diana de baby tegen zich aandrukte, tintelde van vermoeidheid. Ze voelde haar spieren verslappen. Dat kwam door de medicatie die ze haar in het ziekenhuis hadden toegediend. Ze probeerde helder na te denken. De agenten waren een plannetje aan het uitbroeden, hun geflikflooi diende alleen om tijd te winnen.

'Kom niet dichterbij!' schreeuwde ze.

Van In bleef staan en stak een sigaret op. Wat moest hij anders doen? Dit soort situaties vergde een speciale aanpak en daarvoor was hij niet opgeleid. Waar bleven de experts? Toen de baby hartverscheurend begon te huilen, verloor hij bijna zijn zelfbeheersing. Diana stond op instorten. Ze trilde over haar hele lijf en keek naar beneden, naar het donkergroene water onder haar. Ze liet de leuning los en balanceerde op de rand van de brug.

'Niet doen, mevrouw Heydens.'

Als ze in het water sprong, zou Van In haar achterna duiken en het kind proberen te redden. Statistisch had de baby veel kans om de val en een korte onderdompeling in het koude water te overleven, maar om een of andere reden voelde Van In zich plotseling heel verbonden met het lot van het kindje. De gedachte dat Diana met de baby in het water zou springen, werkte frustrerend.

Aan de overkant, naast de woning van de sluismeester, klikte een persfotograaf een krachtige zoomlens op zijn camerahuis. Hij was als eerste gearriveerd, maar dat zou niet lang zo blijven want agent Bruynooghe onderhield goede contacten met de pers. Voor iedere bruikbare tip ving hij een premie. Als het even meezat, zou het incident met de hysterische vrouw hem twaalfduizend frank opleveren, want hij had zes journalisten gebeld.

Diana liet de leuning los, ritste met één hand haar tas open en haalde een scherpe nagelvijl tevoorschijn. Alleen wilde ze niet sterven. Haar kindje zou haar vergezellen naar de andere zijde. Toen Van In merkte wat Diana van plan was, voelde hij zich als Perseus die in de weerspiegeling van zijn schild een glimp van Medusa opvangt. Hij versteende van angst. Ondertussen namen vier gemaskerde scherpschutters van de speciale interventie-eenheid van de rijkswacht hun posities in. Ze stelden hun vizier in en namen de vrouw op de brug onder schot. Schieten was alleen toegestaan als ze het leven van het kind niet in gevaar brachten en daar zouden de rijkswachters rekening mee houden, want de vrouw van een van hun collega's was net bevallen.

Diana had zichtbaar moeite om haar evenwicht te bewaren op de smalle richel en dat besefte ze ook. Ze klemde de nagelvijl tussen haar tanden en klauterde weer over de leuning. Toen Van In zich realiseerde wat ze van plan was – ze zou eerst het kind doden en daarna in het water springen – zette hij zich af en rende met de moed der wanhoop op haar af. Een getrainde atleet had de afstand die hem van Diana scheidde, in drie seconden kunnen afleggen. Van In deed er een paar tienden langer over. Iedere vezel in zijn lichaam werkte mee, waardoor hij vleugels kreeg. Toen Diana met beide voeten aan de andere kant van de leuning op de brug stond, maakte hij een sprong, strekte zijn armen naar voren en probeerde haar bij de enkels vast te grijpen, maar Diana, die merkte wat er gebeurde, zette een stap achteruit. Ze verloor haar evenwicht en gooide de baby in het water. Er klonk een schot. Van In kwam onzacht op de kasseien terecht. Hij hoorde iets kraken in zijn schouder en verloor daarna het bewustzijn.

Twee duikers van de brandweer kwamen onmiddellijk in actie en zwommen met krachtige slagen naar de plek waar de baby in het water was terechtgekomen. Terwijl Van In met Diana aan het onderhandelen was, waren zij op instructie van Versavel onder water naar de brug gezwommen en hadden zich verdekt opgesteld onder een van de bogen.

'Gaat het een beetje?'

Versavel knielde neer naast Van In en schudde hem bij de schouder.

'Ai.'

Een pijnscheut schoot als een vuurpijl naar zijn hersenen.

'Zal ik een ziekenwagen bellen?'

Van In krabbelde overeind. Hij was als de dood voor ziekenhuizen.

De exploitant van een naburig restaurant die de hele operatie met een verrekijker had gevolgd en Van In had herkend, kwam aangelopen met een schuimende Duvel.

‘Mischien kan dit het leed wat verzachten, commissaris’, zei hij met een samenzweerderig lachje.

Van In draaide zich op zijn goede zij en wierp de man een dankbare blik toe. Hij nam een slok en wendde zich tot Versavel.

‘Het kind?’

‘De baby is oké, Pieter.’

Pas nu merkte Van In dat zijn hemd onder het bloed zat. Een verpleegkundige van de dienst 100 klapte het deksel van zijn koffer open en scheurde de verpakking van een rolletje steriel verband los.

‘Ik vrees dat uw kin gehecht moet worden’, zei hij.

‘Gehecht?’

Van In kreeg er slappe benen van. Naalden boezemden hem angst in.

‘Is dat echt nodig?’

‘Als u de wonde niet laat hechten, zal iedereen u over een paar weken adviseren een plastisch chirurg te raadplegen’, grinnikte hij.

‘Is het dan zo erg?’

De verpleegkundige maakte een spuit klaar.

‘Erger kan het in ieder geval niet worden’, grinnikte hij.

Versavel reikte Van In de Duvel aan.

‘Ik wist niet dat een oude dronkelap nog zo snel kon rennen’, zei hij met enige bewondering.

Hannelore liep over de brug, met kleppende schoenen. Toen ze Van In op de grond zag liggen, sloeg de schrik haar om het hart. Hoofdcommissaris De Kee volgde op een afstand in het gezelschap van procureur Beekman, met wie hij in een druk gesprek was gewikkeld.

‘Ik vraag me af wie het bevel heeft gegeven om de vrouw neer te schieten’, zei hij op een toon van ik-heb-er-in-ieder-geval-niets-mee-te-maken.

Beekman deed alsof hij het niet hoorde. Hij had het

nieuws van de gijzeling pas tien minuten geleden vernomen.

Toen een journalist van de regionale televisie de procureur in het oog kreeg, gaf hij de cameraman die hem vergezelde een teken. Agent Bruynooghe maakte geen bezwaar toen de persmensen mee tussen de dranghekken glipten.

'Pietertje toch.'

Hannelore knielde naast Van In neer en aaide zijn voorhoofd. Gelukkig merkte ze de Duvel niet. Die stond uit het gezicht achter de koffer van de verpleegkundige.

'Wat is er gebeurd?'

'Ik ben gevallen', zei Van In.

Een paar meter verder probeerde een team van het medisch urgentieteam de toestand van Diana te stabiliseren. De kogel had haar in de borst geraakt en waarschijnlijk een long doorboord. Om haar lippen borrelde rood schuim en toen de arts een insnijding maakte om de druk op haar ingeklapte long te verlichten, begon ze te stuiptrekken. Haar bloeddruk daalde razendsnel.

'Ze wilde het kind vermoorden', zei Van In. 'Ik moest toch iets doen.'

Hannelore boog zich voorover en gaf hem een zoen.

'Er is dus toch nog hoop', zei ze.

De verpleegkundige die Van In de eerste zorgen had toegediend, keek verbaasd naar Versavel, maar die hield wijselijk zijn mond. Hij wist wat Hannelore wilde zeggen. De tweeling had van commissaris Van In een ander mens gemaakt, een beter mens. Zoveel was duidelijk.

'Wat is uw reactie op dit drama?'

De journalist van de regionale televisie hield de hoofdcommissaris een microfoon voor. Procureur Beekman zette een stap achteruit en zorgde ervoor dat hij niet in beeld kwam. De Kee stond er alleen voor, maar dat deerde hem niet. Camera's wonden hem op en dat was niet mis voor een man van zijn leeftijd.

‘Volgens onze informatie gaat het om de wanhoopsdaad van een psychiatrisch patiënte. Gelukkig is alles goed afgelopen. De ontvoerde baby is ongedeerd en de dader is opgepakt. Het onderzoek zal moeten uitwijzen hoe...’

De journalist onderbrak De Kee.

‘Kunt u ons iets meer vertellen over de motieven van de dader?’ vroeg hij.

Terwijl de hoofdcommissaris de pers uitvoerig te woord stond, hielpen Versavel en Hannelore Van In overeind.

‘Ik zie jullie straks wel in het ziekenhuis’, zei Versavel.

Van In drukte een steriel kompres tegen zijn kin en nam haastig een slok van zijn Duvel.

‘Het is mijn kin’, zei hij. ‘Als ik echt zo lelijk ben, laat ik een baard groeien.’

Wat Hannelore en Versavel ook probeerden, ze konden Van In er niet van overtuigen in de ziekenwagen te stappen en de gapende wonde aan zijn kin te laten hechten.

Achter de dranghekken stonden ondertussen honderden toeristen te trappelen van ongeduld. Zij vonden dat ze het recht hadden het Minnewater vanaf de brug te bewonderen. Toen agent Bruynooghe tussenbeide kwam en hen probeerde uit te leggen dat de brug afgesloten bleef tot de mensen van het parket hun werk hadden gedaan, ontstond er bijna een schermutseling. Vijf minuten later rukten drie combi’s uit om de meute in bedwang te houden. Brugge betaalde de prijs voor zijn roem en niemand die zich daarover zorgen maakte. De stad was een ordinaire prooi geworden, een opgejaagd stuk wild dat met uitsterven werd bedreigd.

‘Ik hoop maar dat je er geen koudvuur aan overhoudt’, zei Hannelore toen ze naast Van In ging zitten op het verwarmde terras van L’Estaminet.

‘Maak je maar geen zorgen, Hanne. Brugge is zo netjes dat zelfs het vuil op de straatstenen steriel is.’

Versavel dacht onwillekeurig aan Chinatown, Jack Nicholson en de pleister op diens neus. Daar was ook geen plastische chirurgie aan te pas gekomen, tot spijt van wie ‘hem’ benijdt.

Johan, de kroegbaas van L’Estaminet, kwam zijn gasten persoonlijk begroeten. Hannelore bestelde een tomatensap en Versavel een Perrier.

‘Leona Vidts heeft me een en ander verteld over haar relatie met de prins’, zei Van In toen Johan hem een Duvel serveerde. ‘Zij geeft toe dat Valentijn zijn kind is en dat het hof Heydens en Broos rijkelijk heeft beloond voor hun loyaliteit aan de kroon.’

‘Wat heeft Broos daarmee te maken?’

‘Alles’, zei Van In. ‘Hij was verliefd op Leona en toen Heydens haar in de steek liet, heeft hij haar onder zijn hoede genomen.’

‘Wie heeft Claudine Versnick dan vermoord?’ vroeg Versavel.

Van In nam een slok van zijn Duvel. Die vraag had hij Leona ook gesteld.

‘Wil je de officiële versie horen?’

‘Geef ze maar allebei’, zei Hannelore.

‘De gerechtelijke politie heeft Broos destijds ondervraagd, maar toen bleek dat hij over een sluitend alibi beschikte, heeft de onderzoeksrechter hem buiten vervolging gesteld. Hetzelfde geldt voor de echtgenoot van Claudine Versnick.’

‘En de prins?’

‘De prins is een dag na de feiten naar het buitenland vertrokken, zogezegd om er te studeren’, zei Van In.

Hoewel Leona Vidts bijna haar hele leven op kosten van Henri Broos had geleefd, had ze ruiterlijk toegegeven dat ze haar relatie met Marcus Heydens nooit had verbroken.

'Conclusie?'

Hannelore stak een sigaret op en voegde een paar druppels tabasco aan het tomatensap toe.

'Alleen een DNA-onderzoek kan aantonen of Leona Vidts gelijk heeft en er blauw bloed door Valentijns aders stroomt', zei Van In.

Dat het onderzoek een royale dimensie had gekregen, verontrustte hem een beetje. De muur van stilzwijgen die het hof in de loop der jaren om zich heen had opgetrokken, was niet te slopen. Een geheim bleef een geheim tot in de eeuwigheid.

'Ondertussen blijft het onderzoek steken', zei Versavel.

'Geduld, Guido. Wie weet worden we straks gered door een deus ex machina.'

Op dat moment ging de gsm van Hannelore over. Ze rommelde in haar handtas en toen ze het ding eindelijk gevonden had, liep ze haastig naar buiten. Het was Van In een raadsel waarom gsm'ers nooit bleven zitten als ze gebeld werden.

'Hallo, met Hannelore Martens.'

Ze liep heen en weer voor het terras. Van In zag haar voortdurend knikken.

'Beekman wil me dringend spreken', zei ze toen het gesprek afgelopen was.

Van In nam een slok van zijn Duvel.

'We blijven hier nog wel een poosje', zei hij nietsvermoedend.

Hannelore boog zich voorover en gaf hem een zoen. Daarna ging ze er haastig vandoor.

Toen Versavel de wilde blik in haar ogen merkte, maskeerde hij zijn ongerustheid met een ontwapenende glimlach.

13

Voodoopriesters beweren dat ze mensen hun wil kunnen opleggen en hen dingen laten doen die ze nooit uit eigen beweging zouden doen. Hoewel Hannelore geen geloof hechtte aan die verhalen, liep ze regelrecht naar de Coupure. Het regende weer en de wind kwam bulderend opzetten. Het water in de Reie klotste met onregelmatige tussenpozen tegen de kaaimuren. Dit kon geen toeval meer zijn. De elementen keerden zich duidelijk tegen haar, net als de vorige keer. Onzin. Hannelore vond dat Valentijn een derde kans verdiende, ondanks alles wat er gebeurd was.

Je weet toch dat ik je nooit zou dwingen iets te doen wat je zelf niet wilt, had Valentijn aan de telefoon gezegd. Vergeef me als ik je gevoelens heb gekwetst. Ik was compleet ondersteboven door de gebeurtenissen van de voorbije dagen. Je moet me geloven, had hij gesmeekt. Toen Hannelore niet meteen toehapte, had hij laten doorschemeren dat hij over nieuwe informatie beschikte in verband met de moord op zijn vader. Pas dan had Hannelore haar bezwaren laten varen. Meer nog, ze had hem zelfs geheimhouding beloofd. Dat had ze beter niet gedaan, maar nu ze op weg was naar hem, was het zinloos daarover nog langer te piekeren.

Valentijn Heydens had alles in gereedheid gebracht. Toen de deurbel klingelde, ging hij voor de spiegel staan, trok zijn schouders naar achteren en glimlachte. Achter het venster in de voordeur tekende zich een silhouet af dat hij uit duizend herkende. Dat Hannelore onmiddellijk had gereageerd, vond hij hoopgevend, maar van hoop alleen kon hij niet leven. Hij wilde zekerheid.

'Ik ben blij je te zien.'

Valentijn droeg zijn beste pak, een zijden overhemd en dure schoenen met dikke rubberzolen. In plaats van haar te zoenen, stak hij zijn hand uit als was het maar om haar te laten zien dat zijn bedoelingen eerbaar waren.

'Kom toch binnen voor je helemaal kletsnat wordt.'

'Lang kan ik niet blijven', zei Hannelore meteen. 'Van In wacht op mij in L'Estaminet.'

'Weet hij dat je hier bent?'

Hannelore ging naar binnen. In de gang knoopte ze haar jas los. Er dreef een heerlijke geur van gebraden vlees door het huis.

'Nee', zei ze.

'Fijn.'

Valentijn nam haar jas aan en hing hem op aan de kapstok.

'Ik heb een fles wijn ontkurkt', zei hij.

'Geen wijn vanavond, Valentijn. Ik ben naar hier gekomen om te luisteren naar wat je me te vertellen hebt.'

De leugen was doorzichtig en dat wisten ze beiden. Toen Hannelore zich omdraaide en ze zijn blik op haar rug voelde branden, tintelde ze over haar hele lichaam. Het was een spontane reactie waarover ze geen controle had.

'Zoals je wilt', zei Valentijn.

Hij ging haar voor als een goede gastheer en hield de deur van de salon voor haar open. De kamer zag er netjes uit, en gezellig.

'Ga zitten', zei hij met een brede glimlach.

De geur van gebraden vlees volgde hen.

'Ik wist niet dat je kookte.'

Valentijn veinsde verbazing.

'Hemeltje, wat stom van mij. Een ogenblikje, ik ga vlug de oven afzetten.'

Hij trok de deur achter zich dicht, liep eerst naar de voordeur en pas daarna naar de keuken. Voor hij de salon weer binnenging, stopte hij de sleutel van de voordeur in zijn broekzak.

'Zo, dat is dan geregeld', zei hij.

Hannelore keek naar de bestofte fles die op de salontafel stond. Château d'Yquem 1986. De fles was al ontkurkt. Ze vroeg zich af waarom hij dat op voorhand had gedaan.

'Ik kan me voorstelllen dat je brandt van nieuwsgierigheid', zei Valentijn.

Hij voelde zich als een acteur op de avond van een première, twee minuten voor het doek opgaat.

'Stoort het als ik een glaasje drink?'

Hij schonk zijn glas vol en nam een slok.

'Ik weet wie mijn vader vermoord heeft', zei hij.

'Kun je dat ook bewijzen?'

'Natuurlijk kan ik dat bewijzen.'

Valentijn nam nog een slok, zoog wat lucht mee naar binnen en liet de complexe smaak van de wijn tegen de achterkant van zijn verhemelte tot zijn volle recht komen.

'Kan ik je echt niet verleiden om een glaasje mee te drinken?'

Hannelore aarzelde. Met de wijn was in ieder geval niet geknoeid.

'Een halfje', zei ze.

Valentijn ging staan, keerde haar de rug toe en schonk het tweede glas boordevol. De wijn klokte niet in het glas, een detail waaraan Hannelore geen aandacht besteedde.

'Gezondheid.'

Over de prijs van een fles Yquem kon men discussiëren, niet over de smaak. Hannelore savoureerde de wijn met kennis van zaken en complimenteerde Valentijn met zijn voortreffelijke keus. Daarna trok ze haar gezicht in een ernstige plooi, tenminste dat probeerde ze.

'Laten we het over de moordenaar van je vader hebben. Je zei dat je over bewijsmateriaal beschikt.'

Valentijn knikte.

'Mag ik je eerst nog een persoonlijke vraag stellen?'

'Ik dacht dat we dat hoofdstuk hadden afgesloten, Valentijn. Ik wil best je vriend blijven, maar meer dan vriendschap mag je van mij niet verwachten.'

'Is dat je definitieve antwoord?'

'Dat is het zeer zeker', zei Hannelore beslist.

Een alternatief was er niet. De kinderen zouden het haar nooit vergeven als ze hen later zou moeten vertellen waarom zij hun echte vader in de steek had gelaten. Bovendien was Van In de slechtste nog niet.

'Vriendschap is niet voldoende, Hanne. Ik heb je lief. Dat weet je toch.'

'Sorry, Valentijn, maar...'

Hannelore wilde opstaan.

'Oké, oké', zei Valentijn zenuwachtig. 'Een mens mag toch proberen, nietwaar?'

Hij nam een slok wijn. Hannelore volgde zijn voorbeeld. Valentijn was er opnieuw in geslaagd haar ijdelheid te strelen. Ze probeerde een strenge toon aan te slaan en zei dat hij ter zake moest komen.

Valentijn kruiste zijn benen en leunde achterover in zijn stoel. Hij zette zijn lacho-gezicht op.

'Mijn vader was een smeerlap', zei hij. 'Hij heeft mijn moeder veel verdriet aangedaan.'

'Die dingen gebeuren nu eenmaal, Valentijn.'

'Hij verkrachtte haar.'

Hannelore slikte. Wat moest ze nu zeggen?

'Weet je dat zeker?'

Valentijn sloeg zijn handen voor zijn gezicht en begon te snikken.

'Iedere keer als we bij oom Henri gingen logeren, moest ik toekijken hoe hij haar...'

Zijn stem stokte. Hij spreidde zijn vingers een beetje uiteen en observeerde haar reactie.

'Ging uw moeder daarmee akkoord?' vroeg Hannelore op een bezorgde toon.

'Ze moest wel.'

'Waarom?'

'Omdat ze van hem hield.'

Hannelore kon haar oren niet geloven. Bezorgdheid maakte plaats voor verbazing. Welke vrouw houdt in vredesnaam van een man die haar voortdurend verkracht?

Dat zei ze hem dan ook onomwonden, maar Valentijn leek niet onder de indruk van haar heftige reactie. Integendeel.

'Jij bent toch ook weer hiernaartoe gekomen', zei hij met een sardonisch lachje.

Op dat moment wist Hannelore met zekerheid dat er iets mis was met Valentijn.

'Ik denk dat het stilaan tijd wordt om op te stappen', zei ze

Het opstaan kostte haar enige moeite. Ze duizelde en moest noodgedwongen weer gaan zitten. Valentijn sprong van zijn stoel en hielp haar overeind.

'Ik moet je nog de bewijsstukken laten zien, mevrouw de onderzoeksrechter.'

Hij nam haar bij de arm. Hannelore wilde zich losrukken, maar Valentijn hield haar stevig vast. Hij troonde haar mee naar de keuken. Tussen de tafel en het aanrecht stond een soort barkruk, een vreemd ding op een viervoetige centrale poot van verchroomd metaal.

'Dit is bewijsstuk nummer één', fluisterde Valentijn in haar oor. 'Gaat u zitten, mevrouw de onderzoeksrechter.'

Hannelore voelde haar spieren slap worden. Ze was blij dat ze kon gaan zitten. De hele kamer begon te tollen, alsof ze twee flessen wijn had gedronken.

Valentijn trok zijn jasje uit. Onder zijn oksel zat een rubber peertje vastgekleefd en er liep een slangetje langs zijn mouw naar beneden.

'Château d'Yquem, cuvée d'oksel', lachte hij. 'Over een paar minuten val je in slaap maar voor dat gebeurt, wil ik je een van mijn uitvindingen laten zien.'

Hij haalde zijn gsm uit het etui dat aan zijn broeksband was bevestigd en toetste een nummer in.

'Onder de zitting van de kruk zit een semafoon', zei hij. 'Als ik die activeer, zet het signaal een elektromotor in gang en dan gebeurt er dit.'

Valentijn wachtte tot de verbinding totstandkwam. Hannelore kreeg het gevoel alsof ze door haar benen zakte. De zitting van het krukje ging langzaam omlaag.

'Nu weet je wie Marcus Heydens vermoord heeft, mevrouw de onderzoeksrechter.'

Hannelore probeerde op te staan. Hoewel ze op haar benen stond te zwijmelen, realiseerde ze zich dat de bekentenis van Valentijn haar doodsvonnis betekende. Ze hoorde hem lachen en toen werd alles zwart. Valentijn sloeg zijn rechterarm om haar schouder en sleurde haar mee naar buiten, naar de gammele BMW die aan de overkant van de straat stond geparkeerd. De kans dat een van de buren dat verdacht zou vinden was klein, want de familie Heydens genoot een kwalijke reputatie wat dronken vrouwen betrof.

In L'Estaminet profiteerde Van In met volle teugen van de afwezigheid van Hannelore om een paar extra Duvels te consumeren en samen met Versavel oude herinneringen op te halen, tot het café leegliep en hij zich realiseerde dat Hannelore al uren weg was. Om halfdrie begon hij zich echt ongerust te maken. Hij wisselde een briefje van honderd, liep naar de gang, waar een publiek telefoontoestel was geïnstalleerd en toetste het nummer van procureur Beekman in.

'Hallo, Jozef. Met Van In.'

De procureur was een kwartier geleden bij de open haard ingedut. Zijn stem klonk slaperig waardoor het een poosje duurde voor hij begreep wat er aan de hand was.

'Ik heb haar niet gebeld, Pieter.'

'Verdomme.'

Van In gooide de hoorn op de haak. Hij dacht aan de avond waarop ze alles weer goed hadden gemaakt. Had Hannelore toen komedie gespeeld? Hij schopte tegen de muur. Wat kon de lacho haar meer bieden dan hij? Alle goede momenten die ze samen hadden beleefd, flitsten met de snelheid van een videoclip door zijn hoofd, de zondagen die ze in pyjama voor de buis hadden doorgebracht, de douchescènes, de bucolische tuintaferelen, de lange winterse avonden, de geboorte van Sarah en Simon. Van In balde zijn vuisten en bonkte op de muur. Wat had hij in 's hemelsnaam verkeerd gedaan?

'Wil je erover praten?' vroeg Versavel behoedzaam.

Het gebonk op de muur en een veelbetekenende blik van de kroegbaas, die vanuit de keuken had gezien hoe Van In tekeerging, hadden hem ertoe aangezet een kijkje te gaan nemen in de gang. Hij hoefde niet te vragen wat er aan de hand was. Als Hannelore niet bij Beekman was, zat ze nu waarschijnlijk bij Valentijn. Versavel nam Van In bij de pols en keek hem recht in de ogen.

'Je hebt mij altijd voorgehouden dat alleen domme mensen voorbarige conclusies trekken.'

'Voorbarig?' hinnikte Van In. 'Als dit voorbarig is, ben ik de reïncarnatie van Adonis.'

De absurde beeldspraak deed Versavel glimlachen.

'Valentijn verhoudt zich tot Adonis als een Duvel tot een glas "eau de source".'

Zijn repliek klonk nog belachelijker dan de beeldspraak die Van In zo-even had gebruikt, maar hij brak tenminste de spanning.

'Doe niets waarvan je later spijt zult krijgen, Pieter.'
Van In knikte.
'Je hebt gelijk, Guido.'
Versavel haalde opgelucht adem.
'Heb je haar al proberen te bellen?'
'Nee.'
'Zal ik het voor je doen?'
Van In schudde het hoofd. Hij moest Versavel ervan zien te overtuigen dat hij kalm was.
'Dat hoeft niet, Guido. Wie weet zit ze wel thuis op me te wachten.'
Hoewel Versavel de toon waarop Van In hem probeerde gerust te stellen niet erg vertrouwde, durfde hij niet anders dan goedkeurend te knikken.
'Tot morgen dan?'
'Tot morgen, Guido.'

De Coupure lag er verlaten bij. De natte kinderkopjes glansden in het licht van de straatlantaarns en contrasteerden op een romantische manier met de witte bovenbouw van de plezierbootjes die onrustig op het water van de Reie dobberden. Hoewel er niemand te bespeuren was, sloop Van In langs de gevels als een dief in de nacht. Hij hield halt voor het huis van Marcus Heydens, haalde een rol plakband tevoorschijn, scheurde er een strook af en plakte die op het venster dat zich vlak naast de spanjolet bevond. Hij herhaalde die handeling tot het glas volledig bedekt was. Daarna wachtte hij geduldig af tot er een auto langsreed en profiteerde van het lawaai om de ruit stuk te slaan met een kleine hamer, die hij net als het plakband van de kroegbaas van L'Estaminet had geleend. Het glas brak bijna geluidloos in een aantal grillig gevormde stukken. Van In sneed het plakband los met een zakmes en verwijderde een voor een de stukken glas. De hele operatie duurde amper vijf minuten. De rest was kinderspel.

Hij stak zijn hand door het gat en trok de spanjolet naar beneden. Van een alarminstallatie hoefde hij zich niets aan te trekken, want er was er geen. Dat was hem bij zijn eerste bezoek aan het huis van Heydens opgevallen. Van In wachtte een poosje, liep dan naar de overkant van de straat en gooide de hamer in het water. Het plakband stopte hij in een vuilniszak die een paar huizen verder op de stoep stond. Pas daarna kroop hij door het raam naar binnen. Terwijl hij met zijn zakmes in de vuist voorzichtig door de salon schuifelde, speelde zich in zijn hoofd een bloederig tafereel af. Politieman neemt wraak op minnaar vriendin, zouden de kranten koppen. In de gang aan de voet van de trap, spitste hij zijn oren. Stilte. Hij beklom de eerste trede. Zijn schoenen kraakten. Van In vroeg zich af welke foto ze van hem in de krant zouden plaatsen. Hij hoopte dat ze er geen uit zijn vakantiealbums zouden halen, want daar zat niets tussen dat hem kon flatteren. Waren dit de gedachten van een moordenaar?

Van In had er vroeger nooit bij stilgestaan. Waar dachten mensen die op het punt stonden iemand koud te maken eigenlijk aan? Aan het kraken van hun schoenen of aan hun foto in de krant?

De overloop werd verlicht door het gele licht van de straatverlichting. Er kwamen drie deuren op uit. Van In begon bij de meest linkse. Hij duwde de klink naar beneden en sloop naar binnen. Een silhouet kwam hem bekend voor. Van In liet zijn hand langs de muur glijden tot hij de lichtschakelaar vond. Knip. De kamer baadde plotseling in een fel schijnsel. Het silhouet was dat van een vleugelpiano. De rest van de ruimte werd in beslag genomen door boekenkasten. Een golf van geluk overspoelde Van In, een gevoel dat steeds intenser werd naarmate hij meer kamers betrad. Daar stonden wel bedden, maar die waren onbeslapen en nergens rook hij een zweem van de parfum die Hannelore gebruikte. Toen ook de kamers op de tweede verdieping negatief bleken, liep hij met tranen in zijn ogen de trap af. Pas toen hij weer op straat stond en de eerste emoties waren weggeëbd, begon hij zich opnieuw vragen te stellen. Als Hannelore hier niet was, waar was ze dan wel? Van In begon te rennen. Misschien was ze wel thuis. Zijn voetstappen kletterden over de kasseien. Sneller, steeds sneller, alsof hij in zijn hele leven nog nooit een sigaret had gerookt. Tussen de Markt en de Sint-Jacobstraat kwam een eind aan die illusie en moest hij noodgedwongen vaart minderen. Zijn longen piepten als gescheurde blaasbalgen en zijn benen werden zwaarder bij iedere stap die hij zette. Zelfs Versavel hapte naar adem. Nadat ze in L'Estaminet op een nogal bruuske manier afscheid van elkaar hadden genomen, had hij zich verdekt opgesteld in het Astridpark en toen Van In de richting van de Coupure insloeg, was hij hem gevolgd. Versavel was getuige geweest van de inbraak en het had maar een haar gescheeld of hij had de collega's gebeld.

Van In maakte met bevende handen de voordeur open en strompelde naar binnen. Er ritselde iets onder zijn voet. Hij stak het licht aan en bukte zich voorover. Op de grond lag een bruine envelop. Aan Van In, stond erop. Hij wurmde zijn vinger onder de klep en scheurde ze open. In de envelop zat een getypte brief.

Ik heb Hannelore in mijn macht. Als u enige actie onderneemt om haar terug te vinden, zal ik niet aarzelen haar te vermoorden. Blijf thuis tot ik contact met u opneem.

De brief was niet ondertekend.

'Schrik niet, Pieter. Ik ben het maar.'

Van In kreeg het beurtelings koud en warm. Hij verfrommelde de brief en stopte de prop met een haastig gebaar in zijn broekzak.

'Guido, wat doe jij hier?'

Hij probeerde zijn stem normaal te laten klinken.

'Ik maak me ongerust over Hannelore', zei Versavel.

Het lijkbleke gezicht van de commissaris sprak voor zich. Deze keer was het ernstig. Van In klemde zijn kaken opeen. Wat moest hij doen? Versavel in vertrouwen nemen?

'Je hoeft je geen zorgen te maken, Guido. Met Hannelore is alles oké.'

'Is ze thuis?'

Versavel raapte de bruine envelop op en gaf ze zonder een woord te zeggen aan Van In. Daarna liep hij naar de keuken en vulde de koffiepot met water.

'Ik veronderstel dat je niet onmiddellijk naar bed gaat', zei hij.

Van In schudde het hoofd, liet zich in een keukenstoel neerploffen en stak een sigaret op. Vijf jaar geleden had hij van dichtbij gezien welk effect een ontvoering heeft op de familie van het slachtoffer. Het feit dat een geliefde plotseling verdwijnt, is op zich frustrerend maar minder erg dan de machteloosheid, het wachten op een teken van leven en de gruwelscenario's die niemand met zekerheid kan ontzenuwen.

'Wat doen we als Valentijn Heydens straks de inbraak ontdekt en daarvan aangifte doet?'

Versavel zette twee kopjes op tafel en goot ze vol. Van In haalde zijn schouders op.

'Ik vraag me af wat ik zal doen als hij geen aangifte doet.'

'Wat bedoel je daarmee?'

Van In haalde de verfrommelde brief tevoorschijn.

'Iemand heeft Hannelore ontvoerd en dreigt ermee haar te vermoorden als we haar proberen op te sporen.'

'Denk je dat Valentijn daar achter zit?'

'Wie anders?'

Ze dronken van de koffie. Terwijl Versavel de brief las, stak Van In een nieuwe sigaret op. In de brief werd met geen woord over losgeld gerept en dat verontrustte hem. Wat wilde die kerel van haar. Seks?

Versavel leek zijn gedachten te raden.

'Een verkrachter schrijft geen brieven', zei hij.

Van In kon niet anders dan het argument van zijn vriend beamen.

'Zal ik hem laten opsporen?'

'Nee, Guido. Dat risico kunnen we niet nemen. We moeten afwachten tot de ontvoerder contact met ons opneemt.'

Een gewiekste kerel als Valentijn beschikte wellicht over een scanner. Een bericht over de politieradio betekende een zekere dood voor Hannelore.

'We zullen de klus zelf moeten klaren', zei Van In.

Zijn taalgebruik stond in schril contrast met de feiten, want de ontvoering van Hannelore was niet zomaar een klus die ze moesten klaren. Het slachtoffer was een deel van zijn leven, het mooiste deel zelfs. Alles wat hem lief was, stond op het spel. De ongerustheid werd voedsel voor wanhoop en woekerde als een kankergezwel in zijn binnenste.

Valentijn Heydens reed zijn atelier binnen, sloot de poort af en deed het achterportier van zijn wagen open. Hannelore lag onder een deken op de achterbank. Ze sliep. Valentijn trok haar overeind, stak een arm onder haar rug en sloeg de andere om haar benen. Ze kreunde. De warmte van haar lichaam deed Valentijn denken aan vroeger. Hoewel hij met haar kon doen wat hij wilde, beheerste hij zich. Seks was een dienst die je bij de hoeren kon kopen. Met Hannelore wilde hij de liefde bedrijven. Dat kon alleen als ze daarin toestemde en die kans had ze verkeken. Valentijn was genoodzaakt om er een eind aan te maken. Alle mensen die ooit hadden beweerd dat ze hem liefhadden, moesten onherroepelijk sterven. Hij droeg haar voorzichtig naar de andere kant van zijn atelier. Daar stond een cabine die hij zelf in elkaar had geknutseld. Het hok was niet groter dan een telefooncel. Het was bekleed met piepschuim en voorzien van een bankje. Aan weerskanten ervan zaten twee metalen stangen in de wand geschroefd. Valentijn trok Hannelores schoenen, rok en slipje uit, deponeerde haar halfnaakt op het bankje en klonk haar met handboeien vast aan de stangen. Het uitkleden had niets te maken met zijn seksuele fantasieën. Het was een praktische maatregel, want in het bankje zat een rond gat met daaronder een plastic emmer voor het geval ze tijdens zijn afwezigheid haar behoefte moest doen. Om te bewijzen dat hij geen gluurder was, legde hij een handdoek over haar knieën. Daarna maakte hij de poort weer open, stapte in zijn auto en reed naar buiten. Hij had Joris beloofd dat ze samen alles nog eens zouden overlopen, want morgen – het was ondertussen over middernacht – zou de finale zich voltrekken.

Toen de telefoon 's ochtends om vijf voor negen overging, lagen Van In en Versavel met hun hoofd op de keukentafel. Ze waren een uur geleden in slaap gesukkeld en dat ondanks de sloten koffie die ze hadden gedronken. Van In sprong als eerste van zijn stoel, rende naar de telefoon en graaide de hoorn van de haak. Hij hijgde.

'Hallo.'

'Ik kan me voorstellen dat u Hannelore vannacht gemist hebt, commissaris.'

Van In herkende de stem van Valentijn. Zijn woorden trokken een zuur spoor door zijn ingewanden. Zijn maag kromp ineen en zijn handen trilden van woede.

'Wat heb je met haar gedaan, Heydens?'

Versavel greep Van In bij de arm en kneep erin. Hij bewoog zijn linkerhand op en neer zoals rijkswachters dat plegen te doen langs de autosnelweg als ze snelheidsduivels tot rede proberen te brengen. Valentijn Heydens was een gevaarlijke gek, net als zijn zuster en zijn moeder, en dat soort mensen kon je beter voorzichtig aanpakken, dacht Versavel.

'Uw vrouw slaapt haar roes uit', lachte Valentijn. 'Als ze wakker is, zal ik haar de groeten doen.'

'Rustig', mimeerde Versavel toen hij merkte dat Van In op het punt stond te ontploffen.

Hij wreef zijn duim en wijsvinger over elkaar.

'Vraag hem naar het losgeld', fluisterde hij.

Van In reageerde als een robot.

'Hoeveel?' vroeg hij.

Versavel hoorde het geschater door de hoorn.

'Ik wil geen geld van u, commissaris.'

'Wat wilt u dan wel?'

'Uw ondergang.'

'Ik zal alles doen wat je me vraagt.'

'Ik zal alles doen wat u me vraagt, mijnheer Heydens.'

Van In slikte. Zijn adamsappel ging op en neer.

'Ik zal alles doen wat u me vraagt, mijnheer Heydens', herhaalde hij.

'Luister dan goed.'

'Ik luister, mijnheer Heydens.'

Valentijn Heydens maakte Van In zijn eisen bekend en drukte daarna op de aan-en-uittoets van zijn gsm. Als hij toch over negenentwintig uur moest sterven, kon hij de tijd die hem restte beter op een aangename manier besteden.

'Ik begrijp er niets meer van', zei Van In.

'Wat heeft hij gezegd?'

'Hij wil me spreken, om elf uur... op de Burg. Als ik een poging onderneem om hem te arresteren, zal Hannelore dat met haar leven bekopen.'

Van In haalde een halfopgerookte sigaret uit de overvolle asbak, fatsoeneerde de peuk en stak hem op. De bittere rook deed hem rochelen.

‘Hij beschikt dus over een handlanger.’

Hoewel Versavel moeite had om zich te beheersen, deed hij zijn uiterste best om zijn stem rustig te laten klinken.

‘Dat zou in ieder geval zijn alibi verklaren’, zei Van In tussen twee hoestbuien. ‘De avond waarop Marcus Heydens vermoord werd, heeft Valentijn iemand gebeld. Dat heeft Hannelore me verteld.’

Wat had haar bezield om hem gisteren te gaan opzoeken? Was ze dan toch verliefd op hem? Die vraag en vooral het ontbreken van een antwoord maakten het allemaal nog veel moeilijker.

‘Ik stel voor dat je eerst gaat luisteren wat Heydens te vertellen heeft, Pieter.’

Versavel liep naar het aanrecht en vulde de koffiepot met water, de zesde in minder dan vier uur. In de keuken hing een kille sfeer, die veel gelijkenis vertoonde met die in een mortuarium. Het leek wel of de Dood stiekem was binnengeslopen en aan de keukentafel was komen bijzitten. Van In viste een tweede peuk uit de asbak. In gedachten maakte hij een lijstje van alle potentiële handlangers met wie Heydens zou kunnen samenwerken. Het lijstje was bijzonder kort: Henri Broos, Leona Vidts, Virginie Broos, Joris Broos en Diana Delanghe. Henri Broos was een oude man, Virginie en Diana lagen in het ziekenhuis en Joris was blind. De enige die in aanmerking kwam, was Leona Vidts.

‘Ik heb een plan’, zei Van In plotseling.

Versavel kwam bij hem aan de tafel zitten. Toen Van In klaar was met zijn uitleg, schudde de brigadier het hoofd.

‘Dat kunnen we niet doen’, zei hij beslist.

‘Het is de enige manier, Guido. Niemand mag vermoeden dat wij er iets mee te maken hebben.’

Op het terras van de Tom Pouce deed een ijverige dienster haar best om een groep luidruchtige Fransen op hun wenken te bedienen. Het mens bezweek bijna onder een dienblad dat volgestouwd stond met Ricard en Pernod. Van alle klanten waren herfsttoeristen de meest veeleisende en dat lieten ze ook blijken. Niets was goed en alles was te duur. Van In ging aan de andere kant van het terras zitten met zijn rug naar de Proosdij gekeerd. Boven zijn hoofd hing een straalkachel te gloeien. Binnen was het ook warm, maar daar zat geen mens. Om vijf voor elf, de dienster had net alle 'grenouilles' geserveerd, bestelde Van In een Duvel en een boterham met kaas. Tussen een slok en een hap speurde hij het plein af. Behalve de obligate meute toeristen die als nutteloze amoeben tussen het stadhuis en de Heilig-Bloedkapel pendelden, was er weinig beweging. Er komt een tijd dat eencelligen het universum zullen beheersen, dacht Van In en dat moment komt steeds dichterbij, want eencelligen vormen stilaan de meerderheid van de populatie. De hitte die de straalkachel verspreidde, deed hem transpireren. Hij kreeg er koud zweet van in zijn handen. Wachten, steeds maar wachten. Hij hield het niet langer uit.

Leona Vidts begroette Versavel met een charmante glimlach. Ze droeg dezelfde kimono als de vorige keer en had haar natte haar naar achteren gekamd.

'Ik kom net van onder de douche', zei ze.

'Mag ik even binnenkomen, mevrouw?'

'Natuurlijk', zei ze. 'Ik was net van plan een pot koffie te zetten.'

De honden waren er niet en dat vond Versavel verdacht. Misschien had Van In dan toch gelijk en speelden zij en Valentijn onder één hoedje.

'Nee, dank u.'

Hij volgde haar naar de woonkamer. Het vooruitzicht

om iets illegaals te doen, maakte Versavel onrustig. Toen hij op het puntje van de stoel ging zitten, verloor hij bijna zijn evenwicht.

'Scheelt er iets?'

Leona ging op de bank zitten en trok haar knieën op. Versavel verontschuldigde zich met een bleke glimlach. Hoe zou hij dit in vredesnaam aanpakken?

'Zijn de honden er niet?' vroeg hij.

'Nee', zei Leona. 'Plexus en Nexus logeren bij een vriendin van mij.'

'Ach zo.'

Versavel leunde achterover in zijn stoel. Misschien waren de honden er niet omdat Leona het risico niet wilde nemen dat ze zouden blaffen als er een vreemde in huis was. Tenminste dat zou Van In gedacht hebben.

'Ik ga overmorgen voor twee maanden naar Spanje', zei Leona. 'Dat doe ik ieder jaar vanwege mijn astma.'

'U hebt dus astma', zei Versavel plompverloren.

Leona barstte in lachen uit.

'Ik hoop dat ik daarmee niet de wetten van het Belgische volk overtreed, brigadier.'

Versavel zweeg. Natuurlijk had ze door dat hij hier geen beleefdheidsbezoek kwam afleggen.

'Ik moet toegeven dat...'

Hij aarzelde even.

'Ik moet toegeven dat de reden waarom ik u kom opzoeken nogal...'

'Bizar is?' vulde Leona aan.

'Onorthodox is een beter woord', zei Versavel.

Van In had hem opgedragen haar bij de minste tegenstand in de boeien te slaan.

'We hebben redenen om aan te nemen dat u hier iemand tegen haar wil vasthoudt', zei Versavel. 'Om alle misverstanden uit de weg te ruimen, vraag ik u de toestemming om uw huis te doorzoeken.'

'Wilt u dat nog eens herhalen, brigadier?'

Toen Versavel dat deed, verstrakte de glimlach om haar lippen als een touw dat plotseling wordt aangespannen.

'Bent u gek geworden?'

Valentijn Heydens slenterde door de Blinde-Ezelstraat. Hij straalde en daar had hij twee redenen voor: Hannelore zou hem vergezellen naar de andere kant, waar ze voor eeuwig samen zouden zijn, en zijn naam zou over tien jaar in alle geschiedenisboeken vermeld staan. Wat kon een mens zich nog meer dromen? Hij wierp een blik op zijn horloge. Het was tien over elf. Zijn slachtoffer zat te zweten in de antichambre, wat hem week zou maken en onderdanig. Valentijn trok zijn schouders naar achteren en spiegelde zich in het glas van de vitrinekast waar affiches voor evenementen ophingen. Hij schreed over de Burg met het air van een Romeinse veldheer die na een geslaagde campagne tegen de barbaren een triomftocht maakt door de straten van zijn geliefde stad, met de dood aan zijn zijde en het vooruitzicht op eeuwige roem.

Versavel wist niet goed hoe te reageren op de vraag van Leona Vidts. Hij was niet gek. Van In was gek. Zorg er in ieder geval voor dat ze niemand belt, had hij hem op het hart gedrukt.

'Als u bezwaar maakt tegen een vrijwillige huiszoeking, ben ik genoodzaakt de onderzoeksrechter om instructies te vragen', zei hij met een uitgestreken gezicht.

De rustige toon waarop Versavel het dreigement uitte, kalmeerde Leona. Het hof beschermde haar op voorwaarde dat ze de rechtsgang niet belemmerde. Ze mocht de gerechtelijke diensten op geen enkele manier verontrusten. Een pv waarop haar naam stond, belandde toch automatisch in de prullenmand. Dat was de afspraak.

'Oké', zei ze. 'Doorzoek mijn huis maar.'

'Goedemorgen, commissaris.'

Valentijn was langs de gevel van het stadhuis geslopen en had zich daarna stiekem bij een groep toeristen aangesloten die de Heilig-Bloedkapel uitkwamen en door hun gids naar de kantwinkels in de Breydelstraat werden gedreven. Van In schrok toen Valentijn plotseling op het terras opdook en dat was precies zijn bedoeling. De vijand diende murw gemaakt en pas daarna afgeslacht.

'Kan ik u iets te drinken aanbieden, mijnheer Heydens?'

Van In had zich voorgenomen kalm te blijven en niet toe te geven aan de razernij die hem verscheurde.

Valentijn knikte. De commissaris gedroeg zich als een gewillig slachtoffer en dat stemde hem mild.

'Uw vrouw verkeert in goede gezondheid', zei hij. 'Als u mijn instructies stipt opvolgt, zal haar niets overkomen.'

Hij ging zitten. De dienster kwam aansloffen. Haar voeten waren gezwollen en op haar kuiten vormden spataderen een purperkleurige delta.

'Geef mij maar een Bloody Mary', zei Valentijn.

Hij boog zich voorover

'Of moet ik Bloody Hannelore zeggen?'

De allusie was grof en vernederend. Hoe kon Valentijn weten dat Hannelore menstrueerde? Van In kreeg er kippenvel van. Zijn maag kromp ineen en produceerde meer zuur dan goed voor hem was. Iedere zenuw in zijn lijf was gespannen. Adrenaline kolkte door zijn aders. De gedachte dat Valentijn aan Hannelore had gezeten, maakte hem misselijk, maar hij mocht niet toegeven aan de drang om de 'lacho' naar de keel te vliegen en die langzaam dicht te knijpen. Het lot van Hannelore hing immers af van de manier waarop hij de zaak afhandelde.

'Ik neem hetzelfde als mijnheer', zei Van In tegen de dienster.

Hij stak een sigaret op en wierp een blik in de richting

van het Crowne Plaza-hotel aan de overkant van het plein. Als de huiszoeking bij Leona Vidts niets had opgeleverd, zou Versavel in hemdsmouwen voor de ingang verschijnen. Als hij zijn jasje droeg, was Hannelore terecht en kon Van In rustig op versterking wachten en Valentijn Heydens laten inrekenen.

De serveerster nam de bestelling op en slofte naar binnen. Van In schatte haar in de vijftig, maar ze was amper achtendertig.

'Vraag me wat u wilt, mijnheer Heydens en ik zal het doen.'

'Dat zou ik ook zeggen in uw plaats', grijnsde Heydens. 'Maar ik vrees dat het allemaal niet zo eenvoudig is.'

'Moeilijk gaat ook', zei Van In op een behoedzame toon.

Valentijn haalde een envelop tevoorschijn.

'Deze brief is gericht aan alle nieuwsredacties van het land', zei hij. 'Wilt u weten wat erin staat?'

Van In scheurde de envelop open. Hij wierp een schuine blik over de balustrade van het terras. Versavel stond voor de ingang van het Crowne Plaza-hotel, in hemdsmouwen en met zijn uniformjas over zijn arm.

14

Toen Van In aanstalten maakte om de brief te ondertekenen, hield Valentijn hem met een bruusk gebaar tegen.

'Niet zo vlug, commissaris.'

Hij klapte het deksel van zijn koffertje open, haalde een compactcamera tevoorschijn, een Leica voorzien van een lichtgevoelige lens, en stemde het diafragma af op de waarde die de ingebouwde lichtmeter aangaf.

'Nu nog even scherpstellen.'

Valentijn nam daarvoor ruimschoots de tijd. Het duurde minstens een volle minuut voor hij daarmee klaar was.

'Nu mag u tekenen, commissaris.'

De Leica maakte een zacht zoemend geluid, telkens als de sluiter open- en dichtschoof. Toen Van In de brief met een onleesbare krabbel had ondertekend, stopte Valentijn hem een krant toe, zorgde ervoor dat de voorpagina goed in beeld kwam en maakte nog een paar opnamen. Op die manier zou de commissaris niet kunnen ontkennen dat ze elkaar daags voor de aanslag hadden ontmoet en hij de brief wel degelijk op dat moment had ondertekend.

Valentijn borg de camera in het koffertje op en gaf Van In een kopie van de brief. Daarna schoof hij zijn stoel onder de tafel en trakteerde de commissaris op een spottend glimlachje. 'U weet wat er met uw vrouwtje zal gebeuren als iemand een poging onderneemt om mij te volgen', grijnsde hij. 'Ciao.'

Van In kneep zijn ogen dicht en bleef nog een paar minuten roerloos op het terras zitten, als in een trance. Nog nooit had het hem zoveel moeite gekost om kalm te blijven. Pas toen de golf van machteloze woede over haar hoogtepunt heen was, opende hij langzaam zijn gebalde vuisten. Er stond bloed in zijn handpalmen op de plaatsen waar zijn vingernagels zich door het vlees hadden geboord. Hij veegde zijn handen schoon met een papieren servet, wenkte de dienster en betaalde de rekening. Hij gaf haar zelfs een fooi, al was het maar om de vrouw duidelijk te maken dat er niets met hem aan de hand was. De serveerster wenste hem met een meewarige blik een prettige dag toe. Niemand hoefde haar nog iets wijs te maken. Ze verfrommelde de bebloede servet en slofte naar binnen.

Van In liep naar de overkant van de Burg in de richting van het Crowne Plaza-hotel. Zijn tred was houterig als die van een dronkeman die zijn uiterste best doet om een nuchtere indruk te maken. Versavel merkte meteen dat er iets mis was.

'Heeft hij zijn eisen bekendgemaakt?'

Van In liet zich op een bank neerploffen, stak een sigaret op en gaf Versavel de kopie van de brief die hij van Valentijn had gekregen. Bovenaan stond de datum vetjes gedrukt.

Waarde landgenoten,

Morgen komt de koning op bezoek in Brugge. Behalve ik en commissaris Pieter Van In is bijna niemand daarvan op de hoogte. De koning, de vader van het vaderland, beschouwt het immers als zijn plicht Henri Broos, een oude vriend van hem en net als hij een notoir hoerenloper, bij te staan in het uur van zijn dood. Wat de koning niet weet, is dat ik me op hem zal wreken en hem laten boeten voor het onrecht dat hij me heeft aangedaan. Niemand kan dat verhinderen, behalve commissaris Pieter Van In, met wie ik vandaag de aanslag tot in de kleinste details heb besproken. Hij heeft me beloofd niet op te treden en zich bereid verklaard deze overeenkomst met zijn handtekening te bezegelen.

Le divorce fait la farce.

'Valentijn Heydens is een gevaarlijke gek.'

Versavel vouwde de brief in vieren en gaf hem terug aan Van In.

'Valentijn is misschien gestoord, maar niet gek, Guido. Als hij erin slaagt de koning te vermoorden en Hannelore daarna vrijlaat, zal ik moeten bewijzen dat...'

Vermoeidheid speelde Van In parten. De conclusie lag voor de hand. Valentijn Heydens kon zich niet permitteren Hannelore vrij te laten. Als hij haar leven spaarde, zou hij zichzelf de das omdoen. Het dilemma nam steeds groteskere vormen aan.

'We moeten Hannelore opsporen', zei hij.

Versavel ging naast zijn vriend op de bank zitten en pulkte zenuwachtig aan zijn snor. De lucht boven het stadhuis werd met de minuut dreigender. In de verte kondigde een dof gerommel een onweersbui aan.

'Leona Vidts gaat in ieder geval vrijuit', zei hij. 'Ik heb het hele huis grondig doorzocht.'

'Weet je zeker dat ze niets met de ontvoering van Hannelore te maken heeft?'

Versavel haalde de schouders op.

'Leona is de moeder van Valentijn. Zelfs als ze iets van zijn actie afweet, dan zal ze hem nog niet verraden. Het enige dat ik je met zekerheid kan vertellen, is dat Hannelore niet in haar huis opgesloten zit. '

Van In gooide zijn halfopgerookte sigaret op de grond

en stak onmiddellijk een nieuwe op. Een aanslag op de koning zou het land in rep en roer zetten. Valentijn Heydens moest toch weten dat hij de dans onmogelijk kon ontspringen. Tenzij... Van In verdrong de gedachte dat Valentijn daarmee rekening had gehouden. De gedachte dat hij tot het uiterste zou gaan, deed hem huiveren.

'Ik wil even de benen strekken, Guido.'

Van In en Versavel liepen zij aan zij over het pad van natuursteen dat het noordelijk deel van de Burg, de plek waar ooit de Sint-Donaaskerk had gestaan, doormidden sneed. In het midden stond een bronzen beeldengroep, twee verliefden die elkaar eeuwige trouw hadden beloofd. Hoewel Van In het een lelijk ding vond, liet de symboliek ervan hem niet onberoerd.

Hij dacht aan de woorden van Leona Vidts. Zij had hem vergeleken met Orpheus, die net als hij bereid was zijn geliefde te volgen tot aan de poorten van de onderwereld. Misschien had ze dat wel ironisch bedoeld en refereerde zij aan haar onmogelijke liefde met prins A.

'Volgens mij weet Broos hoe de vork in de steel zit', zei Versavel. 'Zal ik hem bellen?'

'Doe dat maar', zei Van In toonloos.

Een flauwe bliksemschicht verlichtte de dure gevels, en nog voor de eerste echte donderslag de eerbiedwaardige gebouwen op hun grondvesten deed dreunen, begon het weer te regenen. Van In en Versavel zetten het op een lopen. Als dit een voorteken was van wat hen te wachten stond, zag de toekomst er niet rooskleurig uit.

Vrijmetselaars ontmoeten elkaar in een werkplaats, een plek waar ze aan de tempel bouwen, een gebouw dat nooit opgeleverd wordt en toch steeds nieuwe metselaars aantrekt, die net als Sisyphus zware stenen de helling blijven oprollen en er nooit achter zullen komen wat het resultaat van hun inspanningen is.

Toen Versavel Broos aan de lijn kreeg en hem uitlegde wat er aan de hand was, stemde de notaris erin toe hen te ontmoeten in de Beenhouwersstraat, in het hol van de leeuw.

'Ik dacht dat niet-leden daar niet welkom waren', zei Van In.

Versavel glimlachte. Vrijmetselaars van de hoogste graad mochten buitenstaanders uitnodigen als zij vonden dat ze daarmee hun broeders geen schade berokkenden.

'Ik vind het een hele eer', zei hij.

'Eer is een onverteerbaar kruid, Guido. Het verstopt de darmen.'

Ze liepen de brug over tussen de Moerstraat en de Speelmansrei. Aan de linkerkant helde het trottoir naar beneden en liep dood op een massieve poort. Versavel lichtte de deurklopper op, een gietijzeren ring in de vorm van een slang die zichzelf in de staart bijt, en duwde op het knopje dat onder de klopper verborgen zat. Tien seconden later ging de deur zoemend open.

'Ben je hier al eerder geweest?' vroeg Van In verbaasd.

'In een vorig leven, Pieter.'

Achter de deur lag een donkere gang met gewelfde bogen en een zwart-wit betegelde vloer. De muren waren kaal en het rook er naar oude mannetjes en sigaren. Aan de rechterkant van de gang zaten twee ramen, waardoor een diffuus licht naar binnen sijpelde.

'Net het voorgeborchte van de hel', zei Van In gedempt.

Hij was de verhalen die zijn moeder hem destijds had verteld niet vergeten.

'Houd toch op', reageerde Versavel bits.

Plotseling boorde een zonnestraal zich door het wolkendek en hulde de bedompte ruimte in een gelig schijnsel. Hoewel de werkplaats van de logebroeders nog maar pas gerenoveerd was, zaten de muren alweer onder de vocht- en salpetervlekken. Daar was de Reie verantwoordelijk voor.

'Je weet toch zeker dat we hier verwacht worden?' zei Van In.

Nog voor Versavel die vraag kon beantwoorden, ging een van de deuren open die op de gang uitkwamen. Henri Broos droeg een zwart pak en een blauwe das. Van op een afstand leek hij op een begrafenisondernemer.

'Komt u binnen, heren.'

Hij maakte een uitnodigend gebaar en trok zijn mondhoeken lichtjes naar boven.

'Wij zijn bijzonder verheugd dat u ons hier wilt ontvangen', zei Versavel plechtstatig.

Hij schreed op de notaris af en drukte hem op ceremoniële manier de hand, zoals broeders dat plegen te doen. Van In volgde het voorbeeld van zijn collega. Hij wist bij God niet wat Versavel bezielde.

'Goedemiddag, mijnheer Broos.'

'Goedemiddag, commissaris. Gaat u zitten.'

Anders dan de gang baadde de werkplaats in een helder licht. Er stonden een lange eiken tafel en een twintigtal stoelen met hoge rug en aan de schoorsteenmantel hing een ouderwets schilderij. Van In ging zitten op de stoel die Broos hem aanwees. Op de tafel stond een asbak, een kitscherig ding in de vorm van een doodshoofd, maar dat vond hij niet erg. Een asbak betekende dat hij hier mocht roken.

'U wilde mij in vertrouwen spreken', zei Broos.

Hij ging aan de andere kant van de tafel zitten. Zijn achterovergekamd haar glansde in het licht van de halogeenspots. Op de witgeverfde muur achter hem ontstond een blauwachtige aura.

'Het gaat over Valentijn', zei Van In.

'Over zijn persoon of over zijn afstamming?'

'Beide.'

Van In woog ieder woord op een schaaltje omdat hij niet wist of Broos wel te vertrouwen was. Maar hij moest iets doen. Als hij er niet in slaagde Valentijn op te sporen, zou Hannelore sterven.

'Is Valentijn de zoon van prins A?'

'Waarom wilt u dat weten?'

'Dat kan ik u niet zeggen.'

Broos slaakte een diepe zucht. Als hij de commissaris in vertrouwen nam, zou hij de kroon ontbloten en dat kon niet. Aan de andere kant was het duidelijk dat Valentijn twee moorden op zijn geweten had en ook dat kon hij moeilijk in overeenstemming brengen met zijn geweten. Hij wierp een blik op de twee afgeknotte zuilen die aan weerskanten van de schouw stonden. Ze symboliseerden twee tegenovergestelde principes die hij met elkaar diende te verzoenen.

'Oké', zei Van In.

Hij diepte zijn pakje sigaretten op.

'Stel dat Valentijn in het nauw gedreven wordt, waar zou hij zich dan verschuilen?'

Versavel leunde achterover in zijn stoel. Het plafond was blauw geverfd en bezaaid met gouden zonnen en zilveren manen. De werkplaats stond bol van de symbolen. Gedurende meer dan drie eeuwen had een kleine groep mannen de wereld proberen te verbeteren door strikte principes na te leven en die ervaring door te geven aan iedereen die het verdiende deze traditie voort te zetten. Broos had zich opgewerkt tot de hoogste graad. Hij was grootmeester. Het was ondenkbaar dat hij zijn broeders in de steek zou laten. Van In verbrak de sfeer door een sigaret op te steken.

'Het is een zaak op leven en dood, mijnheer Broos.'

De notaris knikte. De uitspattingen en de slemppartijen lagen ver achter hem. Hij had zijn tempel afgebroken en opnieuw opgebouwd. Marcus daarentegen had die kans laten liggen. Hij had van iedere vrucht geproefd die de Hoer hem had aangereikt en was pas aan het eind van zijn leven toegetreden tot de broederschap. Hij beschouwde zichzelf als een arbeider van het laatste uur en eiste hetzelfde loon op als zij die voor dag en dauw de akker hadden bewerkt.

'Valentijn is bezeten door de moderne techniek. Hij heeft er steeds van gedroomd uitvinder te worden', zei Broos. 'Net als zijn vader heeft hij zich altijd beziggehouden met materiële dingen.'

'Daar koop ik niets voor, mijnheer Broos', zei Van In op een verveelde toon. 'Het leven van mijn vrouw staat op het spel.'

Dat had hij beter niet gezegd, want Broos was een verdachte net als zijn ex-vrouw en zijn kinderen. Ieder woord kon tegen hem worden gebruikt. Van In tikte de as van zijn sigaret af in het gipsen doodshoofd dat als asbak diende. Er viel een lange stilte.

De oude notaris dacht aan het gesprek dat hij in het begin van de week met Leona had gevoerd. Ze had hem toen in het holst van de nacht gebeld om hem te melden dat Marcus Heydens dood was en dat iemand van de familie hem waarschijnlijk had vermoord. Ze had hem gevraagd wat ze moest doen en hij had haar herinnerd aan haar belofte. Wat er ook gebeurde, het hof zou hen beschermen. Stilzwijgen had hem de hoogste adellijke titel opgeleverd en dat suste zelfs het geweten van de meest fervente vrijmetselaar.

'Valentijn heeft zijn eigen werkplaats', zei Broos plotseling.

Die woorden ontsnapten hem als water aan een lekkende kraan. Mensen die op het punt staan dood te gaan, nemen soms de vreemdste beslissingen. Atheïsten bekeren zich tot een of andere God en gelovigen geven zich over aan blasfemie. De ironie van het leven heeft altijd het laatste woord. Niemand sterft met zekerheden, want de Dood is een onbekende met wie je wel moet onderhandelen.

'Een werkplaats?'

'Valentijn heeft een atelier.'

'Waar?'

'Dat weet ik niet', zei Broos.

Van In drong niet verder aan. Als Valentijn over een werkplaats beschikte, was het een koud kunstje om dat adres op te sporen. De spanning viel van hem af als schuim van de vaat.

'Ik apprecieer uw medewerking, mijnheer Broos.'

De notaris knikte. De bekentenis die hij net had afgelegd, leverde hem voldoende krediet op om de veerman te betalen die hem straks naar de overkant van de stroom zou roeien.

'Ik wens u het allerbeste toe, commissaris Van In.'

Een week geleden had Broos procureur Beekman gebeld en hem gevraagd Van In op een zijspoor te zetten. Nu had hij daar spijt van.

'Laat niet na contact met me op te nemen als u meer inlichtingen wenst', zei hij.

'Dat zal ik zeker doen, monsieur le notaire.'

Beide mannen gaven elkaar de hand. Broos beroerde de handpalm van Van In met een lichte druk zoals dat onder broeders de gewoonte is. Van In besteedde daar geen aandacht aan. Hij vroeg zich af waar Hannelore was en of Valentijn haar wel goed behandelde. Onder zijn borstbeen gloeide een doffe pijn die hem beklemde.

Toen Hannelore uit haar verdoving ontwaakte, dacht ze dat ze thuis op het toilet in slaap was gevallen, zoals dat vroeger wel eens was gebeurd na een avondje stappen met Van In. Ze probeerde overeind te komen. Toen dat niet lukte, de boeien om haar polsen lieten haar weinig bewegingsvrijheid toe, besefte ze dat dit niet het toilet was dat ze al meer dan vier jaar met Van In deelde. De lichtschakelaar zat niet op zijn plaats en de geur klopte niet. De kettingen rinkelden. In de verte loeide een koe. Herinneringen dreven als losse flarden voor haar geestesoog. Valentijn had haar 'mevrouw de onderzoeksrechter' genoemd en haar het krukje gedemonstreerd waarmee hij zijn vader om het leven had gebracht. Toen Van In haar had gevraagd of Valentijn in L'Estaminet de hele tijd bij haar was gebleven en zij had toegegeven dat hij een keer op straat had getelefoneerd, hadden ze daar ruzie over gemaakt. Je kunt toch niemand vermoorden door een telefoonnummer in te toetsen, had ze geschreeuwd. Van In had er niet verder over doorgeboomd en zich verontschuldigd met een zoen. Dat was pijnlijk, zeker nu hij gelijk bleek te hebben. Aan de rest durfde ze amper te denken. De gedachte dat Valentijn haar had ontkleed, maakte haar opstandig en triest. Triest omdat de aangename herinneringen die ze aan hem had bewaard, nu waardeloos waren en ze een van de mooiste momenten uit haar leven definitief zou moeten uitwissen. Ze begon te huilen en dat was geleden sinds de geboorte van Sarah en Simon.

'Wat doen we nu?' vroeg Versavel toen de deur van de loge achter hen dichtviel.

Van In stak een sigaret op. Eigenlijk rookte hij omdat hij bang was om dement te worden en liever aan longkanker stierf dan te verschrompelen als een plant.

'Er zijn twee mogelijkheden. Valentijn Heydens huurt een atelier of hij heeft het pand gekocht.'

'Het kadaster?'

'Dat lijkt me een logische keus', zei Van In.

Ze liepen via de Artoisstraat naar het Zand, in de gietende regen.

In Laken bleef de koning droog, daar zorgden twee lakeien voor. De vorst liep onder twee paraplu's naar zijn gepantserde Mercedes. Hij hanteerde een elegante wandelstok waarmee hij de druk op zijn gewrichten probeerde te verlichten. Jicht zat de Coburgs in de genen of ze nu dronken of niet. De lakeien deden hun paraplu's dicht en liepen in de regen terug naar het paleis. Alles verliep conform de etiquette. In de auto raadpleegde de koning zijn voicemail. Er was een bericht. Terwijl de zware Mercedes zich onder begeleiding van de staatsveiligheid en de rijkswacht een weg door het hectische verkeer baande, toetste de koning het nummer van Henri Broos in, de burggraaf met wie hij als jonge prins de dolste avonturen had beleefd.

'Hallo Henri.'

'Bent u het, sire?'

De koning strekte zijn benen en stak stiekem een sigaartje op.

'Pas de formalités, Henri. Quelles nouvelles?'

'Je vous ai appelé à propos de Valentin', zei Broos.

De koning slaakte een diepe zucht. Op zijn voorhoofd verschenen drie gegolfde groeven.

'Wat heeft die nu weer uitquespookt?'

Gisteren had hij samen met de koningin een woordenlijst met nieuwe Nederlandse woorden doorgenomen. Naast 'uitspoken' had hij in blauwe inkt een kruisje geplaatst. Hij vond 'uitspoken' een geestig woord en had zich voorgenomen het te gebruiken zodra de gelegenheid zich zou voordoen. 'Iets in ongunstige zin uitvoeren' stond er in het woordenboek en dat zou hier wel het geval zijn. Valentin deed altijd de verkeerde dingen. Vorig jaar nog had hij een partij exotische vogels het land binnengesmokkeld, ze in helle kleuren geverfd en ze daarna proberen door te verkopen als 'des oiseaux très rares'. Innocent, had de koning gedacht, tot de minister die voor die aangelegenheden bevoegd was een brief had ontvangen van een beruchte dierenrechtenorganisatie en het geen haar had gescheeld of Valentin was in kort geding tot een gevangenisstraf veroordeeld. De zaak was zonder gevolg geklasseerd, net als alle voorgaande.

'De politie verdenkt hem van een zwaar misdrijf', zei Broos.

'Een misdrijf.'

De koning raadpleegde zijn vertaalcomputer.

'Est-ce-que c'est grave?'

'Le commissaire qui mène l'enquête se pose des questions sur la descendance de Valentin.'

De koning schrok. Hij kon een schandaal missen als kiespijn.

'Hoe kunnen we verhinderen dat dit in de openbaarheid komt, Henri?'

De gepantserde Mercedes reed een tunnel binnen waardoor de verbinding tijdelijk uitviel. Gelukkig duurde dat niet lang. '...Valentin a disparu.'

'Wat zegt u?'

'Kort na de moord op Marcus Heydens en Wilfried Delanghe is Valentin spoorloos verdwenen', herhaalde Broos.

'Dan moeten wij hem terukvinden voor de politie dat doet', zei de koning.

'Ik doe meteen het nodige, sire.'

'Zorg ervoor dat het niet opvalt, Henri.'

'Comptez sur moi.'

'A demain, Henri.'

'Tot morgen, sire.'

Broos haakte in, ging voor het raam staan en keek naar de regendruppels die in grillige beekjes over het glas stroomden. Valentijn was even ongrijpbaar als water. Niemand, zelfs wijlen Marcus Heydens niet, was ooit tot hem kunnen doordringen. Als kind had Valentijn zich van de wereld afgezonderd en dat was zo gebleven. Hij had in zijn eentje een eigen universum gecreëerd en dat had hij nooit met iemand willen delen. Zijn enige passie was techniek en hoewel hij slechts met veel moeite een diploma had behaald, wist Broos dat Valentijn over de gave beschikte om problemen op te lossen en dat hij nooit opgaf voor hij zijn doel had bereikt. Die verbetenheid had hij van zijn oom geërfd, net als zijn passie voor techniek. Soms verdween hij voor een paar dagen naar zijn atelier waar hij allerlei vreemde experimenten uitvoerde, geldverslindende probeersels die Broos in de loop der jaren al een fortuin hadden gekost, maar hem uiteindelijk een adellijke titel hadden opgeleverd. Henri burggraaf Broos. Dat zou mooi staan op zijn zerk.

Virginie Broos schrok toen Van In en Versavel haar kamer binnenkwamen. Hoewel ze bij de brand geen lichamelijk letsel had opgelopen, had de behandelende arts beslist haar nog vierentwintig uur in observatie te houden.

'Zijn jullie van de verzekeringsmaatschappij?' vroeg ze verbouwereerd.

'Nee', zei Van In. 'Wij zijn van de politie. Ik ben commissaris Pieter Van In en dit is mijn collega Guido Versavel.'

Virginie fronste haar voorhoofd. Kwamen ze haar van iets beschuldigen?

'Het gaat om uw stiefbroer', zei Van In.

Virginie haalde opgelucht adem en liet haar hoofd in het hoofdkussen zakken. Ze glimlachte.

'Wat heeft die nu weer uitgespookt?'

Van In ging aan het hoofdeinde van het ziekenhuisbed staan. Versavel hield zich op de achtergrond.

'Wat bedoelt u daarmee, juffrouw?'

Virginie bleef glimlachen. Ze was ervan overtuigd dat iedereen op de hoogte was van de fratsen die Valentijn in de voorbije jaren had uitgehaald. Ooit had hij vijftigduizend Ruandese weeskinderen willen adopteren en de Belgische staat voor de rechtbank gedaagd omdat de bevoegde administratie weigerde zijn toekomstige kroost kinderbijslag uit te betalen. Na een kortstondige heisa in de media was de hele zaak met een sisser afgelopen.

'Valentijn zegt dat hij een miskend genie is, commissaris. Hij noemt zich uitvinder en filantroop en beklaagt zich er voortdurend over dat de mensen hem niet begrijpen. Volgens mij...'

'Weet u waar zijn atelier zich bevindt?' onderbrak Van In.

'Nee, commissaris. Valentijn beschouwt zijn atelier als een geheim lab, een plek waar de aarde communiceert met de andere elementen. Tenminste, zo heeft hij zijn atelier ooit omschreven.'

Terwijl Van In notities nam, wierp Versavel een blik op zijn horloge. Het was vijf over vier. Er restte hen amper tweeëntwintig uur om Hannelore op te sporen en dat was gezien de beperkingen die Valentijn hen had opgelegd, behoorlijk krap. Bovendien moesten ze voorzichtig te werk gaan. Een onderzoek op grote schaal zou zijn aandacht kunnen trekken en was dus uitgesloten. Terwijl Van In Virginie verhoorde, liep Versavel naar de hal van het ziekenhuis en belde de directeur van het kadaster, maar ook die had slecht nieuws. Bij zijn dienst stond Valentijn Heydens niet geregistreerd als eigenaar van onroerend goed, wat betekende dat hij het atelier huurde en dat was moeilijker na te trekken. Versavel bestelde een koffie in de cafetaria en wachtte daar op Van In.

Na het gesprek met de koning belde Henri Broos procureur Beekman. Toen iemand hem met een verveelde stem meldde dat hij mijnheer de procureur onder geen enkel beding mocht storen, reageerde de oude burggraaf geprikkeld.

‘Moet u eens goed naar me luisteren, beste man. Mijn naam is Henri Broos en ik ben een persoonlijke vriend van de procureur. Als hij erachter komt dat u hem in het ongewisse hebt gelaten over mijn oproep, zal dat ernstige consequenties hebben voor het verloop van uw carrière. Begrijpt u dat, mijnheer?’

De man klapte het boek dicht waarin hij had zitten lezen en nam een slokje van zijn koffie.

‘Mag ik uw aandacht erop vestigen dat de Middeleeuwen al een tijdje achter ons liggen. Voor mijn part bent u de koning. Als de procureur niet gestoord wil worden, dan gebeurt dat ook niet. Is dat duidelijk, mijnheer Broos?’

Nog voor Broos kon reageren, verbrak de medewerker van procureur Beekman de verbinding. ‘Zo moet je die kerels aanpakken’, zei hij met een zelfvoldane glimlach tegen een jonge stagiaire die aan een piepkleine dactylotafel vonnissen zat te typen.

Het meisje profiteerde van de aandacht van haar chef om haar werk even te staken.

‘Ja’, zei ze. ‘Mensen denken tegenwoordig dat ze zich alles kunnen permitteren.’

‘Dat heb je goed gezien, Anja.’

Hij knikte goedkeurend. Misschien was dit wel het geschikte moment om haar te vragen of ze zin had om vanavond een pilsje met hem te gaan drinken.

‘Eindelijk’, zuchtte Versavel toen Van In een uur later kwam opdagen.

‘Ik ben nog even bij Diana Delanghe langsgeweest’, zei Van In.

‘En?’

‘Haar toestand is stabiel. De chirurgen hebben de kogel verwijderd. Over een paar weken is ze weer de oude. Tenminste...’

Van In aarzelde. De mentale toestand van Diana was verre van schitterend. Midden in het gesprek had ze haar nachthemd opengeknoopt en hem gevraagd de pop aan te reiken die helemaal aangekleed en voorzien van een luier op het voeteinde van haar bed lag. Hij heeft voortdurend honger, had ze gezegd.

'Ben je iets te weten gekomen over het atelier van Valentijn?' vroeg Versavel ongeduldig.

'Nee', zei Van In. 'Ze kraamt voortdurend wartaal uit. Toen ik het atelier van Valentijn ter sprake bracht, zei ze iets over de vos die de passie preekt.'

'De vos die de passie preekt?'

'Ja', zei Van In. 'De vos die de passie preekt.'

Hij stak een sigaret op en vroeg Versavel of hij een pilsje wilde halen. Terwijl hij zat te wachten, hoorde hij plotseling een bekende stem zijn naam roepen. Hij draaide zijn hoofd in de richting van het geluid en zag agent Bruynooghe met grote stappen op hem afkomen.

'Het zijn altijd dezelfden die moeten werken', grijnsde de agent.

Van In knikte en nodigde zijn ondergeschikte met een nonchalant gebaar uit te gaan zitten.

'Wat doe jij hier eigenlijk?'

'Verkeersongeval. Een of andere gek heeft op de Baron Ruzettelaan zijn Mercedes in de prak gereden', zei Bruynooghe. 'Het mag een wonder heten dat de chauffeur de klap overleefd heeft, want van de wagen blijft zo goed als niets meer over.'

'Een zatlap?'

Bruynooghe haalde zijn schouders op.

'Naar verluidt is hij familie van de voorzitter van de rotaryclub.'

'Vanneuville', zei Van In gesmoord.

'Kent u hem?'

Ondanks de heikele situatie moest Van In glimlachen,

want wie zou nu nog kunnen bewijzen dat hij verantwoordelijk was voor de blikschade die hij een paar dagen geleden had veroorzaakt aan de wagen van Vanneuville tijdens de achtervolging van Diana in de Gentpoortstraat?

'Kan ik je een pilsje aanbieden, Robert?'

'Nee, dank u, commissaris.'

Van In trok zijn wenkbrauwen op. Agent Bruynooghe die een pilsje afsloeg, was even onalledaags als een politicus die een interview weigert.

'De wereld is toch niet aan het vergaan, Robert?'

'Bijna', monkelde Bruynooghe. 'De procureur heeft net alarmfase 1 afgekondigd. Dat zou u toch moeten weten.'

Toen Van In hoofdschuddend toegaf dat hij daarvan niet op de hoogte was, vertelde Bruynooghe hem in een paar woorden wat er aan de hand was. Het parket had alle politiediensten in de hoogste staat van paraatheid gebracht. Hun opdracht luidde: Valentijn Heydens opsporen en hem ter beschikking stellen van de bevoegde magistraat.

'Verdomme.'

Van In sprong overeind en rende naar de bar waar Versavel nog stond aan te schuiven. Bruynooghe volgde het tafereel met enig leedvermaak. De commissaris bracht altijd leven in de brouwerij, letterlijk en figuurlijk.

'Als u me niet stante pede vertelt waar Beekman is, schiet ik u een kogel door het hoofd', brieste Van In tegen de man die Henri Broos anderhalf uur geleden had afgescheept. Anja, de jonge stagiaire, verwachtte dat haar overste de brutale politieman eens flink mores zou leren, maar in plaats daarvan boog hij nederig het hoofd en vertelde Van In waar de procureur naartoe was. Anja gooide haar hoofd in haar nek, trok haar jas aan en liep naar de prikklok. Mannen, dacht ze. Als het er echt op aankomt, laten ze je altijd in de steek.

Procureur Beekman nipte van een glaasje oude port. Henri Broos zat tegenover hem.

'U beweert dat de veiligheid van de koning bedreigd wordt als we er niet in slagen Valentijn op te sporen?' zei hij ernstig.

De notaris kruiste zijn benen en leunde achterover in zijn muffe stoel. Het was een delicate kwestie. Hij mocht onder geen enkel beding de kroon ontbloten.

'Het gaat niet om de fysieke veiligheid van de koning, Jozef.'

'Waarover gaat het dan wel?' vroeg Beekman.

Een uur geleden had de gouverneur hem via de stafhouder gebeld met de dringende vraag Henri Broos op staande voet te ontvangen. De nationale veiligheid 'stoat up 't spel' had hij er in het beschaafd West-Vlaams aan toegevoegd. Meer had zijn goede vriend Broos hem niet willen verklappen en dat hoefde ook niet. Logebroeders stelden elkaar geen indiscrete vragen.

'Valentijn is van plan morgen de naam van onze vorst in opspraak te brengen', loog hij. 'Dat moeten wij tot elke prijs vermijden.'

'Tja', zei Beekman.

De goede naam van de koning was één zaak, het mobiliseren van alle politiediensten een andere.

'Hoofdcommissaris De Kee heeft me bevestigd dat hij alle maatregelen heeft genomen om het bezoek van de vorst ongestoord te laten verlopen', zei hij. 'Als Heydens een poging onderneemt om de openbare orde te verstoren, zal de politie onmiddellijk ingrijpen. Meer kan ik voor het ogenblik niet voor u doen, Henri.'

Het geklingel van de voordeurbel deed de bediende van notaris Broos opschrikken. Hij onderbrak zijn bezigheden en slofte haastig door de lange gang. Sinds het vertrek van mevrouw Leona had mijnheer niet zoveel bezoekers over de vloer gekregen.

'Goedemiddag', zei Van In toen de bediende van Broos de voordeur openmaakte. 'Ik ben commissaris Van In en ik wil de procureur dringend spreken.'

'Een ogenblikje, mijnheer.'

De bediende vroeg zich niet af hoe de commissaris erachter was gekomen dat de procureur bij mijnheer Henri op bezoek was. Hij liet de deur op een kier en slofte naar de salon.

Toen Valentijn Heydens over de Scheepsdalebrug reed, merkte hij in de verte twee politie-agenten op. Ze stonden naast hun combi en hielden het voorbijrazende verkeer scherp in het oog. Valentijn vertraagde. Een rilling kronkelde als een slang langs zijn ruggengraat omhoog tot in zijn nekwervels. Als dit een zet van Van In was, zou Hannelore daarvoor boeten. Voor de splitsing van de Blankenbergse en de Oostendse Steenweg week hij naar links uit, draaide om de rotonde en reed terug naar de ring. Er zat maar één ding op, hij moest zich van zijn wagen zien te ontdoen.

15

Van In wachtte het antwoord van de bediende niet af. Daarvoor was zijn tijd te kostbaar. Bovendien wilde hij niet het risico lopen afgescheept te worden. Hij duwde de voordeur open en betrad de gang. Gedempte stemmen wezen hem de weg. Terwijl de bediende zijn werkgever in omstandige bewoordingen vertelde dat twee politiemensen de procureur dringend wensten te spreken, viel hij de salon binnen. De stemmen verstomden. Broos trok zijn mondhoeken naar beneden en bekeek Van In met een blik die zowel verbazing als irritatie uitdrukte, maar hij vertikte het om een woord te zeggen. Dat vond hij beneden zijn waardigheid. Het was Beekman die als eerste reageerde.

'Wat scheelt er nu weer, commissaris?'

De procureur stak zijn wrevel niet onder stoelen of banken. Hij voelde zich betrapt. Van In zou zijn bezoek aan de notaris verkeerd kunnen interpreteren en een verband leggen tussen de moord op Heydens en de loge, wat voor narigheid kon zorgen.

'Kan ik u even onder vier ogen spreken, mijnheer de procureur?'

Beekman keek naar Broos. De notaris haalde verveeld de schouders op.

'Over een uurtje ben ik op mijn kantoor', zei Beekman.
'Het is dringend, mijnheer de procureur.'

Beekman verstrakte.

'Over een uur, commissaris.'

'Over een uur kan Hannelore dood zijn.'

Van In verhief zijn stem. Versavel hoorde hem schreeuwen tot aan de voordeur. Hij duwde op zijn beurt de voordeur open, glipte naar binnen en vatte post in de gang.

'Ik wil dat u de zoekactie naar Valentijn Heydens onmiddellijk staakt.'

Een magistraat een rechtstreeks bevel geven, is ongeveer hetzelfde als een cobra ervan proberen te overtuigen haar eigen gif in te slikken. Beekman bevochtigde zijn bovenlip met zijn tong. Deze keer was de commissaris te ver gegaan. Toch nam hij zich voor beleefd te blijven, al was het maar omwille van Hannelore.

'Ik vrees dat ik u zal moeten teleurstellen, Van In. De zoekactie naar Heydens geniet de hoogste prioriteit.'

Beekman keek naar Broos. De oude notaris knikte. Zo hoorde het. Het voetvolk diende zijn plaats te kennen. De goedkeurende blik van Broos ontging Van In niet. Hij begreep meteen wat er aan de hand was.

'En toch zou ik u graag onder vier ogen spreken, mijnheer de procureur.'

Van In herhaalde zijn verzoek op een onderdanige toon. In zijn borstkas bonkte een klein mannetje met een voorhamer tegen de binnenkant van zijn ribben. De pijn maakte hem misselijk. Hij mocht er niet aan denken wat Hannelore zou overkomen als Valentijn vermoedde dat de politie hem op de hielen zat. Op een of andere manier was hij ervan overtuigd dat de arrestatie van Valentijn het doodsvonnis dat over Hannelore was uitgesproken, niet zou tenietdoen en dat maakte hem wanhopig.

'Alstublieft, mijnheer de procureur.'

Beekman had Van In nog nooit horen smeken. Hij stond in tweestrijd. Als hij Van In zijn zin gaf, zou hij gezichtsverlies lijden tegenover de grootmeester en iedere kans op promotie verspelen. Aan de andere kant liet het lot van Hannelore hem niet onberoerd. In normale omstandigheden had hij waarschijnlijk voor haar gekozen, maar zelfs als hij partij koos voor commissaris Van In, bleef er nog het verzoek van de koning en dat kon hij niet zomaar naast zich neerleggen.

'Ik kan niets voor jou doen, Van In.'

Van In incasseerde de dolkstoot met een verbeten gezicht, als een moderne Julius Caesar. Tu quoque, Brute, dacht Versavel, die ondertussen stilletjes de salon was binnengeslopen.

'Je moet de operatie afblazen, Jozef.'

Het was een ongeschreven wet dat Van In de procureur in het openbaar nooit met de voornaam aansprak. Dat hij dat nu wel deed, bewees dat hij ten einde raad was.

'Sorry, Van In, maar ik moet er nu dringend vandoor.'

Beekman wendde zich tot Versavel.

'Kunt u mij een lift geven naar het gerechtsgebouw, brigadier?'

Versavel schrok. De donkerblauwe BMW van Beekman stond in een zijstraat, niet ver van de plaats waar hij de Golf had geparkeerd.

'Tot uw dienst, mijnheer de procureur.'

Hij sprong in de houding en salueerde. Daar keek Van In vreemd van op. Wat wilde Versavel hem in vredesnaam duidelijk maken?

Valentijn liet zijn wagen achter langs de Oostendse vaart onder een spoorwegbrug, liep het hele eind terug en nam aan de Ezelpoort de bus naar het centrum. Von Clausewitz, een bekend Duits strateeg, had ooit geschreven dat bij ieder plan een reserveplan hoorde dat minstens evengoed moest zijn als het oorspronkelijke en liefst nog eenvoudiger. Valentijn had eergisteren een wagen gehuurd voor het geval er zich complicaties zouden voordoen. De wagen, een onopvallende Fiat, had hij in de ondergrondse parkeergarage op het Zand gestald. In de koffer lagen een stel kleren, een bril, scheergerei en een valse identiteitskaart die hij destijds van Diana had gekocht. Over tien minuten zou zelfs zijn moeder hem nog amper herkennen. Voor één keer in zijn leven had hij alle parameters perfect onder controle en dat bezorgde hem een ijl gevoel in zijn hoofd en tintelingen tussen zijn schouders, want sterven op het hoogtepunt van je kunnen was het mooiste wat een mens kon overkomen. Nog mooier was dat Hannelore hem zou vergezellen op zijn reis naar de overkant van de rivier. Morgen zouden ze voor altijd samen zijn.

'Geef me een goede reden waarom ik de zoektocht naar Valentijn Heydens zou afblazen', vroeg Beekman toen ze de Augustijnenrei insloegen.

Toen Van In de geparkeerde BMW herkende, begreep hij dat Beekman een spelletje had gespeeld. Hij slikte de verwensingen in die hij hem naar het hoofd had willen slingeren en klopte zich symbolisch op de borst.

'Heydens heeft Hannelore ontvoerd', zei hij. 'Hij dreigt ermee haar te vermoorden als wij hem proberen op te sporen.'

Van In zette zich schrap. Beekman zou hem vragen waarom Heydens Hannelore had ontvoerd en welke eisen hij had gesteld. Dat deed hij niet. De procureur bleef staan en keek Van In doordringend aan. Zijn blik drukte een mengeling van wanhoop en medelijden uit. De ontvoering van Hannelore door Valentijn Heydens bevestigde de bezorgdheid van het hof.

'Het spijt me, Pieter, maar ik kan en mag geen gevolg geven aan jouw verzoek.'

Op de kaaimuur vochten hongerige mussen om een paar kruimels brood. Een eenzame toerist schouderde zijn camera en legde het tafereel vast op de gevoelige plaat. Het geluid van de sluiter klonk oorverdovend.

'Wil je dat nog eens herhalen, Jozef?'

'Het spijt me, Pieter.'

Beekman pakte zijn autosleutels, maakte het portier van zijn BMW open en stapte in.

'Bel me als je over meer gegevens beschikt.'

Hij startte de motor, klapte het portier dicht en liet Van In aan zijn lot over. Dat deed hij met pijn in het hart, maar hij had geen andere keus.

Van In ging op de kaaimuur zitten en stak een sigaret op. Beekman had gezegd dat hij de jacht op Valentijn Heydens niet mocht afblazen en dat betekende dat die beslissing op het hoogste niveau was genomen. Wist Beekman dat Valentijn een aanslag op de koning voorbereidde? Nee, dat was onmogelijk. In dat geval zouden de veiligheidsdiensten niet toelaten dat de koning morgen naar Brugge kwam. Van In pijnigde zijn hersenen en overliep in gedachten de gebeurtenissen van de voorbije dagen. Versavel liet hem met rust. De kansen om Hannelore op te sporen, werden met het uur kleiner. Alleen een mirakel kon haar nog redden.

Valentijn Heydens maakte de poort van zijn atelier open en reed zijn gehuurde Fiat naar binnen. Tijdens de rit van Brugge naar hier was hij twee keer aangehouden, een keer door de politie, de tweede keer door de rijkswacht. Van hun grimmige gezichten viel af te lezen dat ze het ernstig meenden. Iedere controle duurde bijna een kwartier, maar dat vond Valentijn niet erg. De grondigheid waarmee ze te werk gingen, bewees dat hij belangrijk was. Eigenlijk zou hij Van In dankbaar moeten zijn. Het machtsvertoon van de politie verhoogde zijn prestige en prestige was het enige wat hij wilde verwerven. Valentijn liep naar de cabine waarin Hannelore zat opgesloten. In de deur zat een gleuf, een soort brievenbus waarlangs zuurstof naar binnen kon. Valentijn ging op zijn knieën zitten en gluurde door de opening.

'Hallo, schat. Papa is thuis. Wil je een zoentje?'

Zijn stem te horen luchtte Hannelore op. Ze vergat zelfs even dat hij haar had ontvoerd. Hoe kwam het toch dat ze hem niets kwalijk kon nemen?

'Ik wil je een zoentje geven op voorwaarde dat je me hier uit laat.'

'Als ik dat doe, wil ik meer dan een zoentje.'

Nog een keer met haar slapen zou zijn geluk compleet maken.

Hannelore haalde diep adem. Ze voelde zich ellendig. Haar spieren waren verkrampt van het lange zitten en de stank in het hok was niet meer te harden. Ze had alles gedaan in ruil voor een douche en schone kleren.

'Geef me nog even de tijd', fluisterde ze schor.

Valentijn glimlachte. Hij was van plan om de nacht door te brengen in zijn atelier. Van slapen zou niet veel terechtkomen. Hij zou om het uur terugkomen en haar telkens weer dezelfde vraag stellen. Hij krabbelde overeind en liep naar de andere kant van zijn werkplaats. Aan een van de dwarsbalken hing een strop en daaronder stond het krukje dat al eerder zijn diensten had bewezen.

Van In gooide zijn derde sigarettenpeuk in de Reie. Zijn voorhoofd gloeide en zijn handen trilden.

'Broos is onze enige kans', zei hij.

Versavel stelde geen vragen. Hij hoopte dat Van In het bij het rechte eind had. Ze liepen van de Augustijnenrei naar de Sint-Jorisstraat en belden voor de tweede keer aan. Toen de bediende de deur openmaakte, duwde Van In hem bijna omver en stapte zonder veel omhaal naar binnen.

Broos zat in de salon bij het raam in een fauteuil. Hij droeg een fluwelen kamerjas en herlas met gefronst voorhoofd een hoofdstuk van De boeteling van Isaac Bashevis Singer, een van zijn favoriete boeken. Toen Van In de kamer binnenstormde, reageerde hij heel gelaten, als een grootvader die de lasten en de lusten van het leven kent en zich over niets meer druk hoeft te maken.

'Ik had u verwacht, commissaris', zei hij

Van In monsterde de oude man. Er hing een serene sfeer in de duffe salon. Was het dan toch waar dat vrijmetselaars goede mensen waren?

'Het gaat om mijn vrouw, notaris. Valentijn heeft haar ontvoerd en dreigt ermee haar te vermoorden als wij hem proberen op te sporen.'

Beekman handelde op bevel van hogerhand en Broos onderhield een intieme band met het koningshuis. Het verband was duidelijk.

'Wat moet ik doen, commissaris?'

Van In wierp een blik op zijn horloge. Het was kwart over zeven.

'Geef me twaalf uur.'

Broos glimlachte. Het leek wel of hij midden in een misdaadverhaal was beland. Hij klapte zijn boek dicht en hees zich met krakende gewrichten uit zijn stoel.

'Gelieve mij even te verontschuldigen, heren. Ik ben onmiddellijk terug.'

Hij liep naar zijn studeerkamer, een muf vertrek dat volgestouwd stond met leren banden, oude wetboeken waarvan zelfs de goudopdruk in de loop der jaren was vervaagd. Een bureau in empirestijl nam een groot deel van de kamer in beslag. Tussen twee laden zat een geheime bergplaats en daar bewaarde Broos behalve een kopie van zijn laatste wilsbeschikking een klein notitieboekje. Op de eerste pagina stond een getal van tien cijfers. Als Broos ieder cijfer met één vermeerderde en dat nummer op het klavier van zijn telefoontoestel intoetste, kwam hij rechtstreeks bij de koning terecht.

'Hallo, sire.'

De koning stond in de badkamer met een handdoek om zijn lenden.

'Bonsoir, Henri.'

Hij krabde de onderkant van zijn rug en ging op een houten bankje zitten waarop hij om de drie weken plaatsnam om zijn teennagels te knippen, maar waarvan hij nu noodgedwongen gebruik maakte, omdat zijn arts hem geadviseerd had niet langer te staan dan strikt noodzakelijk was.

'J'ai une question délicate à vous poser, sire.'

'A propos de ma visite de demain?'

De koning nipte voorzichtig van een Bacardi-cola die naast hem op een verguld bijzettafeltje stond. Zijn kamenier bezorgde hem de drank stiekem in een thermoskan.

'Non, sire. C'est plus grave que ça.'

'Je vous écoute, Henri.'

'Ik vraag me af wat Broos aan het bedisselen is', zei Van In toen de notaris na tien minuten nog niet was komen opdagen.

Nog voor Versavel de kans kreeg daarop te reageren, zwaaide de verbindingsdeur tussen de salon en de studeerkamer open. Broos schreed naar binnen. Het schrijden was een gevolg van het telefoongesprek dat hij met de vorst had gevoerd. De gewichtigheid waarmee hij zich voortbewoog, was vergelijkbaar met de euforie die bepaalde mensen overviel als ze een of andere flut-BV de hand hadden mogen drukken.

'Het hof stuurt een wagen', zei hij zichtbaar geëmotioneerd. 'De koning wil u vanavond nog ontmoeten.'

Er zijn grapjes die zelfs op 1 april niet kunnen. De koning die een wagen stuurt om een eenvoudige onderdaan op te halen zou daar een van kunnen zijn, maar de ernstige trek om de mond van Broos sprak dit tegen.

‘Ik dacht dat Valentijn een of andere ludieke actie op touw had gezet’, zei de notaris. ‘Om te vermijden dat hij morgen het bezoek van de koning zou verstoren, heb ik procureur Beekman verzocht een uitgebreide zoekactie te organiseren. Toen wist ik nog niet dat het leven van uw vrouw gevaar liep. Ik heb de koning daarvan op de hoogte gebracht.’

Van In verstijfde. Hij had dus toch gelijk. Broos noch Beekman wist dat Valentijn van plan was een aanslag op de koning te plegen. Misschien was er toch nog hoop.

‘Wat verstaat u onder een ludieke actie, mijnheer Broos?’

De notaris schudde meewarig het hoofd. Hij kon de commissaris de waarheid alleen bij benadering vertellen.

‘Iemand heeft Valentijn wijsgemaakt dat hij de onechte zoon van de koning is, omdat zowel ik als wijlen zijn vader goede relaties onderhielden met de vorst. Bovendien is Leona Vidts destijds in zijn gezelschap gesignaleerd en dat heeft de roddelmachine aangezwengeld. Ik dacht dat Valentijn dat gerucht zou aangrijpen om morgen het bezoek van de koning te verstoren, vandaar dat ik procureur Beekman heb verzocht hem op te sporen.’

Van In haalde opgelucht adem.

‘In afwachting van de koninklijke escorte zou ik best een borrel kunnen gebruiken.’

Broos knikte. Hij liep naar de kast waar hij de calvados bewaarde en schonk de glazen vol. Het was jaren geleden dat hij nog bij de vorst aan huis was geweest.

Hannelore werd gekweld door wroeging en angst. Wroeging omdat ze als een dom gansje in de val was gelopen en angst omdat ze vreesde dat bij Valentijn alle stoppen waren doorgeslagen en hij tot het uiterste zou gaan om zijn zin te krijgen. Wat moest ze doen? Toen ze nog student was, had ze zelf ondervonden dat bepaalde mannen er niet voor terugdeinzen hun carrière in de waagschaal te stellen in ruil voor een snelle wip. Een prof had haar ooit een oneerbaar voorstel gedaan: twee nachten in ruil voor een grote onderscheiding. Ze had er lang over nagedacht en ten slotte voor een herkansing gekozen. De prof in kwestie had haar toen met een voldoende naar huis gestuurd, een resultaat waarop ze tot op de dag van vandaag nog altijd trots was. Anders dan de vorige keer zou een weigering haar nu waarschijnlijk het leven kosten. Ze dacht aan Simon en Sarah, aan Van In en zelfs aan Versavel. Woog haar eer wel op tegen het verlies? Wat bezielde Valentijn eigenlijk? Waarom wilde hij iedereen vermoorden die hem had liefgehad?

De rit van Brugge naar Laken duurde vijfenveertig minuten. Twee paleiswachten sloten de hekken toen de zwarte Mercedes met knarsende banden over de kasseien van de koninklijke oprijlaan stoof. De limousine stopte voor het bordes van het paleis. Een man in een zwart pak opende het portier en leidde Van In en Broos door een wirwar van gangen naar de vleugel waar het koninklijk paar een ruim appartement betrok. Op de televisie zag het er allemaal beter uit dan in werkelijkheid. Niet alles was perfect. Op de onderkant van de gordijnen zaten vochtvlekken en het parket was op bepaalde plaatsen erg afgesleten. Toen Van In daar een opmerking over maakte, zei Broos dat de dotatie die de koning ieder jaar ontving, amper toereikend was om er zijn hofhouding van te betalen en dat de staat alleen de buitenkant van het paleis onderhield. De rest van het geld moest de koning zelf ophoesten.

'U zult straks wel merken dat ons vorstenpaar er een uiterst sobere levensstijl op nahoudt', zei hij.

Hun stappen galmden door de met bladgoud en stuc opgesmukte gangen. Na een wandeling die een eeuwigheid leek te duren, liet de man in het zwart hen binnen in een kleine antichambre en zei met een uitgestreken gezicht dat 'sa majesté' hen verwachtte. De lakei was verplicht alle bezoekers in de twee landstalen te woord te staan.

'Soirenavond', zei Van In laconiek.

Hij ging in een pluchen stoel zitten en stak een sigaret op. Toen Broos hem erop attent maakte dat er in het paleis niet gerookt mocht worden, wees Van In naar een overmaatse asbak die in de hoek van de kamer op een afschuwelijke piëdestal stond. Amper twee minuten later maakte een andere bediende de dubbele deur open die de antichambre van de koninklijke vertrekken scheidde. Het was een schraal mannetje met kleine oogjes en grote voeten.

'Le roi, de konink', zei hij zonder veel overtuiging.

Van In ging staan en drukte haastig zijn sigaret uit in de asbak. Dat deed hij alleen om Broos een plezier te doen, want de notaris bestierf het bijna van de zenuwen.

Binnenshuis vertikte de vorst het om zijn wandelstok te gebruiken, waardoor hij een beetje sleepvoette, maar voor de rest zag hij er patent uit. Hij droeg een bruine linnen broek, een geruit hemd en sportieve schoenen, wat hem jaren jonger deed lijken. Broos liep naar hem toe en maakte een eerbiedige buiging.

'Je vous présente le commissaire Van In', zei hij.

De koning glimlachte en drukte Van In de hand.

'Ik heb veel over u gehoord, mijnheer Van In.'

'En ik over u', grapte Van In.

Broos trok zijn mondhoeken naar beneden, maar de koning lachte.

'We zien elkaar straks wel, Henri.'

Hij nam Van In bij de arm en troonde hem mee naar zijn studeerkamer. Wie aan de macht wil blijven, doet er goed aan van iedere vijand een vriend te maken en vrienden de indruk te geven dat hun status niet onaantastbaar is. Om die reden liet de koning Broos alleen in de antichambre achter.

'Ik heb gemerkt dat u een roker bent', zei hij met een knipoog tegen Van In.

'Dat klopt, sire.'

De koning bleef staan en fluisterde zijn gast iets in het oor. Broos kon zijn ogen haast niet geloven toen de commissaris zijn pakje sigaretten opdiepte en de vorst een rokertje aanbood. De rest was niet meer voor zijn oren bestemd. De schrale bediende met de kleine ogen en de grote voeten deed de dubbele deur dicht en liep naar een klein wachtlokaaltje waar een televisietoestel en een smalle brits stonden. Hier bracht hij een groot deel van zijn leven door, wachtend op de wensen van de koning.

De studeerkamer van de koning was volgestouwd met souvenirs die hij op zijn talrijke buitenlandse reizen cadeau had gekregen: een boeddhabeeld uit Thailand, een bloedkoraal afkomstig van het Grote Barrièrerif, een Afrikaans masker, ivoren spulletjes, een didgeridoo, Spaanse kant en een litho van Warhol sprongen het meest in het oog, want er was veel meer.

'Gaat u zitten, commissaris. Kan ik u iets aanbieden?'

'Heeft u iets fris?'

Naast het venster hing een grote reproductie van het Lam Gods van de gebroeders Van Eyck. De koning schoof het opzij. Erachter had hij een grote Amerikaanse koelkast in de muur laten inbouwen en die zat vol lekkers.

'Bacardi-cola?'

Van In knikte. Hij was onder de indruk van de manier waarop de koning hem behandelde. Het leek of ze elkaar al jaren kenden.

'Ik zal open kaart met u spelen, commissaris.'

De koning liet een paar ijsblokjes in de glazen rinkelen en vulde ze royaal met bacardi. Een flesje cola van twintig centiliter was voldoende om het werk af te maken.

'Henri Broos is een goede vriend van mij, net als Marcus Heydens dat geweest is. We hebben elkaar leren kennen toen ik in West-Vlaanderen op de middelbare school zat.'

De koning reikte Van In een drankje aan en ging achter zijn bureau zitten. De toestand was kritiek. Volgens Henri had de zoon van Marcus Heydens een magistrate ontvoerd en dreigde hij ermee haar te vermoorden. De magistrate was de vrouw van een politiecommissaris en die was erachter gekomen dat hij een kortstondige relatie had gehad met de moeder van Valentijn. Als dat verhaal de pers haalde, zouden de poppen aan het dansen gaan.

'Volgens Henri verspreidt Valentijn Heydens het gerucht als zou hij mijn zoon zijn.'

De koning hief zijn glas en nam een slokje. Hij woog zijn woorden op een schaaltje.

'Ik dacht dat Valentijn daar morgen tijdens mijn bezoek aan Brugge munt zou proberen uit te slaan. Om die reden heb ik mijn kabinetschef de opdracht gegeven het nodige te doen om dat te verhinderen. Ik wist natuurlijk niet dat hij uw vrouw ontvoerd had, tot Henri me vanavond belde en me vertelde dat de actie van de gerechtelijke diensten het leven van uw vrouw in gevaar kon brengen.'

De koning formuleerde zijn gedachten in een bijna perfect Nederlands en dat was niet mis voor iemand die tien jaar geleden amper in staat was een paar standaardzinnetjes op te dreunen. Van In was onder de indruk.

'Geef me twaalf uur de tijd, sire', zei hij op een melodramatische toon.

De koning knikte.

'Dat is ondertussen geregeld, commissaris. Een uur geleden heb ik persoonlijk de minister van Justitie gebeld en hem gevraagd het nodige te doen om de jacht op Valentijn Heydens te staken. Het spijt me als ik door mijn onbesuisde actie het leven van uw vrouw in gevaar heb gebracht.'

De woorden van de koning brachten Van In in verlegenheid. Broos had de situatie verkeerd ingeschat. Valentijn Heydens was helemaal niet van plan een oude familiekwestie openbaar te maken. Hij wilde zijn vader vermoorden en er was niets wat Van In kon doen om dat te verhinderen.

'Misschien kunt u uw bezoek aan Brugge beter uitstellen, sire.'

'Nee, commissaris. Dat heeft geen zin.'

Valentijn Heydens zou hoe dan ook naar de pers stappen om zijn verhaal te doen. Het bezoek aan Brugge uitstellen zou in die context als een soort schuldbekentenis geïnterpreteerd worden en dat zou het imago van het koningshuis onherroepelijke schade toebrengen.

'U bent toch niet verplicht u in het openbaar te vertonen, sire', zei Van In wanhopig.

De koning schudde het hoofd.

'Ik heb Henri beloofd dat we door de stad zouden wandelen. Mijn bezoek aan hem is een eerbetoon. Mensen hebben het recht te weten dat de koning zich om het lot van zijn onderdanen bekommert. Wij moeten onze plicht doen, commissaris.'

Van In stond voor een dilemma. Als hij de koning in vertrouwen nam en hem vertelde dat Valentijn een aanslag op zijn leven voorbereidde, zou Hannelore sterven. In het andere geval zou hij lijdzaam moeten toezien hoe Valentijn zijn plan uitvoerde. Hij nam een fikse slok van zijn Bacardi, stak een sigaret op en schoof het pakje door naar de koning.

'Is er dan geen enkele andere oplossing?'

'Nee, commissaris. Ik kom morgen naar Brugge.'

Van In dronk zijn glas leeg.

'U mixt in ieder geval lekkere drankjes, sire', zei hij.

De koning reageerde beleefd en vroeg Van In of hij nog een cocktail wenste.

'Graag', zei Van In.

Terwijl de koning in de koelkast rommelde, dacht hij koortsachtig na. Misdadigers maakten altijd fouten, er was altijd een manier om hen schaakmat te zetten. Plotseling viel hem iets te binnen, een detail waaraan hij de voorbije dagen amper aandacht had besteed.

'Ik heb een idee, sire.'

De koning vulde de glazen aan met het restant van het eerste flesje cola, wat de cuba libres bijna doorzichtig maakte.

'Dat stellen wij bijzonder op prijs, commissaris.'

Hij schuifelde naar zijn bureau en liet zich met een zucht in zijn stoel ploffen.

16

Na afloop van de audiëntie, het gesprek duurde meer dan drie uur, bracht de koninklijke limousine Van In en Broos terug naar Brugge. Hoewel de notaris brandde van nieuwsgierigheid, zei hij tijdens de hele rit amper een woord, uit respect voor de kroon. Van In onderging de stilte gelaten. Hij had de koning immers absolute geheimhouding beloofd in ruil voor de garantie dat het hof alles in het werk zou stellen om Hannelore te redden. Het plan dat Van In de koning had voorgelegd, was nogal krakkemikkig, maar het was het enige dat hij in een kort tijdsbestek had kunnen bedenken, in spijt van von Clausewitz.

'We zien elkaar vanmiddag wel', zei Van In toen de notaris in de Sint-Jorisstraat uitstapte.

De koninklijke wandeling was gepland om 14 uur. De vorst en Broos zouden van de Sint-Jorisstraat naar de Markt lopen en dan via de Wollestraat en de Dyver naar het Begijnhof wandelen. Het waren 'the places to see and to be seen', want wat was de waarde van een werk van barmhartigheid als het onopgemerkt bleef?

'Ik hoop dat alles goed komt met uw vrouw', glimlachte Broos.

Hij drukte Van In de hand en stak met gebogen hoofd de straat over. De chauffeur van de koninklijke limousine, een grijzende veertiger met een vermoeide blik in zijn ogen, klapte het portier dicht en vroeg Van In waar hij hem kon afzetten.

'Balstraat 112', zei Van In. 'Ik wijs je de weg wel.'

Hij wierp een blik op zijn horloge. Het was tien over een. Versavel ging er prat op dat hij nooit voor een uur naar bed ging. Dat klopte, want toen de Mercedes voor het keurig onderhouden huisje stopte, schoof een hand de overgordijnen opzij. Nog voor Van In aanbelde, zwaaide de voordeur open.

'Ik heb je nodig, Guido', zei Van In toen de brigadier hem in een onberispelijk geperste pyjama binnenliet.

Versavel stelde zijn vriend geen overbodige vragen. De pijn die van hem afstraalde, sprak voor zich. Van In leed onder de ontvoering van Hannelore, zoveel was duidelijk.

'Vraag en gij zult krijgen', zei Versavel gesmoord.

Ze gingen in de salon zitten.

'Is Frank nog wakker?'

Versavel schudde het hoofd.

'Ik verwacht hem pas over een uur of twee', zei hij duidelijk verveeld. 'Zal ik een kop koffie zetten?'

Van In vroeg zich niet af waar Frank uithing. Het waren zijn zaken niet en bovendien had hij andere dingen aan zijn hoofd. Tijdens de rit van Laken naar Brugge had hij een aanknopingspunt proberen te vinden voor het lokaliseren van het atelier van Heydens. De gegevens waarover hij beschikte waren schaars, vaag en wellicht onbetrouwbaar, maar hij moest het daarmee stellen. Alles hing af van de betekenis die hij aan de woorden van Virginie en Diana had toegekend. Het atelier van Valentijn bevond zich op een plaats waar aarde, lucht, water en vuur met elkaar in verbinding stonden en waar de vos de passie preekte. Van In had zich suf gepiekerd. De enig bruikbare oplossing waarmee hij voor de dag was gekomen, had niet veel om het lijf, maar meer tijd om iets anders te bedenken was er niet. Hij ging ervan uit dat het atelier van Valentijn zich in de omgeving van Brugge bevond, op een rustige plek waar niemand hem kende. De polders voldeden aan de beschrijving van Virginie: zee, lucht en aarde. Alleen het vuur stelde een probleem.

'Misschien doelde ze op de huisvuilverbrandingsoven', zei Versavel toen Van In hem alles in een paar woorden had verteld. 'Die ligt midden in de polders op een boogscheut van de kust.'

'Heb je een kaart van de streek?'

Versavel knikte. Een krant had een tijdje geleden een spaaractie georganiseerd waarbij iedere lezer in ruil voor vier punten en de betaling van een symbolisch bedrag stafkaarten kon bestellen. Omdat hij en Frank regelmatig grote wandelingen maakten, had Versavel ze allemaal gekocht. Hij liep naar boven en kwam even later terug met een pak splinternieuwe kaarten waarvan sommige nog in een plastic hoesje zaten.

'Dit is het gebied tussen Brugge en de kust.'

Ze verhuisden naar de woonkamer, waar een grote tafel stond. Versavel ontvouwde de kaarten en spreidde ze open.

'Alle details staan erop vermeld', zei hij. 'Beken, zandweggetjes, hoogspanningsmasten, zelfs de namen van sommige boerderijen.'

'Ik wil dat je alle boerderijen tussen de huisvuilverbrandingsoven en de kust afrijdt', zei Van In. 'Vraag de eigenaars of ze Valentijn Heydens kennen, maar doe het discreet, Guido, want we weten nog steeds niet over hoeveel handlangers hij beschikt.'

Van In had er even aan gedacht om alle politiediensten te alarmeren en het gebied systematisch te laten uitkammen, maar dat plan had hij laten varen wegens te gevaarlijk. Een grote operatie zou de aandacht van Valentijn kunnen trekken en het leven van Hannelore in gevaar brengen.

'Heb je er enig idee van hoeveel boerderijen er in dat gebied zijn?' vroeg Versavel.

Een ruwe schatting leverde een getal van drie cijfers op.

'Zorg dat je voor zonsopgang ter plaatse bent', zei Van In. 'De koning en Broos vangen hun wandeling door de stad aan om twee uur 's middags. Ik reken erop dat je voor die tijd contact met me opneemt.'

Van In stak een sigaret op en dronk een slok van zijn koffie.

'Ga nu maar slapen, Guido. Ik maak je om vijf uur wakker.'

Om kwart voor elf gooide Valentijn Hannelores kleren in het hok en wachtte tot ze die had aangetrokken. Toen ze aangekleed was, deed hij haar voetboeien om en maakte pas daarna haar handen los.

'Wat ben je in vredesnaam met me van plan, Valentijn?'

Hannelore zag er vreselijk uit. Ze had een afschuwelijke nacht achter de rug. Haar mond was kurkdroog en om haar lippen zaten dikke korsten.

'Je stinkt', zei Valentijn.

In de loop van de nacht had hij Hannelore om het uur gevraagd of ze alsnog de liefde met hem wilde bedrijven, maar dat had ze telkenmale geweigerd. Toen had hij alles in gereedheid gebracht voor de executie, die nu onafwendbaar leek. Iedereen die hem ooit had liefgehad, moest sterven al was het maar om de dood draaglijk te maken, want wat was er erger dan niet te weten wie je vader is, te constateren dat je moeder je in de steek heeft gelaten en te moeten dulden dat het meisje dat destijds gewillig het bed met je deelde, je afwijst op een moment dat ze met de dood wordt bedreigd? De oplossing lag voor de hand. Ze moesten allemaal sterven of zodanig gekwetst worden dat hun leven geen zin meer had.

Valentijn nam Hannelore bij de arm en hielp haar overeind. Na een nacht van ontbering was ze nog een schim, maar daar zou gauw verandering in komen. De dood zou van haar weer het meisje maken dat hij zeventien jaar geleden zo hartstochtelijk had bemind.

Toen Hannelore het krukje bemerkte met daarboven een bungelende strop, rukte ze zich los en rende naar de poort, maar ver geraakte ze niet. Ze struikelde over de voetboeien en kwam onzacht op de betonnen vloer terecht. Een straaltje bloed sijpelde uit haar gescheurde bovenlip over haar kin. Het bloed liet een zoete smaak in haar mond achter.

'Over een paar uur is alles achter de rug', suste Valentijn.

Hij hielp Hannelore voor de tweede keer overeind en sleurde haar mee naar het krukje.

'Je denkt toch niet dat ik daarop ga staan!' schreeuwde ze.

'Dat hoeft ook niet.'

Valentijn haalde een pistool tevoorschijn en plaatste de loop tegen haar voorhoofd.

'Jij mag kiezen', zei hij.

De afschuwelijke nacht die ze halfnaakt in het hok had doorgebracht, was een ervaring die Hannelore niemand toewenste. Ze dacht aan alle misdadigers tegen wie ze destijds, toen ze nog substituut was, strenge straffen had geëist. Gemakkelijk zat. Het publiek eiste bloed zodat de meeste rechters niets anders durfden dan het openbaar ministerie gelijk te geven. Na een nacht in de cel, begreep ze wat het betekende iemand van zijn vrijheid te beroven.

'Ik zal doen wat je van me vraagt', zei ze doodsbang.

Hoewel haar reactie dubbelzinnig klonk, reageerde Valentijn er niet op. Daarvoor was het nu te laat. Hij liet haar een dwangbuis aantrekken, sloeg zijn armen om haar lenden, tilde haar op het krukje en deed haar de strop om. Hannelores bijnieren maakten volop endorfines aan. Een vreemde rust overviel haar.

'Waarom wil je me vermoorden, Valentijn? Je weet toch dat ik van je houd.'

Ze keek hem met grote ogen aan. Valentijn streelde de binnenkant van haar dij. Dat deed hij bijzonder teder.

'Als Van In me met rust laat, kom ik zeker terug', zei hij.

Het klonk niet erg overtuigend. Hannelore had meer dan een boek over de holocaust gelezen en daarbij was haar één ding opgevallen: de nazi's hadden zich uitgesloofd om hun slachtoffers op hun gemak te stellen en hen de indruk te geven dat er nog hoop was. Het was een tactiek die haar deugdelijkheid had bewezen, maar zij wist wel beter. Door te bekennen dat hij zijn vader had vermoord, had Valentijn alle schepen achter zich verbrand.

'Heb jij Wilfried Delanghe vermoord?' vroeg ze toen Valentijn aanstalten maakte om naar de gehuurde Fiat te lopen.

Haar vraag klonk als de laatste wens van een ter dood veroordeelde. Of was het een ultieme poging om tijd te winnen? Valentijn had behoefte aan aandacht, zoals de meeste van zijn collega-moordenaars. Misschien kon ze haar hachje nog redden door zijn ijdelheid te strelen.

'Delanghe heeft mijn halfzusje misbruikt', zei hij. 'We moesten hem wel afmaken.'

Valentijn keek op zijn horloge. Het was vijf over elf. Hij had nog tijd zat.

'Toen Diana had vernomen dat Heydens dood was, is ze me komen opzoeken. Ik had haar ooit verteld dat ik al mijn nepvaders zou vermoorden. Toen ik haar belde om te zeggen dat Marcus dood was, eiste ze dat ik haar zou helpen om Delanghe te liquideren.'

'Was je dat dan niet van plan?'

'Nee. Het was mijn bedoeling Broos te laten opdraaien voor de moord op Marcus Heydens.'

'Wat heeft Broos je misdaan?'

'Hij maakte me wijs dat hij mijn vader was, alleen maar om mijn moeder te kunnen neuken.'

'Heb je daarom de dreigbrieven geschreven?'

Valentijn begon te lachen.

'Dat heb ik voor jou gedaan, schat. Hoe kon ik anders de aandacht van een mooie onderzoeksrechter trekken? Ik dacht dat je erin zou trappen.'

'Ik ben er ook ingetrapt, Valentijn.'

'Dat zeg je omdat ik een strop om je hals heb gelegd en je weet dat één telefoontje van mij voldoende is om het krukje te activeren.'

'Ik wil je vriend zijn, Valentijn.'

Het scheelde niet veel of Hannelore had gesmeekt om met hem naar bed te mogen.

'Aan vrienden heb ik niets, meisje.'

Valentijn maakte de poort open, stapte in de Fiat en reed naar buiten. Toen de poort dichtviel en Hannelore de ketting door het oog van het hangslot hoorde ratelen, schreeuwde ze om hulp. Het krukje wankelde waardoor ze bijna haar evenwicht verloor. Tot overmaat van ramp begon haar rechterbeen te slapen van het lange zitten in het hok.

Om halftwee vatte Van In post op de Markt. Een paar minuten geleden had hij Versavel opgeroepen via de radio, maar de brigadier had niets te melden. Sinds vanochtend had hij drieëntwintig boerderijen bezocht, wat betekende dat er nog minstens drie keer zoveel op zijn lijstje stonden. Het was een hopeloze opdracht en dat wisten ze beiden. Van In stak een sigaret op.

Een groep verkleumde toeristen stond zich te vergapen aan het beeld van Jan Breydel en Pieter De Coninck, Vlaamse middenstanders die in 1302 het Franse ridderheir in het stof hadden doen bijten en sindsdien bijna heilig waren verklaard. Anders dan in de geschiedenisboekjes stond vermeld, had hun strijd niets te maken met idealisme. Jan Breydel was groothandelaar in hammen. Zijn beweegredenen om tegen de Fransen ten strijde te trekken, waren louter commercieel en hadden meer met de export van varkensvlees te maken dan met ideologie. Uiteindelijk hadden oorlogen en revoluties altijd iets met geld of godsdienst te maken. De rest van alle andere misdaden was te wijten aan gekte of lust. Van In gooide zijn halfopgerookte sigaret op de grond en stak zenuwachtig een nieuwe op. Valentijn was gek en geil. De gedachte dat Hannelore in zijn handen was gevallen, maakte hem radeloos. De pijn werd stilaan ondraaglijk.

Toen de koninklijke limousine voor het verwaarloosde huis van notaris Broos parkeerde, sprong adjunct-commissaris Vanneste stram in de houding. Tegen alle afspraken in droeg hij zijn uitgaanstenue, compleet met nestel en tricolore sjerp. Hoofdcommissaris De Kee hield zich op de achtergrond. Dat vond hij verstandiger. Twee veiligheidsagenten, van ver leken ze een beetje op mormoonse zendelingen, schermden de koning af. De vorst deed zijn best om een ontspannen glimlach te produceren, maar toen hij merkte dat er behalve de ordediensten geen publiek aanwezig was, veranderde de glimlach in een pijnlijke grijns. Hij wurmde zich uit de limousine en sukkelde naar de voordeur, waar notaris Broos hem verwelkomde. Joris concentreerde zich op het getik van de koninklijke stok. Toen de vorst voor hem stond, stak hij zijn hand uit en zei: ‘Dag sire, hoe maakt u het?’

Hannelore stond stokstijf op het krukje. Ze durfde zich niet te verroeren. Het voorbije halfuur had ze zich in allerlei bochten gewrongen in een poging de strop om haar hals wat losser te maken, maar dat was haar bijna fataal geworden. Bij iedere beweging die ze maakte om zich te bevrijden, wiebelde het krukje vervaarlijk. Ze dacht aan Schopenhauer en probeerde te geloven dat haar wil om te overleven voldoende sterk was om de dreiging af te wenden. Over een paar uur zou ze weten of Schopenhauer gelijk had, tenminste als ze aan hem zou denken als het touw in haar vlees sneed. Onzin. Schopenhauer was dood, net als Nietzsche. Haar laatste gedachten zouden uitgaan naar Simon en Sarah en waarschijnlijk ook een beetje naar Van In.

Om vijf voor twee nam Van In opnieuw contact op met Versavel, de derde keer in minder dan een halfuur.

'Ik houd het niet langer vol, Guido.'

Versavel zat in de Golf. De stafkaart lag voor hem op het stuur. Er stonden zevenendertig kruisjes op, een voor iedere boerderij die hij bezocht had.

'Ik doe mijn best, Pieter.'

Het verschil tussen een computer en een menselijk brein is dat een computer razendsnel alle combinaties uitprobeert zonder zich om enige logica te bekommeren. Toen Versavel het lijstje bekeek van de boerderijen die hij systematisch had aangedaan en in stilte een kansberekening maakte, kwam hij tot de conclusie dat die aanpak nutteloos was, maar wat moest hij doen? Over vijfenveertig minuten was het onheil geschied en niemand die daar iets aan kon veranderen.

Joris Broos droeg een jacquetkostuum. Op de revers van zijn jasje had hij een rozet in de nationale driekleur gespeld. Niemand die daar aandacht aan besteedde. De veiligheidsdiensten hadden zelfs de moeite niet gedaan hem te fouilleren. Tenslotte was hij de zoon van Henri Broos. Bovendien was hij blind en dus onschadelijk. Na de lunch, de koning stelde zich tevreden met een broodje zalm en een glas spuitwater, maakte iedereen zich klaar om de wandeling aan te vatten. Joris maakte van de gelegenheid gebruik om nog even het toilet te bezoeken. Daar verifieerde hij het rubberslangetje dat onder zijn overhemd met plakband op zijn blote borst was bevestigd. Het peertje dat via het slangetje met de rozet verbonden was, zat in zijn okselholte verborgen. Hoewel het goedje waarmee de peer was gevuld, een scherpe geur verspreidde, had Valentijn hem verzekerd dat het om een onschuldige kleurstof ging. Joris glimlachte. Als hij erin slaagde de koning met blauwe verf te besmeuren, zou hij op slag een bekende Vlaming worden. De pers zou aanschuiven om hem te interviewen. Jonge deernen zouden hem op de televisie kunnen bewonderen en hem smachtende brieven schrijven. De gedachte alleen bezorgde hem een erectie. De aanslag op de koning zou van hem eindelijk een man maken.

De koninklijke stoet vorderde langzaam. Dat lag aan Broos. De notaris moest af en toe even halt houden. Toen Van In het gezelschap dichterbij zag komen, riep hij Versavel op.

'Waar ben je, Guido?' schreeuwde hij.

Het enige wat hij hoorde, was een langgerekt geruis. Hij probeerde het opnieuw. Niets.

'Dit is het standbeeld van Jan Breydel en Pieter De Coninck', zei Broos.

Zijn gezicht was rood aangelopen en hij moest om de drie woorden naar adem happen.

'Zij zijn de grondleggers van onze Vlaamse cultuur.'

De koning knikte. Zijn hofmaarschalk had hem gisteren een ander verhaal verteld: l'histoire des jambons des Flandres. De vorst had er hartelijk om gelachen en deed nu zijn best om zijn gezicht in een ernstige plooi te houden.

'Guido, hoor je mij?'

De radio kraakte. Van In was radeloos.

'Guido, hoor je mij?'

Toen zijn oproep onbeantwoord bleef, liet Van In zijn blik over het plein glijden. Valentijn Heydens stond onder het beeld van Jan Breydel en Pieter De Coninck. In zijn rechterhand hield hij een gsm.

'Versavel roept Van In', klonk het plotseling door de radio. 'Hoor je me, Pieter?'

'Ik hoor je. Heb je haar gevonden?'

'Nee, maar...'

'We hebben geen tijd meer, Guido.'

'Geef me vijf minuten', schreeuwde Versavel. 'Ik denk dat ik weet waar Valentijn Hannelore gevangen houdt. Er bestaat wel degelijk een plaats waar water, aarde, lucht en vuur samenkomen en waar de vos de passie preekt. Hof Malpertuis, een boerderij ten noorden van Zuienkerke op wandelafstand van de zee. Ik rijd er nu heen.'

'Je bent te laat, Guido.'

Aan de voet van de monumentale trap van het provinciehuis bleef het koninklijk gezelschap staan. Joris zette een stap naar voren. Hij wachtte op een woord van de vorst om zijn positie exact te kunnen bepalen. Van In zag het allemaal gebeuren. Toen hij Joris heen en weer zag schuifelen, gaf hij Bruynooghe een afgesproken teken en stormde op de koning af. Hij maakte een hinkstapsprong die veel olympische atleten groen van nijd had gemaakt. Net voor Joris het zoutzuur door de rozet naar buiten pompte, greep Van In de koning bij zijn middel. De koning verloor zijn evenwicht en smakte tegen de kasseien. Van In viel boven op hem. Een halve seconde later werd hij overmeesterd door de lijfwachten van de koning. Ze dwongen hem op zijn buik te gaan liggen en deden hem handboeien om.

'Ik ben het, sire', schreeuwde Van In.

Op dat moment toetste Valentijn het nummer in van de semafoon die de elektromotor onder het krukje bediende. Van In spartelde als een duivel in een wijwatervat.

'Laissez-le', beval de koning.

De lijfwachten gehoorzaamden onmiddellijk. Van In krabbelde overeind. Bruynooghe, die het hele gebeuren van een afstand had gevolgd, deed wat Van In hem had opgedragen.

'Bericht aan alle manschappen', schreeuwde hij door de radio. 'Arresteer verdachte. Nu.'

Tientallen agenten grendelden de Markt hermetisch af. Vier pelotons van het speciale interventie-eskadron van de rijkswacht bestormden het standbeeld van Jan Breydel en Pieter De Coninck. Ze droegen bivakmutsen en donkerblauwe pakken. Op de daken van de omliggende gebouwen hielden scherpschutters Valentijn Heydens in het vizier. Een legertje veiligheidsagenten, die net als de agenten en de rijkswachters uit het niets waren opgedoken, schermde de koning af. Ze dromden als mieren om hem heen en duwden hem in een klaarstaande wagen. Tien seconden later opende een van de rijkswachters het vuur op het ogenblik dat Valentijn zijn wapen trok. Twee scherpschutters maakten het karwei af. Valentijn Heydens greep naar zijn borst en viel achterover in een bloemenperk.

De eigenaar van Hof Malpertuis, een blozende zestiger met een bolle buik en korte benen, knipte met een boomschaar de ketting door waarmee Valentijn de poort van de schuur had dichtgemaakt.

'Hij noemde zich Deconinck', zei de landbouwer.

Versavel had daar geen oren naar. Hij rukte de poort open en stormde naar binnen. Toen hij Hannelore op de kruk zag staan, kreeg hij de tranen in zijn ogen. Hij griste de boomschaar uit de handen van de landbouwer, sneed de strop door en hielp Hannelore van de kruk.

'Guido', snikte Hannelore. 'Wat ben ik blij je te zien.'

Versavel drukte haar in zijn armen. Hij dankte God en alle heiligen dat Van In goed had gegokt. Heydens had zich op een of andere manier van zijn gsm bediend om zijn vader te vermoorden. Net voor de aanslag op de koning had agent Bruynooghe op een teken van Van In een speciaal nummer ingetoetst dat hem met alle gsm-operatoren verbond. Het codewoord was 'cut'. Drie seconden later hadden de operatoren alle zendmasten in West-Vlaanderen uitgeschakeld, waardoor alle gsm-gesprekken bruusk werden onderbroken en het signaal van Heydens de semafoon die het elektromotortje bediende, niet had kunnen activeren.

'Geef mij maar een Duvel', zei Van In.

Ze zaten met zijn allen op het terras van L'Estaminet. Hannelore had zich gedoucht en schone kleren aangetrokken. Ze lachte voortdurend, maar dat was een reactie op de beproeving die ze had doorstaan. Versavel glunderde. Hij was trots op Van In en ongelooflijk gelukkig dat alles goed was afgelopen. Johan, de kroegbaas van L'Estaminet, had inderhaast een schone schort aangetrokken.

'En wat neemt u, sire?'

De koning produceerde een gemoedelijke glimlach.

'De koning drinkt wat de commissaris drinkt', zei hij.

Beekman noch De Kee durfden anders dan ook Duvel te bestellen. Zelfs Broos, die niet gewend was bier te drinken, volgde het advies van de vorst.

'Op uw gezondheid, sire.'

Van In hief het glas. Op de mouw van zijn hemd zat een donkerrode vlek, een druppel bloed van de koning. Als hij die zou laten analyseren, zou hij met zekerheid kunnen achterhalen of het verhaal van Valentijn Heydens klopte en de koning een kind had verwekt bij Leona Vidts.

De koning liet het bier in zijn glas walsen, stond op en maakte een kleine buiging.

'Op het welzijn van Pieter van In en Hannelore Martens,' zei hij, 'van In met een kleine v en Martens met een grote MMM.'

Ze lachten allemaal uitbundig. Van In stak zijn neus in zijn glas en nam een kloek besluit. Het overhemd met de koninklijke vlek zou hij vanavond eigenhandig in de vuilnisbak deponeren. Adjunct-commissaris Vanneste stond buiten in de kou. Hij wierp een blik naar binnen en vroeg zich af wat hij verkeerd had gedaan.

Van PIETER ASPE
zijn bij dezelfde uitgever verschenen:

Het vierkant van de wraak
De Midasmoorden
De kinderen van Chronos
De vierde gestalte
Het Dreyse-incident
Blauw bloed
Dood tij
Zoenoffer
Vagevuur
De vijfde macht
Onder valse vlag
Pandora
13

Grof wild

Het vierkant van de wraak

Van In heeft bedenkingen bij een mysterieuze inbraak in een juwelierszaak. Er wordt niets gestolen. De inbrekers laten alleen een raadselachtige handtekening achter...

'Een klein meesterwerkje.' – Brabants dagblad
'Een schot in de roos.' – Het Nieuwsblad

De Midasmoorden

Paniek en chaos wanneer Brugge door een reeks misdaden wordt opgeschrikt. Een geheimzinnige foto, een kneedbom... Een aartsmoeilijke opdracht voor adjunct-commissaris Van In.

'De tweede van Aspe bevestigt al het goede van het debuut.' – Humo

De kinderen van Chronos

Een lijk wordt ontdekt in de tuin van De Love, een gerestaureerde boerderij in de omgeving van Brugge. Commissaris Van In komt erachter dat De Love destijds als lustoord fungeerde voor tal van prominente figuren.

'Een wervelende thriller die nauw aansluit bij de Belgische politieke en criminele actualiteit.' – Het Laatste Nieuws

De vierde gestalte

In een sloot bij een flatgebouw wordt het lijk gevonden van de jonge kalligrafe Trui Andries. Ze werd vergiftigd met een uiterst zeldzaam product. De moord leidt naar een zekere Venex, de incarnatie van Satan op aarde.

'Een misdaadmeesterwerk van formaat.' – P-Magazine

Het Dreyse-incident

Patrick Claes, een rijke beursmakelaar, wordt in zijn eigen huis neergeslagen. Een gewone diefstal of een kluwen van misdaden? Wat is waarheid en wat is leugen?

'...stond al in de toptien terwijl de boekhandelaars nog bezig waren het boek in de rekken te zetten.' – De Morgen

Blauw bloed

Onderzoeksrechter Hannelore Martens, de vriendin van commissaris Van In, wordt door een jeugdvriendje benaderd. Opnieuw volgt een spannend verhaal met een dramatische ontknoping.

'De vaste hoofdpersonages worden intrigerender en aantrekkelijker.' – Het Nieuwsblad

Dood tij

Een verkrachting, een moord op het strand, perikelen op het ministerie van Justitie. Deze ingrediënten zijn slechts enkele elementen van deze wervelende thriller...

'Een Aspe van een goed jaar.' – Het Laatste Nieuws
'Om in één ruk uit te lezen.' – Het Volk

Zoenoffer

Terwijl Brugge zich opmaakt voor een prestigieuze tentoonstelling, wordt Van In geconfronteerd met een bizarre afrekening in het Minnewaterpark. Er wordt ook een kunstdiefstal gepleegd. Van In komt echter op een ander spoor.

'Veel humor en fantasie, maar ook veel spanning in de nieuwe Aspe.' – De Morgen

Vagevuur

Bij een inbraak worden foto's aangetroffen van Chileense folterkamers. In de buurt van het Concertgebouw wordt een potloodventer gesignaleerd. Een manege gaat in vlammen op. De puzzel valt stukje voor stukje in elkaar.

'Zwoel, erotisch, hitsig, intrigerend. En vol dubbele bodems. Een Aspe pur sang.' – De Morgen

De vijfde macht

Tijdens een prestigieus huwelijksfeest op een kasteel wordt de bruidegom vermoord. Het slachtoffer is de zoon van de manager van een groot visbedrijf. Van In, die een van de genodigden was op het feest, wordt valselijk beschuldigd van verkrachting en komt zelfs in de gevangenis terecht.

'Een spitant en spannend verhaal.' – Knack
'Een mooie mix van lol en sérieux.' – De Morgen

Onder valse vlag

In een villa aan de Damse Vaart heeft een zekere Wilfried Traen, directeur van een belangrijk bedrijf dat computers recycleert, zijn gezin uitgemoord en vervolgens zelfmoord gepleegd. Op het terras van een penthouse in Blankenberge wordt een luxecallgirl vermoord aangetroffen.
Gaat het in het eerste geval werkelijk om een gezinsdrama en wat is het motief voor de moord op de prostituee – wie is de dader?

'Wellicht de beste politieroman die hij totnogtoe publiceerde.' – De Standaard

Pandora

Een oud dossier wordt heropend. Twintig jaar geleden werden in Brugge een legerofficier, een geestelijke en een gemeenteraadslid op dezelfde manier vermoord. Bij de lijken werd telkens ook een tarotkaart gevonden. De misdaden werden nooit opgelost.

'Aspe blijft een ongelooflijk natuurtalent die zowel slapstick als ironie en kolder kan mengen met sérieux en sarcasme.' – Knack
'Vakwerk van een tedere anarchist.' – Gazet van Antwerpen

13

In 13 hebben Hannelore Martens en Pieter Van In het plan opgevat om in het huwelijksbootje te stappen. Een rustige voorbereiding van het huwelijksfeest is hen echter niet gegund. In een Brugs hotel wordt Wim Raes vermoord aangetroffen. Maar de echte Wim Raes blijkt (voorlopig) alive and kicking. Aan de vooravond van zijn huwelijk wordt Van In geconfronteerd met zijn vroegere liefdes. Hij dreigt kopje-onder te gaan in een bad van grondeloze haat.

'Meer dan ooit voert Aspe zijn voornaamste personages op als mensen van vlees en bloed, met goede maar ook met bijzonder kleine kantjes. Pas wanneer je het boek hebt weggelegd, besef je hoezeer je aan Pieter, Hannelore en Guido gehecht bent geraakt.' – Gazet van Antwerpen

GROF WILD

Om hun zilveren huwelijksjubileum te vieren besluit Eva haar echtgenoot Victor te verrassen met een korte vakantie in een afgelegen chalet in de Ardennen. Ze heeft een eigenaardig plan uitgedokterd, waarmee ze haar echtgenoot weer helemaal voor zich wil winnen. Wat een gezellig weekje uit zou moeten worden, ontaardt al vlug in een nachtmerrie zonder weerga.

'Een tussendoortje van Pieter Aspe.' – HET NIEUWSBLAD